ヤマケイ文庫

単独行者《アラインゲンガー》 新・加藤文太郎伝 上

Tani Koushu 谷 甲州

Yamakei Library

単独行者《アラインゲンガー》　新・加藤文太郎伝　上巻　目次

（下巻に続く）

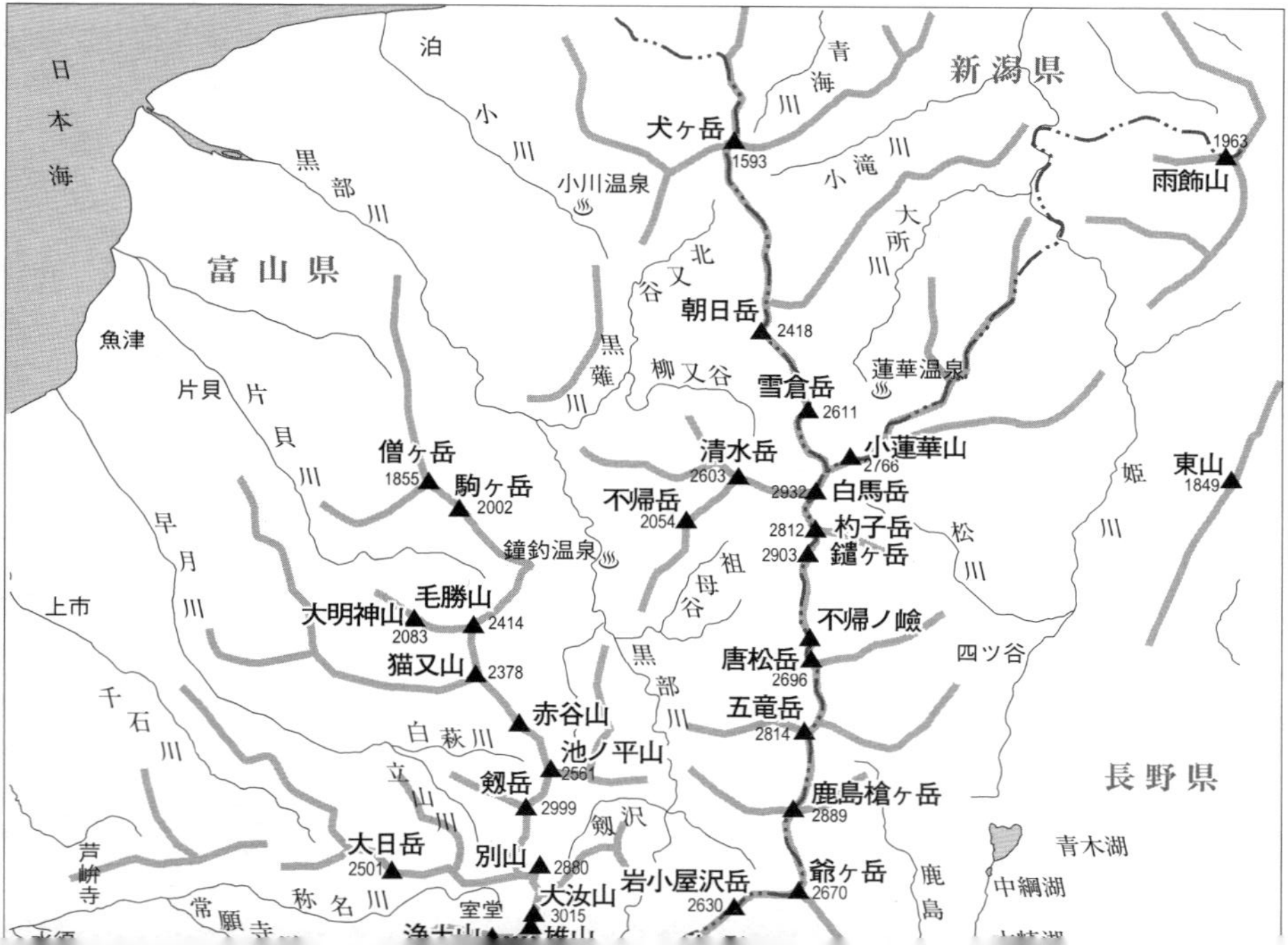

日本海
富山県
新潟県
長野県
泊
小川
黒部川
小川温泉
犬ヶ岳
1593
青海川
小滝川
雨飾山
1963
大所川
北又谷
朝日岳
2418
魚津
黒薙川
柳又谷
雪倉岳
2611
蓮華温泉
片貝
片貝川
僧ヶ岳
1855
駒ヶ岳
2002
清水岳
2603
小蓮華山
2766
白馬岳
2932
東山
1849
姫川
不帰岳
2054
杓子岳
2812
鑓ヶ岳
2903
松川
早月川
鐘釣温泉
祖母谷
上市
毛勝山
2414
大明神山
2083
不帰ノ嶮
猫又山
2378
黒部川
唐松岳
2696
四ツ谷
千石川
赤谷山
五竜岳
2814
白萩川
池ノ平山
2561
剱岳
2999
立山川
剱沢
鹿島槍ヶ岳
2889
大日岳
2501
別山
2880
青木湖
芦峅寺
爺ヶ岳
2670
鹿島
中綱湖
大汝山
3015
岩小屋沢岳
2630
常願寺
称名川
室堂

北アルプス概略図

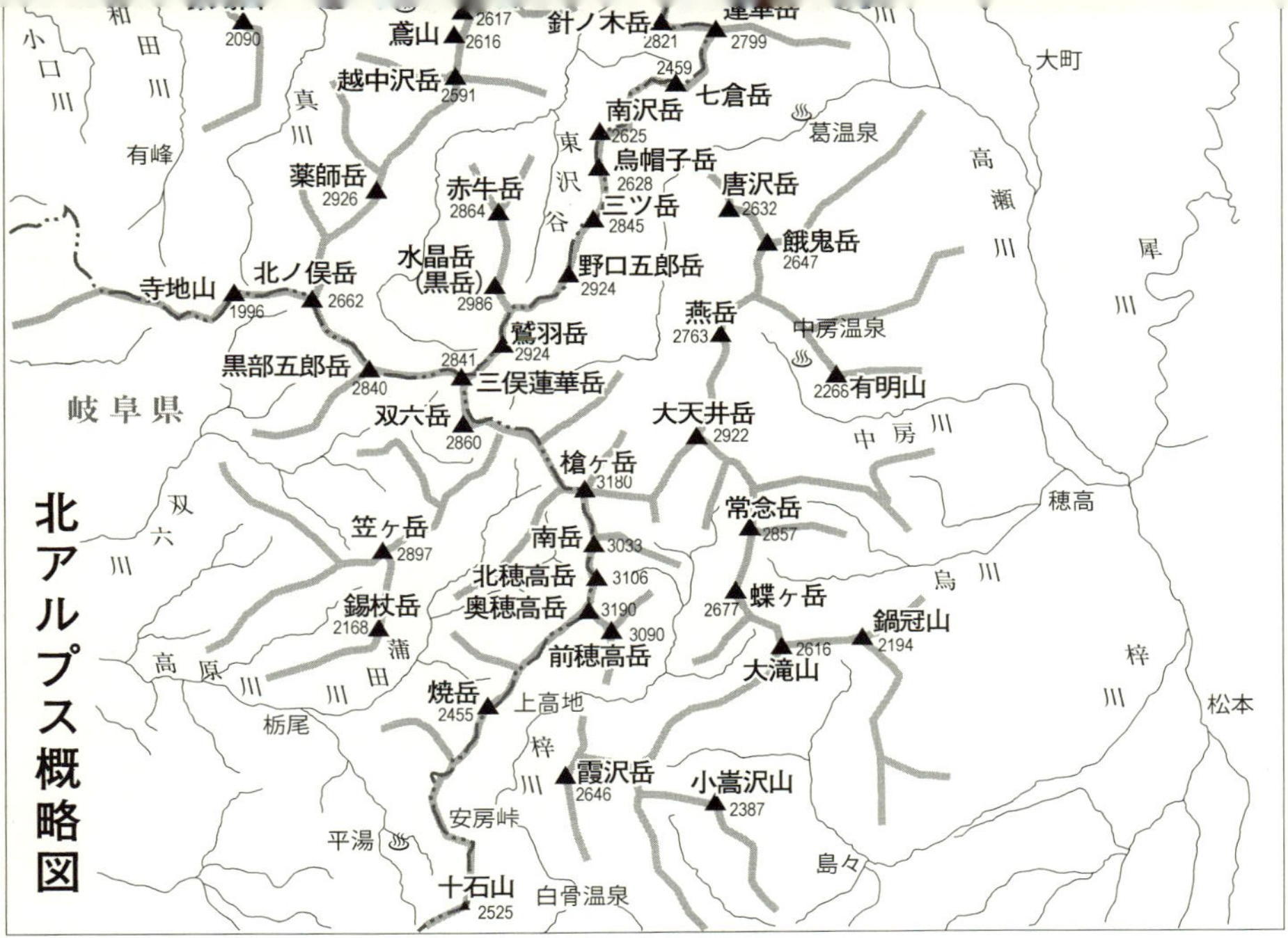

小口川
和田川
有峰
2090
鳶山 2616
2617
越中沢岳 2591
針ノ木岳 2821
蓮華岳 2799
2459
七倉岳
大町
真川
薬師岳 2926
南沢岳 2625
東沢谷
烏帽子岳 2628
葛温泉
赤牛岳 2864
三ツ岳 2845
唐沢岳 2632
高瀬川
餓鬼岳 2647
水晶岳 (黒岳) 2986
野口五郎岳 2924
犀川
寺地山 1996
北ノ俣岳 2662
燕岳 2763
中房温泉
鷲羽岳 2924
黒部五郎岳 2840
2841
三俣蓮華岳
有明山 2266
岐阜県
双六岳 2860
大天井岳 2922
中房川
槍ヶ岳 3180
穂高
双六川
笠ヶ岳 2897
南岳 3033
常念岳 2857
北穂高岳 3106
烏川
奥穂高岳 3190
蝶ヶ岳 2677
鍋冠山 2194
錫杖岳 2168
3090
前穂高岳
大滝山 2616
高原川
蒲田川
梓川
焼岳 2455
上高地
松本
栃尾
霞沢岳 2646
小嵓沢山 2387
安房峠
平湯
島々
十石山 2525
白骨温泉

槍・穂高連峰
三俣蓮華岳
2841
湯俣
湯俣川
硫黄岳
2554
水俣川
硫黄乗越
赤岳
2416
硫黄尾根
千天出合
双六岳
2860
樅沢岳
2755
大天井岳
2922
千丈沢
北鎌尾根
天上沢
独標
2899
水俣乗越
弓折岳
2592
肩の小屋
槍ヶ岳
3180
殺生小屋
飛騨乗越
西岳
2758
大槍小屋
飛騨沢
大喰岳
3101
中岳
3084
抜戸岳
2813
奥丸山
2440
槍平小屋
槍沢
二ノ俣谷
一ノ俣谷
南岳
3033
中崎尾根
大キレット
右俣谷
滝谷
北穂高岳
3106
横尾谷
涸沢
左俣谷
中崎山
1744
涸沢岳
3103
白出沢
穂高小屋
涸沢
横尾
3190
北尾根
梓川
中崎
奥穂高岳
小鍋谷
西穂高岳
2909
前穂高岳
3090
明神岳
2931
蒲田川
西穂独標
2701
岳沢
槍見
中尾
徳沢
N
割谷山
2224
明神
上高地
0
1
2km
中尾峠
焼岳
2455

剱・立山連峰
0
1
2km
N
ブナクラ谷
馬場島
大窓
白萩川
小窓尾根
池ノ平山
2555
小窓
立山川
早月尾根
池ノ谷
小窓雪渓
剱岳
2999
八ツ峰
源次郎尾根
長次郎谷
平蔵谷
小又川
東大谷
前剱
2813
剱沢
剱御前
2777
剱沢小屋
真砂沢
大日岳
2501
奥大日岳
2506
2611
別山乗越
2880
別山
真砂岳
2861
称名川
富士ノ折立
2999
大日平
天狗平
室堂平
称名滝
3015
大汝山
八郎坂
天狗山
2521
国見岳
2621
浄土山
3003
雄山
弥陀ヶ平
一ノ越
弘法茶屋
龍王岳
2872
松尾峠
獅子岳
2714

序　悲報——昭和十一年一月

1

一時はおさまりかけていた風が、また激しく吹きはじめた。

猛々《たけだけ》しさを感じさせる風だった。屋内にいてさえ、大地を揺るがすような風鳴りが伝わってくる。重く遠い音だった。轟々と唸りをあげて、空の奥ふかいところを通過していく。その上に、叩きつけるような物音が重なった。こちらの音は近かった。風とともに押しよせてきた飛雪が、建物の外壁に衝突して乾いた音をたてているらしい。

——このまま夜が明けてしまうのか。

甲斐《かい》明寛《あきひろ》は夜具にくるまったまま、その音をきいていた。風の音で浅い眠りを破られたあと、寝つけなくなってしまったのだ。昨夜おそく宿に到着したときから、途切れることなく吹いているようだ。

宿の者によれば、こんな天気が一週間以上もつづいているらしい。曲がりなりにも天候が安定していたのは元日だけで、二日以降は連日の暴風雪だという。

またひとしきり、風が吹き荒れた。甲斐は耳をそばだてた。それまでとは違う甲高い音が、あらたに加わっていた。怪鳥の啼《な》き声を思わせる異様な風音だった。一時的な現象ではない。長く尾を引いて、いつまでも鳴っている。

風向きがかわったのかと、甲斐は思った。そのせいで、風の通りすぎる道も低くおりてきた。遠雷のようにどろどろと響く上空の風と違って、低空を吹く風はするどい風切り音をともなっている。地形をからみ、衝突して風向をねじ曲げられるからだ。谷にそって吹きおろしてくるときには、別の風に変化している。

気がつくと外壁を叩く音も、微妙に位置がずれていた。やはり風はまわり込んでいるようだ。ときおり建物の奥深いところから、不気味なきしみ音がきこえてくる。風圧の変化に対応しきれず、柱の芯が鳴っているのだろう。

そのことを確かめたくて、夜具から首をのばした。だが同室している者たちは、誰も起きだしてくる気配がなかった。敷きつめられた蒲団《ふとん》の隙間から、かすかに白い息が漏れだしている。たえまない風の音にまじって、ひそやかな寝息もきこえてきた。少々の物音では、眼をさましそうにない。

だがそれも、無理はなかった。神戸からの強行軍と慣れない対外折衝の連続で、全員が疲れきっている。しかも昨夜は午後十時に到着したあと、深夜まで事情聴取と打ちあわせがつづいた。その前は夜行列車だったから、睡眠不足は二晩におよんでいる。泥のように眠りこけていたとしても、不思議ではなかった。

無論そのような状況は、甲斐もおなじだった。それなのに、眼がさえて眠れない。これから先の天候が、気になっていたからだ。気がつくと耳をそばだてて、風の音に意識を集中していた。一行の中では最年少だから、疲労が表面化しないのかもしれない。

だが耳をすませても、兆候を感じとることはできなかった。どのみち屋内でできることは、かぎられている。起きだして窓ごしに外をみても、空模様は確認できそうにない。それならいっそのこと、外に出てみようと思った。

ほんの少し躊躇したあと、意を決して寝床から抜けだした。さして上等の夜具ではなかったが、寒気を遮断する効果はあった。体をつつんでいた温もりが、急速に失われていく。すでに炬燵《こたつ》の炭火も落ちて、室温は下がりきっていた。じっとしていると、身ぶるいしそうだった。

寒気に追いたてられるようにして、枕元の上衣を引きよせた。手袋や防寒帽は、まとめてポケットに押しこんである。登山基地にしているのは山あいの温泉宿だが、感覚的には山小屋とそう違わない。暗がりでも、まごつくことはなかった。

冷えきった袖に腕を通しながら、窓の外に眼をむけた。もう夜明けは近いはずなのに、空は暗いままだった。びっしりと氷の張りついた窓からは、雪あかりしか射しこんでこない。そのわずかな光を頼りに、最後の身支度をととのえた。

音をたてないように注意して、部屋を横断した。窓から外の様子をみる気はなかった。

何かがわかるとは思えないし、かえって気力が萎えるかもしれない。思いきりよく襖障子を開いて、部屋の外に出た。その途端に、気温が急変した。

予想外の寒さに、思わず甲斐は足をとめた。寝部屋も寒かったが、廊下よりは数段ましだった。衣服のわずかな隙間から、刺すような冷気が忍びこんでくる。吸気のたびに喉が痛み、肺が冷えきっていくのがわかった。吐く息の白さが、次第にましていく。

立ちどまるべきではなかった。ここは温泉宿だが、彼らは湯治《とうじ》にきたわけではない。山中で消息をたった仲間を、捜索するためにきたのだ。この程度の寒気で二の足を踏んでいたのでは、暴風雪が吹き荒れる戸外に出ていくことはできない。

自分を叱咤するつもりで、廊下の先に眼をむけた。暗い廊下の突きあたりが、宿の玄関口になっていた。その先は、もう戸外だった。眼にみえない冷気の塊が、玄関に滞留しているかのようだ。だが、あまり深く考えるべきではない。後ろ手で襖障子を閉じて、大股に足を踏みだした。手足の動きをことさら大きくして、まっすぐ廊下を歩いていく。

足音が高く響いたが、気にしてはいられなかった。あいかわらず風の音は激しく、途切れる気配もない。少しくらい騒がしくしても、苦情がくることはなさそうだ。事実、屋内は静まりかえっていた。風と飛雪の音以外は、何もきこえてこない。

変化に気づいたのは、廊下の端まできたときだった。ひどく寒かった。ぞっとするほどの寒気で、歯の根があわなくなった。すぐに膝頭から力が抜けて、小刻みにふるえだした。

それなのに、気温が下がったという実感がない。正確な数値はわからないが、感覚的には部屋を出た直後と大差なかった。

戸惑いを感じて、甲斐は足をとめた。玄関口のわずかな隙間から、外気が入りこんでいた。隙間風とともに吹きこんだ粉雪が、玄関の土間に白い筋をつくっていた。

だが、それが異様な寒さの原因とは思えなかった。隙間風や粉雪は、単に体感温度を低下させるだけだ。それとは別の、心の奥底まで冷え冷えとするような何かが、ここには渦巻いている。つまり変化したのは気温ではなく、寒さの質だったのではないか。

漠然とした不安を感じて、先ほどの寝部屋に眼をむけた。襖障子は閉じられたままだが、かすかな暖気が漂っているようだ。人の気配が安堵感につながって、寒気をやわらげているのかもしれない。

だが、ここは違う。戸板一枚へだてた先では、いまも雪嵐が吹き荒れている。人の気配どころか、生き物の存在さえ許さない死の世界だった。その事実が甲斐の心をしめつけて、底のしれない寒気を感じさせていた。

そう考えれば、ふるえがとまらない理由もわかる。寒さのせいではなく、恐怖が原因なのではないか。甲斐にとっては、これが最初の本格的な冬山行だった。二年前の冬にスキーをはじめるまで、雪には触れたこともなかった。

昨年は残雪期の山に登っているが、冬山における気象条件の悪さや難易度はその程度ではない。今年の正月に会のスキー行で氷ノ山《ひょうせん》に登ったのが、唯一の厳冬期登山だった。それにしても頂上の標高は千五百メートル程度だから、本格的な冬山とはいえないのではないか。

そんなビギナー以前の駆けだしが、こともあろうに厳冬の槍《やり》ヶ岳に登ろうとしている。最近では登頂例もふえたが、冬の槍が精鋭のみに許された難峰であることにかわりはない。ほんの少し前までは、冬季登頂の事実だけで新聞記事になっていた。

その危険きわまりない山に、悪天候をおかして突っこんでいかなければならない。しかも行方がわからなくなったのは、関西の山岳界を代表する最精鋭の登山家たちだった。甲斐が精神的な負担を感じるのも、無理はなかった。

だが、いまさら後もどりはできない。遅延も許されなかった。最精鋭の二人——加藤文太郎《かとうぶんたろう》と吉田登美久《よしだとみひさ》が吹雪の槍ヶ岳で消息をたったのは、いまから一週間ほど前のことだ。かりに生存しているとしても、状況は非常に厳しいといわざるをえない。

すでに槍ヶ岳と周辺の山域では、地元ガイドによる捜索活動が開始されていた。甲斐たちも早急に入山して、彼らと合流する必要があった。少しくらい天候が悪くても、今朝からの行動が中止になることはない。

覚悟を決めるしかなかった。内心の不安を押し流すつもりで、玄関脇の棚から靴をとりだした。こんなときには、手ばやく行動した方がよかった。足ごしらえをととのえてしまえば、後もどりができなくなる。

そう考えて、土間に放りだした靴に足を突っこんだ。違和感に気づいたのは、その直後だった。ごつごつとして、体になじんだ感じがしない。かといって、靴を間違えたわけではなかった。棚にあった登山靴は、甲斐のものだけだ。

事情はすぐにわかった。手入れが不充分で、凍らせてしまったらしい。保管場所が屋内だから安心していたのに、夜明け前の寒気で室温が氷点下にまで下がったようだ。こんなことは、氷ノ山でも経験がなかった。北アルプスの寒さを、思い知らされた気がした。

だが原因は、甲斐の不注意にあった。昨日は積雪のため自動車が使えず、船津からの六里半を歩きとおした。当然のことながら、靴は雪まみれになっている。しかも里山の、湿った雪だった。表面ばかりではなく、皮革自体がたっぷりと水分を吸っていたはずだ。付着した雪を払い落としただけでは不充分で、他の場所に移して乾燥させるべきだった。

他の靴が見当たらないのは、そのためだろう。あるいは宿の者が、処置してくれたのかもしれない。ところが昨夜は到着が遅かった上に、深夜まで人の出入りがたえなかった。その混乱にまぎれて、甲斐の靴だけが取り残されたのではないか。

いまからでも靴を乾かすべきかもしれないが、すぐに甲斐はこのまま出かけることを決めた。時間が惜しかったし、それ以上に事態を楽観していた。凍りついた靴で歩けばどんなことになるのか、この機会に経験しておくべきかもしれない。宿の周辺を歩くだけだから、不具合があったところで大事には至らないだろう。

そう結論を出して、普段よりきつく靴紐をしめた。いまは石のように硬く凍りついているが、しばらく歩けば弾力がもどるはずだ。靴が足になじんで、自然に靴紐がゆるむ。それを見越して、わざと余裕のない結び方をした。

最後に何度か足踏みをして、靴の形を修正した。それで準備は終わりだった。足先が冷たい上に窮屈だが、体が温まるまでの辛抱だと考えるしかない。深く息を吸いこんで、引き戸の掛け金をといた。かたりと音がして、戸の隙間が広がった。

その隙間に手をかけて、体勢をととのえた。さらさらと流れこんでくる粉雪で、たちまち手の先が真っ白になった。雪とともに侵入してきた冷気が、万力のように指先をしめつけている。痛みをともなった冷気だった。指先から全身に、じわじわと広がっていく。

逃げ腰になる気はなかった。痛みを無視して、引き戸を開いた。耳障りな音がした。意外に戸板は重く、抵抗も大きかった。そしてすぐに、戸が動かなくなった。吹きだまりに乗りあげたか、戸車が凍りついているらしい。開いた隙間の幅は、拳ふたつ分ほどだった。

いったん戸を閉じたあと、勢いをつけて開いてみた。おなじだった。先ほどの位置から、ほとんど動いていない。それなのに、吹きこむ雪の量がふえていた。冷気の流入も、激しくなっていた。玄関の土間が、みるまに雪でおおわれていく。

あきらめずに、何度かおなじことをくり返した。そのたびに、少しずつ隙間が広がっていった。だが、人が通りぬけるには狭すぎる。かといって、助けを呼ぶのは憚《はばか》られた。湯を流しこんで、氷をとかす余裕もなかった。そんなことをしている間にも、飛雪は舞いこんでくる。すぐにでも戸を閉じなければ、玄関が雪で使えなくなりそうだ。

焦りが先にたった。肩先を隙間に突っこんで、強引にすり抜けようとした。その途端に、大きな音がして戸が動いた。それで多少はましになったが、まだ充分ではない。途中で体が引っかかったまま、身動きがとれなくなった。

突っこむしかなかった。肺を空にするつもりで息を吐きだし、上半身を無理やり隙間にねじ込んだ。だが着ぶくれしているものだから、思うように体が動かない。その上マフラーが引っかかって、首が絞まりかけた。

無視して両足を踏んばった。次の瞬間、するりと上半身が抜けた。あとは一気呵成《いっきかせい》だった。何度か足掻《あが》いたところで、体が急に軽くなった。勢いあまって、転びそうになった。そこはすでに戸外だった。ぞっとするような冷気が、全身を押しつつんでいる。

思わず身ぶるいをしていた。ひどい有様だった。衣服は乱れ、マフラーが落ちかけている。そこに飛雪まじりの寒風が、容赦なく吹きつけてきた。舞い散る粉雪は、ガラス片のように鋭かった。あらわになった鼻先から、次第に感覚が失われていく。

それでも、やめる気はなかった。ふるえる手で引き戸を閉じて、建物に背をむけた。蒲《がま》田《た》川にそって、少し歩いてみるつもりだった。槍ヶ岳がみえるという河原まで足をのばせば、何かがわかるかもしれない。

無論いまは何層にも重なった濃密な雲と、横殴りの降雪が視野を閉ざしている。槍ヶ岳どころか、前山さえみえないはずだ。だが雲の動きや風の強さくらいは、読みとれるのではないか。苦労して表に出たのだから、天気が回復しているかどうかだけでも把握したかった。

ところが甲斐の思惑は、すぐに外れることになった。いくらも歩かないうちに、足がとまってしまったのだ。原因は正面から吹きつけてくる強風と、降りつもった深雪だった。その上に寒気が加わって、足を前に出せなくなった。

ことに積雪量の多さは予想外だった。到着時には明瞭に残っていた雪踏みの跡が、完全に埋められている。そんなところを凍りついた靴で歩くのは、どう考えても現実的ではなかった。一歩ごとに、足を削りとられるような苦痛をしいられた。

――これほど……過酷な世界に、彼らはすすんで身を投じたのか。

荒い息をつきながら、甲斐は考えていた。里に近い蒲田川の流域でさえ、この状態なのだ。標高三千メートルをこえる稜線上では、想像を絶する烈風が吹き荒れているのだろう。とてもではないが、自分ごときが入りこめる世界ではない。

引き返そうと、甲斐は思った。このまま歩きつづけると、本当に身動きがとれなくなる。その前に宿へもどって、体力を回復させるべきだった。いまなら、まだ間にあう。宿の者が起きだしてくる前に、部屋に入ることができるはずだ。捜索活動に加わるかどうかは、あとから考えればよかった。

そう結論を出して、踵《きびす》を返しかけた。その矢先に、物音を耳にした。甲斐は首をかしげた。風の音ではなさそうだ。この吹雪の中を、誰かが深雪を踏みながらやってくる。一人だけではなかった。重なりあった足音が、次第に近づいてくる。

その場に立ちつくしたまま、甲斐は音のする方へ眼をむけていた。

2

神戸の関西徒歩会に遭難の第一報が届いたのは、二日前の一月八日午前十時ごろだった。発信者は蒲田の案内人組合で、電文は「三ヒキタカマイキフタリカエラヌフタリノコルチョウサイクスグ　ヘン」とあった。今月三日に二人が北鎌《きたかま》尾根にむかったまま、消息をたっている。他の二人は無事らしいが、詳細は（電文からは）わからない。調査が必要なら実施するので返電を乞う——そう解釈できた。

状況からして遭難したのは会員の吉田登美久と、会員ではないが行動をともにしていた加藤文太郎であると推測された。残った二人というのは、いずれも会員の大久保清任と濱李一らしい。彼らは年初から北アルプスの槍ヶ岳に入山していたが、下山の連絡がないため安否が気づかわれていた。

実をいうと彼らには、他にも懸念材料があった。槍ヶ岳の途上にある槍平の小屋で、一行と合流するはずだった永谷義三会員からの情報だった。永谷が槍平に到着した二日には、一行はすでに肩の小屋へ移動していたらしい。それも前日の一日に麓の槍見温泉を出発し、槍平に泊まることなく肩の小屋にむかうという強行軍だった。

小屋番から事情を知らされた永谷は当惑した。不可解な話だった。麓の槍見温泉から頂上直下に位置する肩の小屋までは、積雪期なら二日行程とされている。ところが彼らは昼食をとっただけで、あわただしく槍平小屋をあとにしていた。いったい何をそんなに、いそいでいたのか。

槍平に荷を置いて朝早く出発すれば、一日で槍ヶ岳を往復することも不可能ではないのだ。というより当初の計画では、そんな形で登頂することを考えていた。槍平小屋をベースハウスにして、周辺のピークをめざす放射状登山――それが今回の山行形態だった。入山したその日のうちに肩の小屋に入っても、意味がないのではないか。

だが永谷の感じた疑問は、小屋番の言葉で氷解した。四人のうちリーダー格らしい一人が、声高に「北鎌尾根をやる」といっていたらしい。そのとき時刻は、すでに午後二時をすぎていた。いまから肩の小屋にむかうのは無謀だとさとす小屋番に、リーダー格の男が返した言葉がそれだった。

それでようやく、永谷は納得した。その言葉を口にしたのは、加藤か吉田なのだろう。彼らは最初から、北鎌尾根の踏破を目的に入山したのだ。槍平小屋ではなく肩の小屋をベースハウスにして、北鎌尾根を往復しようとしているのではないか。そして槍ヶ岳の登頂だけをめざす大久保と濱の二人も、それに同行することになった。

積雪期の初登頂争いが一段落した現在、先鋭的な登山家が次にめざすのはバリエーションルートの開拓だった。より困難なルートと季節を選んで、頂上をめざすことになる。あるいは登頂にこだわることなく、ルートの登攀や下降だけが目的とされた。

槍ヶ岳の北に派生する北鎌尾根も、そんなルートのひとつだった。この時期すでに厳冬期の下降は達成されていたが、人気がおとろえることはなかった。

今年の正月には残された最後の課題――厳冬期における末端からの完全登高をねらう隊が、いくつか高瀬川流域に入っているらしい。加藤と吉田の二人は槍ヶ岳の頂上を経由して、北鎌尾根を踏破しようとしたのではないか。

そう考えれば、大久保と濱の動きも予測できた。早ければ今日（一月二日）の夕暮れまでには、槍平小屋に帰ってくるはずだ。彼らが北鎌尾根にむかったとは思えないし、永谷が二日に槍平入りすることは二人も承知している。おそらく大槍の頂上を往復しただけで、引きあげてくるのだろう。

彼ら二人が、下山をいそぐ事情もあった。前日の午後に槍平小屋を出発したとき、四人はサブザックひとつの軽装だったという。人夫を雇って担ぎあげた食糧は、ほとんど小屋に残されたままだった。だが正月には番人のいる槍平の小屋と違って、肩の小屋は冬のあいだ無人だった。

したがって、食糧などは備蓄されていない。槍ヶ岳の登頂を果たした二人が、肩の小屋に長居をするとは思えなかった。そのうち元気な姿をみせるだろうと考えて、永谷は大久保と濱を待った。

ところが夜になっても、二人は帰ってこなかった。気にはなるものの、事情をたしかめる方法はない。おそらく悪天候に遭遇して、身動きがとれないのだろう。小屋番によれば、この日は朝から荒れ模様だったという。そして槍平でこの状態なら、肩の小屋あたりは大荒れだとつけ加えた。

待つしかなかった。冬山では、一日や二日の停滞は珍しくない。翌日になれば、何ごともなかったように引きあげてくるのではないか。もし事情が許せば、こちらから肩の小屋まで様子をみにいってもよかった。案外あっさり、途中で出会えるかもしれない。

だが、永谷の期待ははずれた。夜が明けても、天候は回復しなかった。ときおり晴れ間もみえるのだが、小屋番はけわしい顔でかぶりをふった。そして無理に登れば、途中で身動きがとれなくなるといった。

結局、その日も動きはなかった。日暮れまで待ちつづけたが、誰も下山してこなかった。

そして翌日も、おなじことがくり返された。天候は回復するどころか、ますます激しく吹きつのっている。横殴りの暴風雪で、小屋から一歩も外に出られない。濃密な雪雲で視界が閉ざされ、とてもではないが行動できる状態ではなかった。

永谷が下山を決めたのは、五日の朝だった。休暇の期日が迫っていたため、それ以上の滞在は困難だった。ただし、理由はそれだけではない。このまま彼らを待ちつづけるよりは、事実関係を会に報告する方が先だと考えたのだ。

だがそれも、容易なことではなかった。神戸との連絡は長距離電話か電信に頼るしかないが、いずれの場合も最寄りの取扱局は栃尾になる。もし回線状況が悪ければ、さらに先の船津まで足をのばさなければならない。下山日のうちに報告できれば上出来で、通常は二日から三日かかるはずだった。

それなら、少しでも早く行動を起こした方がよかった。一行が槍平をあとにして、すでに四日がすぎている。食糧はもう底をついているはずだし、体力の消耗も懸念された。まだ遭難と決まったわけではないが、それに近い状態ではないか。いまのうちに対策を考えておかないと、取り返しがつかなくなるかもしれない。

後ろ髪を引かれる思いで、永谷は下山した。そして帰路の途上で、会に状況を知らせてきた。つまり案内人組合からの第一報を受けとったとき、会はある程度の事情を把握していたのだ。

ただ、詳細はわからない。どういった経緯で、案内人組合が電文を発信したのか。大久保と濱の二人は、いまどこにいるのか。加藤と吉田が帰らないというのは、いつの時点の話なのか。そういった点が、いっさい不明だった。

手の中の情報はかぎられていたが、選択肢は多くなかった。案内人組合には調査を依頼するとともに、あらたな情報が入れば知らせるよう返電した。その一方で、会の主だった者に呼集がかけられた。さしあたり現地に救援隊を派遣して、情報収集にあたらせる必要がある。警察をはじめ、関係機関との折衝も欠かせない。

大久保や濱の動きに、期待することはできなかった。永谷が槍平小屋を出た五日朝よりも、状況はさらに悪化している。救援隊は文字どおり大久保と濱を「救援」することになるはずだ。行方のわからない加藤と吉田の捜索は、実質的に現地の案内人（ガイド）が主導することになるだろう。

とはいえ、状況は非常に厳しいといわざるをえない。二人が消息をたってから、すでに丸五日がすぎている。山小屋に避難していれば生存の可能性もあるが、場所が北鎌尾根ではそれも望めなかった。三千メートルに近い吹きさらしの岩稜で、食糧もなしに何日も生きられるとは思えない。

それでも、会としての基本方針にかわりはなかった。可能性が少しでもあるかぎり、捜索活動は実施する。なんらかの結果が出るまでは継続されるし、関係者全員の同意がなければうちきりになることもない。会員の遭難は過去にも例があったから、対応策も蓄積されていた。

加藤文太郎は会員ではないが、そのことはあまり関係がなかった。生死をともにした岳友として、他の会員と同等のあつかいを受けるはずだ。それを可能にするだけの組織力が、関西徒歩会にはあった。

神戸を本拠地とする関西徒歩会は、明治四十三年に神戸草鞋《わらじ》会として設立された。六甲《ろっこう》山を背後にひかえた地の利のよさをいかして活動をつづけ、このとき会員総数は四百人ちかくに達していた。当初は在留外国人をまじえたハイキングクラブだったが、時代とともに活動範囲を広げ冬山スキー行やロッククライミングを実践するまでになっていた。

その一方で近郊の山に登山道を開拓し、あるいは「毎日登山」を組織的に実施するなど幅広い活動を展開している。班ごとにわかれた山行やスキー行は、年間に百回をこえていた。昨年の秋に創立二十五周年を迎えたばかりの社会人登山団体で、会の機関誌「ペデスツリヤン」は通算一八一号に達している。

関西徒歩会は神戸区（現在の神戸市中央区）江戸町に事務所を置いていた。大阪にも事務所はあったが、そちらは支部としてあつかわれていた。正式名称が神戸徒歩会（神戸草鞋会を改称）から関西徒歩会になっても、彼らの本拠地が神戸であることにかわりはない。

その神戸事務所に出入りする会員の数が、時間とともにふえていた。

最初のうちは、それほど人が多くなかった。役員に非常呼集をかけたものの動きは鈍く、即座に駆けつけた者は少数だった。だがこれは、予想された事態といえた。すでに正月休みは終わり、どの事業所でも業務を開始している。

だから連絡はとりやすかったのだが、誰もが即座に仕事を放りだせるわけではない。その上に遭難対策は、長期にわたることが予想された。場合によっては、現地へ急派される可能性もある。身辺整理に多少の時間がかかるのは、当然といえた。

その結果、すぐに人手不足が深刻化した。現地からの第二報はまだ届いていないが、それとは関係なく処理すべき用件は多かった。関係各機関に対する通報や照会、さらには連絡のつかない役員の呼出など、次から次へと出てくる。

なかでも留守家族に対する事情説明や、当座の捜索資金に関する件は重要だった。どちらも電話ですむ用件ではないから、会から誰か責任のあるものを派遣する必要がある。というより電話のない家庭の方が普通だから、足を運ぶ以外になかった。

苦肉の策として、一般会員に眼がつけられた。重要な仕事はまかせられないが、雑用程度ならこなせるはずだ。平日にもかかわらず、事務所に顔をみせた会員は多かった。永谷からの情報を耳にして、四人の安否を確認しにきたらしい。事情を知らないまま、たまたま所用で立ちよっただけの会員もいた。

その全員に、声がかけられた。個人の都合は無視され、足どめされて手伝いを命じられた。それでいくらか状況は好転したかにみえた。だが、根本的な問題の解決にはほど遠かった。一般会員の多くは冬山の経験がなく、現場周辺の地理にも不案内だった。そんな相手に事実関係が曖昧なまま状況を説明しても、理解できるわけがなかった。

結果的に人数だけがふえて、早急にこなすべき仕事は滞ることになった。一般会員は協力的だったが、役員の負担は軽くならなかった。意欲はあるのに空回りして、時間だけがすぎていく。甲斐が事務所にきたのは、ちょうどそんな時期だった。

事務所の入り口に立ちつくしたまま、甲斐は茫然としていた。あまり広くもない事務所は、大勢の会員でごった返している。情報が錯綜し、混乱は頂点に達していた。とてもではないが、新米会員が割りこむ余地はない。迂闊《うかつ》に声をかけたりすれば、問答無用で殴られそうな怖さがあった。

北鎌尾根にむかった二人が消息をたったことは、すでに甲斐も把握していた。週末に予定されている伊吹《いぶき》山登山にそなえて、馴染みの登山道具店に立ちよったとき知らされた。本来なら幹事の藤田太郎と店内で落ちあって、不足している道具を買いととのえるはずだった。

ところが約束の時間がすぎても、藤田は姿をみせなかった。怪訝《けげん》に思っていたら、店主の島田真之介に声をかけられた。それでようやく、事情がわかった。藤田は役員だから、事務所を離れられないのだろう。いずれにしても、週末の山行どころではなさそうだ。

それよりも、二人の消息が気になった。最新の情報は事務所で入手するしかないが、島田によれば避けた方が無難だった。事務所には問いあわせや取材が殺到しているらしく、まともな応対は期待できそうにないというのだ。島田自身も迷惑になるのを恐れて、連絡を控えている状態だった。

判断に迷うところだが、やはり事務所には顔を出すことにした。二人が遭難したという話が、甲斐には信じられなかったのだ。ことに加藤は、過去に何度か遭難を噂されたことがある。そのたびに、ひょっこりと姿をみせて皆を驚かせていた。「不死身の加藤」という通り名は、決して誇張ではないはずだ。

一方の吉田も、関西徒歩会を代表する名クライマーだった。一度だけ岩壁を登攀中の吉田をみたことがあるが、抜群の安定感とスピードに舌を巻いた記憶がある。垂直の岩壁を苦もなく通過していく様は、舞のように美しかった。

だが吉田がクライマーとして真価を発揮するのは、やはり冬山における登攀の時だろう。二年前の前穂《まえほ》北尾根では、ザイルを組んだ加藤を終始リードしていたという。岩壁でみせた華麗な登攀スタイルは、雪山でも生きていたのだ。

しかも二人はそのとき、吹雪の北尾根で不時露営《ビバーク》している。尾根上の雪壁に横穴を掘って一夜の宿とし、着の身着のままで風雪にたえたらしい。つまり雪の怖さや性質を、知りつくしているはずだった。その二人と遭難という言葉が、どうしても結びつかない。

事実関係をたしかめたくて足を運んだのだが、この分ではそれも難しそうだった。すでに時刻は午後六時をすぎている。退勤時間と重なったせいか、会の役員が次々に姿をみせていた。口々に「遅くなってすまん」とか「休暇は取れそうだが、明日からは無理だ」などといっている。

その一方で、一般会員は居場所をなくしつつあった。彼らに割りあてられていた仕事は、到着したばかりの役員に引き継がれていた。事情のわからない甲斐に、手伝えることはなさそうだ。引き継ぎを終えた一般会員は、足ばやに事務所を去っていく。歩いて十分ほどのところにある本部集会室で、あらたな情報が入るのを待つらしい。

自分もそちらに移動するつもりで、事務所をあとにしかけた。その矢先に、黒板の文字が眼に入った。電文を書きうつしたものらしく、本文の他に着信時間が記されている。それ以外にも、発信電文やその文案らしきものが書きこまれていた。

甲斐の眼が一点にむけられた。ほんの少し前に、現地から第二報が届いたらしい。発信人は会員の大久保になっていた。肩の小屋にむかった四人の一人だった。胸騒ぎがした。本文に眼を通すのが怖かった。だが、避けては通れない。心を落ちつけて読みあげた。

「吉田加藤北鎌にて行方不明となり目下捜索中に就き関係者すぐ来るやうたのむ返待つ大久保……」

動揺していたのかもしれない。すぐには意味がつかめず、何度も読み返した。おなじだった。あらたな情報は、ほとんど入っていなかった。それまでの推測が正しかったことと、事態の深刻さを裏づけただけだ。具体的な遭難の状況は、何ひとつわからない。

名前を呼ばれたのは、その直後だった。はっとして、甲斐はふり返った。何度も声をかけられていたのに、気づかなかったらしい。かすかな苛立ちが、声には感じられた。

「甲斐君は……たしか昨年の夏に、槍ヶ岳に登っていたな。槍平を経由して」

その言葉で、甲斐は緊張をといた。正月の氷ノ山で、リーダーだった辻本岩雄だった。かたわらには藤田もいた。二人とも会の役員だから、現地の状況を知りたいのかもしれない。甲斐が「登っています」と答えると、辻本は満足そうにうなずいた。ところが藤田は、困惑した様子で辻本に耳打ちした。

「おい、いいのか？　甲斐は準会員だぞ。まだ学生じゃないか」

「学生だからいいんだ。少なくとも、休暇で苦労することだけはない。それに……春からは勤め人だ。おっと、お医者様の卵だったか。つまり正会員になる。違ったか？」

辻本が返した。最後の言葉は、甲斐にむけられたものだった。甲斐は返答に窮した。準会員は会費が正会員の半額だが、会員としての特典に制約がある。実質的に学生や未成年のための制度だった。

したがって勤務がはじまれば正会員になるはずだが、そんな話をなぜ持ちだされたのか理解できなかった。だが辻本は頓着しなかった。返事を待つことなく性急にいった。

「今夜の夜行で、現地入りできないか。一週間から十日は、帰ってこられないが」

甲斐は絶句した。彼らは新米会員の自分に、いったい何をさせる気なのか。

3

空の底が、かすかに明るかった。

蒲田川東岸の奥に広がる空が、尾根と接するあたりだった。低くたれ込めた密雲のせいで、尾根の全貌は視認できない。それでも存在を感じることはできた。次第に明るさをましていく東の空が、長くつらなる尾根を後方から照射しているのだ。

おそらく焼《やけ》岳から派生した支尾根だろうと、甲斐は思った。ときおり雲が流れて視界を暗く閉ざしたが、尾根の存在感が薄れることはなかった。東の空にあらわれた光が、着実に明るさをましていたからだ。

まだ淡く、弱々しい光だった。だが時間がすぎるにつれて、少しずつその領域は広がっていった。黎明は近かった。晴れていれば、もう夜は明けきっているはずだ。この時間帯でも、充分に行動は可能だろう。あたらしい一日が、はじまろうとしていた。すぐに闇は駆逐され、冷気も多少はゆるむ。

それにもかかわらず、甲斐の心は沈んでいた。明るくなったら、槍平に向けて出発しなければならない。その事実が、重く心にのしかかっていた。逃げ腰になっているものだから、気力がまるで充実しない。こんな状態では槍ヶ岳どころか、槍平までもたどりつけないのではないか。

背後から吹きつける強風におされて、とぼとぼと歩きつづけた。きた道を引き返すだけなのに、うんざりするほど遠かった。いくら歩いても、宿がみえてこない。次の一歩を踏みだすのに、相当な気力を必要とした。

恨めしい思いで、踏み跡の先に眼をむけた。ふたつの人かげが、雪を蹴散らすようにして歩いている。彼らの正体はわからない。蒲田の方向からきて、ふたことみこと言葉をかわしただけだ。何を話したのか、おぼえていなかった。曖昧に受け答えをして、道をゆずったように思う。

普通なら、それで終わるはずだった。甲斐は黙りこんだまま、彼らが立ち去るのを待っていた。姿がみえなくなったら、甲斐も引き返すつもりでいた。ところがそこで、彼らの一人がいった。「これ以上は、いかぬ方がいい」と。

強引さはなかった。さとすような口調とも違う。感情をまじえることなく、淡々と言葉を口にしただけだ。それなのに、心中を見透かされたような気がした。無意識のうちに視線をそらしたら、今度は「栃尾の奥村旅館だな」といわれた。

無視することは、できなかった。甲斐は小さくうなずいた。その旅館に、甲斐らは宿泊していた。ただし、名前を口にした記憶はない。彼らが何ものなのか、問いただす余裕はなかった。二人はすでに背をむけていた。甲斐が残した踏み跡をたどって、宿の方に歩いていく。

最後にひとこと「先にいくぞ」といわれたような気もするが、あまり自信はない。このころから甲斐の意識は、混濁していたようだ。そのせいか、体が自然に動いていた。彼らのあとを追って、もときた道を逆にたどっていた。どのみち引き返すつもりでいたから、抵抗も感じなかった。

ところが彼らの姿は、すぐにみえなくなった。降りしきる雪に、かき消されてしまったらしい。それほど彼らの足は速かった。そのまま見失ってしまうのかと思ったら、薄闇の奥から唐突に人かげがあらわれた。甲斐が追いつくのを、待っているらしい。

その後は、おなじことのくり返しだった。懸命に歩いても、先行する二人に追いつけない。油断すると、たちまち距離が開いてしまう。見失うと立ちどまって待っている。そんなことが、延々とつづいた。それなのに、終わりがみえてこない。

あいかわらず天候は悪かった。風はやむ気配がなく、唸りをあげて押しよせてくる。飛雪が上衣に付着して、板のように凍りついていた。だが感覚が鈍くなっているのか、あまり寒さを感じない。夢でもみているような、頼りない気分だった。どこか遠くで、風が轟々と鳴っていた。その音が、さらに遠くなった。

「どうした、客人」

ふいに声がした。甲斐は我に返った。その途端に、忘れかけていた現実がもどってきた。甲斐は身ぶるいした。ぞっとするほどの寒気が、全身をおしつつんでいる。あまりの寒さに、歯の根があわなかった。ガチガチと鳴る音が、いつまでもつづいている。

「もう少しだ。寝るのなら、着いてからにしてくれ」

眼の前の人かげがいった。一人だけだった。眉をよせて、甲斐をみている。六十歳くらいの、がっしりした体格の男だった。先ほどから言葉をかわしていたのは、その男らしい。いつの間にか空全体が、明るくなりかけていた。

はじめて眼にする男の顔には、深い皺が何本もきざまれていた。おそらく若いときから、屋外の仕事ばかりをつづけてきたのだろう。雪景色の中に身を置いているせいか、日焼けした顔が異様に黒くみえる。男は困惑した様子で、背後の雪原を指さしていた。

男の言葉に嘘はなかった。眼と鼻の先に、見覚えのある建物がみえた。もう一人は、先にいったのだろう。ところが甲斐は帰着を目前にして、立ち往生してしまった。歯の根があわないはずだ。男が起こさなかったら、甲斐は立ったまま凍死していたかもしれない。

「大丈夫です。一人で歩けます」

ふるえる声で、甲斐はいった。強がりなどではなかった。間近に建物をみたせいか、自分でも意外なほど気力が充実していた。それに足がとまったのは、睡眠不足が原因だった。

歩けないほど、疲労していたわけではない。体力は充分にあるのだから、残りの距離は余裕を持って歩きとおせるはずだ。

　疑わしそうな男の視線を意識しながら、甲斐は足を踏みだした。思惑どおり、体が驚くほど軽くなっていた。呆気ないほどあっさりと、建物が近づいてくる。結局、一度も足をとめることなく玄関にたどり着いた。

　男は勝手知った様子で、建物の奥に踏みこんでいく。成りゆきで、甲斐も男にしたがった。つれていかれたのは、裏口に近い一室だった。倉庫をかねた作業部屋になっているらしく、中央には薪ストーブがすえられていた。

　もう一人の男はそこにいた。こちらの方は、まだ若かった。二十代の前半か、せいぜい二十五歳くらいのようだ。ストーブの横に腰をおろして、火の加減をみている。点火して間がないのか、燃えさかる炎の大きさにくらべて室温は低かった。それでも吹雪の戸外にくらべれば、別世界のように暖かい。

「蒲田口案内人組合の田崎源治郎だ。そっちの若いのは松井浩蔵」

　あらたまった口調で、男が名乗った。浩蔵と呼ばれた若い男も、立ちあがって一礼した。二人の名前には記憶があった。たしか昨日の打ちあわせで、何度か耳にしたように思う。名字はあまり使われず、通常は屋号や名前で呼ばれていた。たぶん同姓のものが多いのだろう。源治郎はつづけた。

「今日は槍平まで、二人で供をさせていただく。ただし俺は、槍平から先へはいかぬ。捜索が終わるまで、槍平の小屋を守る。あらためて申しあげるので、ご承知おきくだされ」

つまり彼らは、案内人組合を通して雇い入れた人夫ということになる。今日は先発隊四人のうち、辻本と甲斐の二人が槍平の小屋にむかう予定だった。その荷担ぎと案内をするために、源治郎と浩蔵が組合から派遣されてきた。朝早く蒲田を出て栃尾にむかう途上で、甲斐と出会ったらしい。

かたり、と音がして氷が落ちた。甲斐の上衣に張りついていた氷だった。ストーブの熱が程よくまわって、室温が上昇しつつあった。さっきまで凍えていたのに、いまは体の芯が燃えるように熱い。濡れた上衣の肩からは、早くも湯気が立ちのぼっている。

眼を開けているのが辛かった。このまま居眠りをしたいほどだが、さすがにそれは礼を失している。姿勢をただして、甲斐も名乗った。源治郎は意外そうな顔になっていった。

「すると客人が槍平まで?」

驚いているというより、呆れたような口調だった。甲斐は気まずい思いで顔を伏せた。源治郎が呆れるのも当然だった。山中にわけいる前から、あの体たらくなのだ。これで真冬の槍ヶ岳に登ろうというのだから、無謀としかいいようがない。

できることなら、違うといいたかった。いまからでも他のものと交代したいところだが、それができる状況ではなかった。

四人しかいない先発隊のうち、一人は遭難した吉田登美久の実兄だった。前線基地である山小屋に、進出させるわけにはいかない。捜索活動がつづいている間は、栃尾に置かれた本部に常駐してもらうことになる。

山中に踏みこむのが、危険だからではなかった。それもあるが、より切実で本質的な事情が他にあった。捜索の根幹にかかわる重大事は、家族の同意がなければ決められないのだ。というより形の上では、加藤家と吉田家が捜索隊を指揮することになる。莫大な捜索費の大部分は両家の負担になるのだから、それも当然だった。

だから吉田氏は、栃尾にいなければならない。栃尾であれば電報の発信も可能だから、神戸の留守家族とも連絡をとりやすい。さらに案内人組合のある蒲田にも近く、山中の捜索隊に指示をつたえるのも容易だった。もし吉田氏が山中に移動してしまったら、指揮系統に重大な空白が生じかねない。

かといって、藤田に肩代わりを依頼することもできなかった。加藤の親族をはじめとする救援隊の本隊は、昨日午後の列車で大阪を発ったはずだった。昨夜おそく飛騨高山に到着したとして、早ければ今日の夕刻には栃尾入りする。藤田は彼らに事情を説明した上で、捜索の基本方針をまとめなければならない。その大役が、自分につとまるのか。

無理だった。それに甲斐がいま果たすべきなのは、連絡要員としての役割だった。先行して北鎌尾根にむかった案内人組合の捜索隊と合流し、その動きを報告することが期待されている。そのために出向いてきたのだから、逃げることは許されない。

自覚を持つべきだと、自分にいいきかせた。居住まいをただして、甲斐はいった。

「私ともう一人、辻本がいきます。状況が許せば、明日は肩の小屋まで」

あからさまに拒絶されるとは、思っていなかった。登高のつよい意志を甲斐が示せば、彼らもあえて反対しないはずだ。だが遠まわしな中止勧告や、様々な条件の提示くらいは覚悟していた。実質的な計画変更を迫られたり、途中で引き返す可能性を示唆してくるかもしれない。

そう考えて、二人の反応をうかがった。失態を演じたのは事実だから、ある程度の譲歩はやむをえない。ただし、その場合でもゆずれない一線はある。捜索活動に支障をきたすような要求には、断じて応じてはならなかった。

多少の気負いがあったのかもしれない。肩に力が入っているのが、自分でもわかった。ところが返ってきた言葉は、予想とは大きく違っていた。その言葉をきくなり、源治郎は腰を浮かせていった。

「すぐに足ごしらえをとけ。靴を乾かすんだ。それと……少しでも長く、横になって休んだ方がいい。部屋にはもどるな。そこの長椅子で寝ておれ。暖かくて、ぐっすり眠れる。時間が節約できるし、濡れた服も早く乾く。あとは……朝飯だ。もう、すませたのか」

唐突すぎる言葉に、甲斐は戸惑っていた。そのせいで、反応がわずかに遅れた。口ごもりながら、ようやく返事をした。

「いや……まだ」

「すぐに握り飯をつくらせる。時間になったら起こすから、ぎりぎりまで寝ていろ。客人は何もしなくていい。もう一人の旦那には、俺の方から話しておく。大丈夫だ。少し眠れば、体力は回復する」

気配を感じて、甲斐はふり返った。その肩に、ばさりと古毛布がかけられた。浩蔵だった。手ぎわよく毛布を広げて、肩から背中を覆ってくれた。礼をいって靴紐をとこうとしたら、もう浩蔵が先まわりしていた。本当に甲斐は「何もしなくていい」らしい。タワシを手にした浩蔵は、靴についた雪を要領よくかき落としている。

雪まみれだった靴は、たちまち綺麗に磨きあげられた。凍りついていた靴紐がとかれて、ゆっくりと足が引き抜かれた。思わず声が出た。苦痛から解放された気分だった。うながされるまま、甲斐は横になった。そのときには、源治郎が脱ぎすてた靴を手にしていた。内側に丸めた新聞紙が詰めこまれ、ストーブの横に注意ぶかく並べられた。

それが限界だった。先ほどから瞼《まぶた》が重く、眼を開けているのが辛かった。我慢できずに眼を閉じたら、そのまま眠りこんでしまった。

次に気がついたときには、手足の先が驚くほど温かくなっていた。感覚的には一瞬でしかなかったが、意外に長く眠りこんでいたらしい。濡れて冷たかった衣服が、完全に乾いている。頭からばっさりかぶった毛布の内側に、熱気がこもっていた。

時刻が気になった。起きて確かめようと思っていたら、ふいに声がきこえた。ひそやかな話し声だった。少し離れたところにいるらしく、声はくぐもっていた。「そろそろ起こしますか」と一人がいった。すぐに別の一人が返した。

「いや、まだだ。辻本の旦那は、さっき朝餉《あさげ》を終えたばかりだ。あと五分は――」

源治郎だった。そのせいで、起きるきっかけを失ってしまった。二人の会話も途切れた。荷造りをしているのか、かすかな物音が伝わってくる。ややあって、浩蔵がいった。

「あの若い方……行き倒れになりかけてた旦那には、この時期の槍は無理じゃないのか。いまからでも、はっきりと断った方が――」

自分のことだと気づくのに、一瞬の間があった。甲斐は息をひそめた。源治郎は返事をしなかった。手だけは動かしているらしく、物音は途切れることなくつづいている。そのまま五分が過ぎてしまうのかと思っていたら、ようやく源治郎が重い口を開いた。

「心配しなくてもいい……。甲斐の旦那は決して無理をしない。危険だと思ったら、躊躇《ためら》わずに引き返すことができる。雪の怖さと自分の限界を、知っているからな。そのくせ、自分の言い分を押しとおす頑固さも持ちあわせている」

さっきの、あの眼をみたか？　明日は肩の小屋まで、といったときだ。これまで大勢の客人をつれて歩いたが、あんな旦那ははじめてみた。経験をつめば、いい登山家になる。

だからお前も、立派に供をしてこい。あの旦那なら、大槍でも北鎌でも危険はないはずだ。安心していい」

毛布をかぶったまま、甲斐は安堵の息をついた。少しばかり買いかぶりすぎな気もするが、どうやら自分は源治郎の眼鏡にかなったようだ。

それがわかったことで、自然に頬がゆるんでいた。だが甲斐の浮ついた気持は、すぐに萎《しぼ》むことになった。問わず語りに、源治郎はつづけた。

「それよりも危険なのは、怖いもの知らずの元気な連中だ。十年にも満たない経験で、雪をわかった気になっている。あの二人が帰らなかったのは、だから当然の結果だろう。本当の怖さを知らなかったから、雪にやられた。そういうことだ」

――あの二人というのは、加藤文太郎と吉田登美久のことなのか。

甲斐は息をひそめて、源治郎の言葉にききいっていた。すでに作業を終えたのか、物音は途絶えていた。二人の会話も終わったようだ。起きるには、いい潮時だった。そう考えた。ところがその矢先に、また声がきこえてきた。浩蔵だった。思いつめたような声音で、浩蔵はいった。

「あのとき、もっと真剣に引きとめていれば――」

「おなじことだ。遅いか早いかの違いだけだ。かりに二人を制止できたとしても、いずれは――」

そこまでだった。源治郎は言葉を切った。誰かが部屋の外で、甲斐の名を呼んでいる。辻本のようだ。

毛布の下で、甲斐は身じろぎをした。今度こそ、起きる潮時だった。

4

栃尾に残留する者たちに見送られて、甲斐ら四人は出発した。時刻はすでに七時半をすぎていた。

天候はいくらか回復するきざしをみせていたが、歩きだして一時間もたたないうちにまた崩れはじめた。そして最後の温泉場をすぎるころには、本格的な降雪に見舞われた。降りしきる雪と密雲で、視界は暗く閉ざされている。晴れていれば遠望できるはずの槍や錫《しゃく》杖《じょう》は、雲に隠されて片鱗すらみせなかった。

源治郎と浩蔵が「その場」に居合わせたことは、出発の間際に判明した。八日に下山したあとおなじ旅館に滞在していた大久保が、二人の顔を記憶していたのだ。大久保によれば源治郎は、年末から年始にかけて槍平の小屋にいたらしい。一日遅れで槍平に到着した永谷に、前日の出来事を知らせた「小屋番」は源治郎のことだった。

浩蔵の場合は、さらに深く彼らとかかわっていた。登山口の槍見温泉から槍平の小屋まで、荷担夫として同行したのが浩蔵だった。雇用したのは大久保と濱だった。悪天候で小屋に閉じこめられた場合を想定して、大量の食糧品を持ちこんだためだ。とても一人では担ぎきれず、神戸から別送荷物として送りだすほどだった。

その荷を浩蔵が、槍平の小屋まで担ぎあげた。当初の心づもりでは、翌日以降も引きつづき雇用されるはずだった。状況次第では肩の小屋まで同行させて、食事の支度や小屋の保守管理をまかせる気でいた。さもないと、あとで問題が起きるかもしれない。

この時期の山小屋は閉鎖されていることが多いが、管理人が不在であっても利用は可能だった。ただし所有者には、料金を支払わなければならない。雪の下から出入り口を掘りおこし、あるいは二階の窓から屋内に入った場合でも宿泊料は発生する。無人だからといって、自由に使えるわけではないのだ。

したがって冬季の小屋使用にあたっては、守るべき様々な慣例や約束ごとが存在する。積雪期の出入り口は決まっているし、備蓄された燃料の使用にも制限があった。もしも知らずに小屋を破損すれば、所有者に損害賠償をもとめられることもある。

ところが規則の多くは明文化されておらず、通常は小屋のどこにも表示されていなかった。その必要がないからだ。冬季に入山する登山者は、地元のガイドを同行するのが普通だった。規則なら彼らが知っているし、それ以前に登山者自身が小屋の施設を使用する機会はない。小屋周辺の整備や火をあつかう仕事は、ガイドにまかせておけばいいのだ。

だから大久保たちも、浩蔵を肩の小屋まで同行させようとした。天候が読めないために厳密な計画はたてられないが、少なくとも槍ヶ岳に登頂するまでは手元に置いておきたかった。浩蔵がいなければ、肩の小屋は使用できないものと思いこんでいたのだ。

だが彼らの思惑は、一日午後の時点で崩れた。加藤と吉田の二人が、槍平には泊まらず一気に肩の小屋まで登ってしまおうといいだしたのだ。大久保と濱は驚いた。寝耳に水の話だったし、それ以前に冬山の常識を無視している。午後三時になろうとしているのに、あらたな行動を起こすのは無謀すぎた。

それから先の状況は、永谷が知らせてきたとおりだった。源治郎や浩蔵の反対を押し切って、四人は肩の小屋にむかった。浩蔵は一日分の日当を支払われて解雇され、その日のうちに山をおりた。浩蔵が担ぎあげた食糧は、ほとんどが槍平の小屋に残されたままだった。そしてそれが、肩の小屋に入った四人を窮地に追いこむことになった。

永谷が推測したとおり、大久保と濱は二日の午後には槍平にもどるつもりでいた。槍ヶ岳の頂上往復に半日かかったとしても、午後の時間はすべて下山に使える。スキーを駆使して沢筋を下降すれば、明るいうちに余裕を持って槍平に帰着できるはずだった。そんな計算をして、二日分の食糧だけを持って出発した。

ところが二日は、朝から猛烈な吹雪になった。とてもではないが、行動できる状態ではない。加藤と吉田は吹雪をついて偵察に出かけていったが、大久保と濱の二人は小屋に閉じこもるしかなかった。それでも二人は、まだ楽観していた。手持ちの食糧を食いのばせば、あと一日くらいはなんとかなる。翌日の登頂を確信して、その日をすごした。

彼らの願いどおり三日の朝には、いくらか天候が回復していた。雲は厚かったが、ときおり晴れ間もみえた。雲の切れ間から、大槍の威容が垣間みえることもあった。その雄姿に勇気づけられて、吉田にリードされた二人は頂上をめざした。そして一時間余にわたる苦闘のあと、ようやく絶頂に立った。

だが、感激にひたっている余裕はなかった。登頂に倍する時間をかけて、三人は肩の小屋にもどった。あわただしい昼食のあと、荷をまとめた大久保と濱は下山を開始した。登頂を終えたばかりの吉田は、小屋で待機していた加藤とともに頂上へ引き返した。今度は北鎌尾根を踏破するためだ。

このころから、ふたたび天候が悪化しはじめた。別れたばかりの加藤と吉田の姿が、もう降りしきる雪に隠されていた。いそぐ必要があった。大荒れになる前に難所を通過しなければ、途中で立ち往生するかもしれない。

そう考えて先をいそいだが、間にあわなかった。飛騨乗越《ひだのつこし》の直下は、雪崩《なだれ》の巣になっていた。ためしに下降しかけたら、危うく巻きこまれそうになった。危険な場所をさけて通過しようにも、視界が悪くて思うにまかせない。

引き返すしかなかった。天候が安定するまで、肩の小屋で籠城するのだ。装着したばかりのスキーをアイゼンにかえて、飛騨乗越に登りなおした。やっとの思いで小屋に帰ったが、食糧はもう底をついている。最後の残りは、北鎌尾根にむかった二人に持たせていた。心細い思いで、加藤と吉田の帰りを待った。だが夜になっても、二人は姿をみせなかった。稜線上のどこかで、ビバークしているのだと思うことにした。それが可能な経験と体力を、二人は兼ねそなえていた。翌日には全員そろって下降できることを信じて、不安な一夜を迎えた。

だが期待に反して、天候は回復しなかった。四日の朝も、吹雪で明けた。間断なく吹きつのって、やむ気配もない。午後になっても暴風雪はおさまらず、小屋の外に出ることすらできなかった。

加藤と吉田の遭難を確信したのは、この日の夜だった。二人が小屋を出てから、すでに三十時間以上がすぎている。わずかな量の行動食は、とうに底をついているはずだ。かりに生存していたとしても、二晩めのビバークにたえられるとは思えない。

だが残された二人にできることは、何もなかった。本来なら、彼らが救援にむかうべきだった。それが可能な位置には、彼ら二人しかいなかった。だが風雪の北鎌尾根に立ち入るには、二人とも技量や経験が不足していた。

かといって、下山して急を知らせることもできない。空腹と喉の渇きで、体力は極度に低下していた。祈るような気持で空模様を確認したが、天候が回復しそうなきざしはみつけられなかった。

結局、籠城はその後さらに三晩つづいた。二人がようやく槍平にもどったのは、七日の午後おそい時刻だった。だがそこに、加藤と吉田の姿はなかった。ぎりぎりまで待ったが、北鎌尾根から帰ってこなかったのだ。

——当初の予定どおり浩蔵を同行していたら、遭難は避けられたのだろうか。

槍平につづく雪道をたどりながら、甲斐はそのことを考えていた。すでに道は、蒲田川の右俣に入りこんでいる。温泉場が点在する下流部と違って、人の気配は感じられない。林間をぬってつづくスキーの通過跡も、降りしきる雪に埋もれがちだった。

源治郎の言葉どおり、甲斐の体力は驚くほど回復していた。多少とも苦しかったのは最初のうちだけで、体が温まってからは歩行を楽しむ余裕さえでてきた。手足の動きが軽くなって、スキーもよく滑った。いつの間にか甲斐が先頭に立って、他の三人をリードする格好になっていた。

ただしこれは、あまり公平な見方ではない。源治郎と浩蔵は、大量の米や味噌を担いでいた。捜索の前線基地となった肩の小屋には、十人前後のガイドが滞在しているからだ。日々の消耗品だけで、膨大な量になっていた。その補給物資まで荷に加えられているのだから、足が重くなるのも当然だった。

これに対し辻本と甲斐は、サブザックひとつを担いでいるだけだ。自然に彼ら二人が先行し、ときおり立ちどまっては源治郎と浩蔵を待つことになった。楽すぎて申し訳ないほどだが、これが彼らの仕事だと割りきるしかない。

昨夜の打ちあわせで耳にした人夫賃は、一人一日あたり三円とのことだった。夏山の案内人は二円前後が相場だから、かなりの額といわざるをえない。とはいえ夏山にくらべれば、危険度は格段に上昇する。冬山装備も、自前でそろえるのが建前だった。

そう考えれば冬山の三円は、決して高額すぎるという印象はなかった。金額に見合った仕事を期待できるのであれば、妥当な額というべきだろう。この時期でも栃尾の周辺でだけ仕事をする場合は、日当が二円になるらしい。命がけの仕事に対する差額が一円なら、むしろ安すぎるほどだ。

重荷を背負って黙々と後方を歩いてくる二人をみるうちに、ついそんなことを考えていた。そしてそれが、先ほどの疑問につながった。もしも四人が浩蔵を同行していたら、遭難は避けられたのかどうか。

様々な状況を想定して検討したが、結論は出なかった。まだ事実関係が曖昧だし、判断材料も不足していた。いまの時点で結論を出すのは早すぎるが、これだけはいえる。浩蔵一人がいるだけで、肩の小屋における居住環境はかなり向上していたはずだ。

たとえば四人が小屋に到着した一日の夜、小屋のストーブがどうしても使いこなせなかったときいている。煙がひどく、点火を断念せざるをえなかったらしい。蒲団にくるまっていれば寒さはしのげたが、より本質的な問題は他にあった。ストーブを炊事に利用することができず、加藤がいつも持ち歩いているアルコールバーナーを使うしかなかったのだ。このことは、食糧の不足以上に彼らを苦しめた。加藤と吉田がバーナーを持っていったものだから、三日の午後からは火を使う作業が不可能になったのだ。雪をとかして白湯《さゆ》をつくり、飢えを抑えることさえできなかった。残された熱源は、人間の体温だけだった。空き瓶に雪を詰めて抱えこみ、とけだしたわずかな水を飲んでしのいだ。

状況が不明なため即断できないが、加藤と吉田はさらに大きな影響を受けたはずだ。三日の昼に肩の小屋を出たとき、携行していたアルコールはバーナーを満たす程度だったという。四人分の食事を二晩にわたって用意したものだから、それだけしか残らなかったのだ。だが、これでは一晩のビバークが精一杯だろう。二晩めがもしあったとしても、火の気のない辛いものになったのではないか。

そういった問題のすべてが、浩蔵の同行によって解消したとはかぎらない。だが、多少は好転していたはずだ。ストーブに点火できなかったのは排煙に問題があったからだと考えられるが、浩蔵なら修理の方法や代替手段を知っていた可能性が高い。

実際に籠城が長引いてからは、大久保と濱は自力でこの問題を解決している。小屋の内部を捜索して、点火の容易な炭をみつけたのだ。つまり浩蔵がいれば、もっと早く炭の存在《あり》に気づいていた可能性がある。何度も出入りしている小屋だから、備蓄された物品の在《あり》処《か》も熟知していたはずだ。バーナーのアルコールを、使わずにすんだのかもしれない。

燃料にかかわる問題ばかりではなかった。より深刻で重大な問題が、浩蔵を解雇したことで生じていた。一行の荷揚げ能力が不足して、充分な量の食糧が肩の小屋に集積されなかったのだ。機動性を重視するあまり、後方の兵站《へいたん》を軽視あるいは無視したといえる。

その日のうちに肩の小屋にはいるのが無理なら、浩蔵だけ一日遅れでもよかったのだ。天候が安定したら荷揚げするように命じて、槍平の小屋で待機させる方法もあった。たとえ悪天候で動けなくても、支援要員がいることの安心感は何ものにもかえがたい。下山してこない彼らを案じて、各方面に通報したかもしれないのだ。

ところが現実には浩蔵は解雇され、小屋に閉じこめられた大久保と濱は空きっ腹をかかえて耐えることになった。そして北鎌尾根にむかった加藤と吉田は、とぼしい行動食で荒れる山稜の踏破をしいられた。

二人の足どりはつかめていないが、状況からして最悪の結果になった可能性は高い。そしてもし二人が遭難したのだとしたら、携行食糧の不足が大きな要因であったはずだ。食が断たれれば体力は急速に低下し、精神的な余裕も失われる。必然的に選択肢が少なくなって、危険は増大する。

——ではなぜ、彼らはあえて危険をおかしたのか。

その点が、甲斐にはよくわからなかった。ビギナーの甲斐でさえ気づいた問題点を、四人全員が見逃したとは考えにくい。なんらかの事情があったものと思われるが、それが何か甲斐には見当がつかなかった。

確かめてみるしかないと、甲斐は思った。彼らはなぜ、そんなに急いでいたのか。槍平の小屋に泊まろうとせず、一気に肩の小屋まで登ろうとした理由は何なのか。加藤と吉田が強硬に主張したというが、主導権はどちらにあったのか。そして浩蔵の解雇は、どういった経緯で決まったのか。

――一日午後の槍平で、何が起きたのだ。

それを知る人物は、いまのところ四人いた。生還した大久保と濱、それに一行を見送った源治郎と浩蔵だった。栃尾に滞在していた大久保からは、昨夜のうちに話をきいていた。だが大久保の口は重く、具体的なことには触れようとしなかった。同席していた吉田氏に、遠慮していたのかもしれない。

そんな話のできる状況でもなかった。話題は捜索の方針や手段にかぎられ、原因の解明は棚上げにされた。

かといって源治郎や浩蔵から、事情を問いただすのも躊躇われた。源治郎によれば加藤と吉田は、自分の力を過信した「怖いもの知らず」になるらしい。口にはしなかったが、二人に何かふくむところがあるのかもしれない。話をきくにしても、もう少し周辺情報を集めてからの方がよさそうだ。

やはり濱しかいないと、甲斐は思った。七日の午後に下山して以来、濱は槍平に滞在していた。肩の小屋入りした捜索隊と、連絡をとりあうためだ。今夜は他に人がいないはずだから、ことの真相にせまる話を引きだせるかもしれない。

5

濱杢一は槍平小屋のかなり手前で、二人を出迎えた。

彼らが登ってくることは、あらかじめ知らされていたらしい。スキーで右俣谷を下降し、南沢の出合あたりで一行を待っていた。会員と合流できたのが、本当にうれしかったようだ。感きわまった様子で、何度も大きくうなずいている。こんな状況でなければ、満面の笑みを浮かべていたかもしれない。

だがそれも、無理はなかった。濱にとって辻本と甲斐は、事故発生以来はじめて会う関西徒歩会の会員だった。大袈裟ないい方をすれば、地獄で仏に会ったような気分だったのではないか。

今日までの十日間は、神経をすり減らす出来事の連続だったはずだ。吹雪に降りこめられて一週間にわたる籠城をしいられ、ようやく槍平にたどり着いたのが三日前のことだ。心身とも疲労の極に達していたが、ゆっくりと休養している余裕はなかった。神戸への通報や現地捜索隊との打ちあわせなど、早急に片づけるべき仕事が次々にでてきたからだ。ことに八日の朝に大久保が下山してからは、槍平における対外折衝は濱が一人でこなすことになった。体調は万全ではなかったが、濱は奮闘した。他の登山者に協力を要請し、捜索隊に情報を提供した。

そんな状況がつづいたあと、ようやく会の仲間と再会を果たしたのだ。人恋しさも手伝ってか、濱は饒舌だった。顔をあわせたときから小屋に到着するまでの間、ほとんど途切れることなく話しつづけた。神戸の徒歩会や留守家族の動向が気になるらしく、次々に質問をむけてくる。

それほど情報に対する飢餓感が、つよかったのだろう。肩の小屋でつづいた籠城の期間中、もっとも彼らを苦しめたのは案外そのことだったのかもしれない。情報が遮断された状態に長く置かれると、人は精神的に破綻することもあるのだ。

ことに外の動きが伝わってこないときは、悲観的な考えにおちいることが多い。このまま誰にも気づかれることなく死ぬのではないかという恐怖は、ときとして現実の死よりも生々しく感じられる。忘れ去られた自分の存在、放置されて朽ち果てていく自分の死体を、濱は想像してしまったのではないか。

熱に浮かされたように喋りつづける濱をみるうちに、そんなことを甲斐は考えていた。吐きださせるしかなかった。いまの彼らにできるのは、話相手になることだけだ。それも聞き流すのではなく、相手の言葉を真摯に受けとめるべきだった。さもなければ、精神的な傷を癒すことはできない。

ところが辻本は、そのことの重要さに気づいていなかった。それどころか、濱の長広舌に辟易《へきえき》していることを隠す様子もない。そしてついに、話の腰を折った。肩の小屋に閉じこめられていたときの状況を、濱が話していたときのことだった。

辻本にしてみれば、その話は二番煎じでしかなかったのだろう。おなじ話は昨夜のうちに、大久保から聴取している。それよりは捜索隊の動向を、早く知りたかったのではないか。それは理解できるのだが、あまりにも無頓着すぎた。

さすがに鼻白んだ様子で、濱は黙りこんだ。辻本を見返す顔には、あきらかに失望の色が浮かんでいた。甲斐はいそいでいった。

「とにかく、小屋に入りましょう。あとの話は、片づけを終えてから――」

その言葉で、濱の表情がいくらか和らいだ。辻本は苦笑いをしながら、スキーに装着されたシールをはずしている。それまで小屋の前で、立ち話をしていたのだ。小屋に到着してスキーを脱いだものの、話が長引いて中に入るきっかけは失われていた。

すでに雪はやんでいたが、外ですごすには寒すぎた。まだ中腹とはいえ、槍平の標高は二千メートルに近かった。しかも夕暮れをひかえて気温は低下し、吹きすぎていく風はぞっとするほど冷たかった。じっとしていると、足もとから冷気がのぼってくる。

ようやくそのことに気づいた濱が、慌てた様子で二人に詫びた。律儀な性格らしく、いかにも申し訳なさそうに頭をさげている。だが、辻本は気づかなかった。さっさと荷をまとめて、小屋に入ってしまった。

無視したわけではない。もともとせっかちで、無遠慮なところのある先輩だった。山では頼りがいがあるのだが、誤解されやすい損な性格といえる。取り残された格好の濱は、悄然と立ちつくしていた。

「明日は晴れるでしょうか」

ことさら陽気な声で、甲斐はいった。そのひとことで、濱の背筋がぴんとのびた。ふり返ったときには、うっすら笑みを浮かべていた。だが寒さのせいか、頬が強張っていた。ききとりにくい声で、濱はこたえた。

「たぶんね……。十日も悪天がつづいたんだから、明日はそろそろ――」

そこまでだった。濱の言葉が途切れた。同時に顔から微笑が消えた。険しい表情になって、風上に眼をむけている。その視線を追って、甲斐もふり返った。そして眼をみはった。雲が流れていた。

その切れ間から、岩峰らしきものが垣間みえた。氷雪で鎧《よろ》われた岩峰だった。槍ヶ岳なのかと、甲斐は思った。それほどの風格が、岩峰にはあった。どっしりとした安定感と、天にむかって屹立する鋭さを兼ねそなえている。

もっとよくみるつもりで、眼をこらした。だが、遅かった。流れる雲が、岩峰を隠していた。それで終わりだった。わずか数秒ほどの出来事だった。しばらく待ったが、岩峰は二度とあらわれなかった。

待っていたのは、長い時間ではなかったはずだ。残像が眼に焼きついている。その姿を記憶にとどめながら、濱の方をみた。あれは槍ヶ岳だったのかと、訊ねるつもりだった。ところが濱の姿は、どこかに消えていた。スキーやストックも、見当たらない。

狐につままれた気分だった。それから急に、背筋が冷たくなった。いつの間にか、風が冷たさをましている。それでようやく、事情がわかった。思った以上に、時間がすぎていたようだ。

慌てて荷をまとめて、小屋に駆けこんだ。濱はそこにいた。囲炉裏のそばで、日記らしきものを書いている。遅れていたはずの源治郎らも、小屋の中にいた。土間の片隅で、担ぎあげた荷を整理している。辻本はその横で、浩蔵と何ごとか話しこんでいた。

甲斐が最後の一人だった。だが小屋に遅れて入った理由を、問いただす者はいなかった。甲斐に気づいた辻本が、囲炉裏端に移動して手招きをした。打ちあわせをするから君もきてくれ、という態度だった。それに気づいた濱が日記を閉じた。姿勢をただして、甲斐を待っている。

時間がおしかった。甲斐は手ばやく荷を片づけて、足ごしらえをといた。靴の手入れを、後まわしにする気はなかった。今朝とおなじ失敗は、くり返したくない。先に雪を払っておけば、あとは打ちあわせの片手間にできる。そう考えて、タワシに手をのばした。その途端に、辻本の声が飛んできた。

「何をしている。そんなことは浩蔵にまかせて、こっちを先に――」

かすかな苛立ちが、声には感じられた。甲斐は戸惑って、浩蔵に眼をむけた。視線があった。浩蔵は無言のままうなずいて、土間に眼を落とした。やっておくから、そこに置いておくようにいわれたらしい。

それが習慣なら、従うしかなかった。人夫を同行する冬山登山は、はじめての経験だった。多少は抵抗を感じるものの、そんなものだと思うしかない。靴を置いて、板間にあがった。

その動きを、濱がみていた。何かいいたそうな顔をしている。だが、言葉を口にすることはなかった。気になって見返したら、すっと視線をそらした。甲斐は囲炉裏端に腰をおろした。濱の正面だった。濱は視線を伏せたままだった。先ほど閉じた日記に、眼を落としている。

辻本が姿勢をただした。体ごと濱に向きなおり、あらたまった口調でつげた。

「本当に……本当に、ご苦労様でした。救援隊を代表して、お礼を申しあげます。これからは我々に雑事をまかせて、貴君は休養に専念してください」

最初は無表情だった濱の顔に、少しずつ明るさがもどってきた。そして辻本が言葉を切ったときには、別人のように晴れやかな笑みを浮かべていた。甲斐は安堵した。辻本のいまの言葉で、濱の抱えこんでいた鬱屈は取り去られたようだ。辻本がどの程度まで意識していたのか不明だが、結果だけをみれば上出来といえた。

すぐに濱も居住まいをただした。辻本と甲斐を等分にみたあと、一礼していった。

「こちらこそ……。皆には多大なご心配、ご迷惑をかけてしまいました」

話している間も、濱は笑みをたやさなかった。みている甲斐の心まで、明るくなるような笑顔だった。辻本もそれはおなじらしい。表情を和ませたまま、濱の話にききいっている。いくらか姿勢をくずして、濱はつづけた。

「実をいうと肩の小屋に閉じこめられていたとき、一番の気がかりはそれでした。我々が帰らないものだから、下では大騒ぎになっているんじゃないかとか、楽しいはずの正月を台なしにしてしまったかもしれないとか、そんなことばかり考えていました」

おそらくそれは、濱の本心なのだろう。ただしそれとは別の本音が、その奥に隠されているはずだ。そして隠された本音の存在には、濱自身も気づいていない。たとえ眼の前に突きつけられても、認めようとしないのではないか。

濱が本当に恐れていたのは皆に迷惑をかけることではなく、誰にも気づかれずに死ぬことだったのではないか。肩の小屋から一歩も外に出られない状況で、濱は考えていたはずだ。きっと誰かがきてくれる、救援隊が吹雪をついて登ってくる、そう考えることで死の恐怖から逃れようとした。

その強い願いが、いつの間にか既成事実化した。たとえ救援隊がこなくても、その準備だけは整えられているはずだ。そしてそれが「皆に心配をかけて申し訳ない」という感情にすり替わった。無論、本人はそのことに気づいていない。

「いや、心配は無用だ。少なくとも七日正月までは、騒ぎにならなかった。だから、安心していい」

ふいに辻本がいった。甲斐は驚いて辻本を見返した。それから、そっと濱の表情をたしかめた。案の定だった。明るかった顔に、翳《かげ》りが生じている。だが辻本は、その変化に気づいていなかった。磊落《らいらく》に笑いながら、辻本はつづけた。

「騒ぎになったのは、一昨日の朝……案内人組合からの第一報が、入ったときだった。たしかに下山が遅れていたが、それほど心配はしていなかった。何しろ一行の中には『不死身の加藤』もいた。だから少々のことでは――」

「何が不死身ですか。生身の人間ではないですか。そんな呼び名は迷惑至極だ」

突然、濱が声を荒らげた。辻本は虚をつかれたように黙りこんだ。濱は唇をふるわせながらつづけた。

「あの男は……加藤文太郎は、疫病神です。あの男のせいで、吉田登美久君までが――」

濱は絶句した。甲斐は居心地の悪い思いで、土間に眼をむけた。源治郎と浩蔵は、黙々と手を動かしている。いまの言葉を耳にしたかどうか、たしかめる方法はなかった。

6

翌十一日の朝はやく、辻本と甲斐は槍平をあとにした。

凍てつくような寒気の中を、白い息を吐きながら黙々と登高していく。同行するのは浩蔵ともう一人、昨日のうちに肩の小屋から下ってきた人夫だった。二人とも大荷物を背負っているが、スキーの動きは安定している。

ただ空荷にちかい甲斐らにくらべると、どうしても登高速度は落ちた。その上に今日の行程は高低差が大きく、急坂や危険箇所も少なくなかった。自然に両者の間隔は開いて、先行する二人が立ちどまることが多くなった。ときには後続する人夫たちが地形のかげに隠れて、視認できなくなることもあった。

それでも気にならなかったのは、捜索隊の通過した跡が明瞭に残っていたからだ。しかもこの日は朝から驚くほどの晴天で、道を間違えるおそれはなかった。年初から十日にわたって吹き荒れた強風も、明け方までには途絶えていた。

この季節には珍しい快晴無風の好天気だが、あまり長つづきするとは思えなかった。せいぜい一両日程度で崩れるのではないか。源治郎の話では早ければ明日の正午《ひる》前、保った場合でも夕暮れまでには崩れるという。

つまり北鎌尾根の捜索が可能なのは、実質的に今日一日だけということになる。おそらく肩の小屋に進出した捜索隊も、おなじ認識なのではないか。今日の晴天を最大限に生かそうと、早朝から行動を開始しているはずだ。

総勢十数名にもおよぶ捜索隊が、実質的に動きはじめたのは七日の日没後だった。

この日の午後に肩の小屋を脱した大久保と濱は、槍平の間近で医学専門学校の学生らに出会った。事情を知った一行はただちに登山を中止し、大久保らを小屋に収容する一方で蒲田の案内人組合に急を知らせてくれた。学生の一人がスキーを駆って右俣谷を下降し、先に下山した別のグループに伝言を託したのだ。

依頼を受けた案内人組合では、ただちに対策が協議された。だが遭難現場と考えられる北鎌尾根は、登攀記録もまれな未踏の領域だった。捜索隊を派遣するといっても、容易なことではない。かりに現場の捜索を果たせたとしても、支援態勢が不充分なままでは二重遭難の危険がある。

協議の結果、軽装の調査隊を槍平に派遣することが決まった。大久保と濱は槍平の小屋に滞在しているはずだから、まず事情を聴取して何が必要なのか確認しなければならない。その上で今後の対応を決めることになるが、槍平は調査基地としての条件を充分にそなえていた。

　積雪期でも蒲田から一日行程という地の利のよさに加えて、小屋には食糧も備蓄されている。状況が変化しても柔軟に対応できるし、場合によっては肩の小屋まで足をのばすことも可能だった。

　中畠政太郎を隊長とする調査隊は、その夜のうちに編成された。中畠政太郎は蒲田口を代表する名ガイドだった。積雪期の槍ヶ岳や穂高《ほたか》山系で、いくつもの初登攀記録を残している。今季の冬にも甲南高等学校山岳部の三人とともに、西穂高岳西山稜（北西尾根）の厳冬期初登攀を達成したばかりだった。

　翌八日の朝、五人の調査隊は槍平にむかった。ところが彼らが出発したあとに、神戸の関西徒歩会から電報が届いた。この日の朝早く、栃尾の郵便局から打電した第一報「三日北鎌行き二人帰らぬ二人残る調査行く直ぐ返」に対する返電だった。

　電文には組合に調査を依頼するとともに、あらたな情報が入れば知らせるよう記されていた。だがこの電文は、様々に解釈できる。単なる調査なら、この日の朝に出発した五人でも対応が可能だった。ただし彼らが調査できるのは、せいぜい槍ヶ岳の頂上までだ。北鎌尾根まで範囲を広げるとなると、本格的な捜索隊を編成しなければならない。

　しかし依頼された以上は、準備だけでも整えておくべきだった。実際に派遣するかどうかは情勢次第ということで、翌日からの行動が可能なものが呼び集められた。さらに装備品や食糧などの準備も手がけられた。総勢十人をこえる大部隊になるから、携行食糧だけでも相当な量になる。

ことに行動中の食事が問題だった。通常の握り飯では、寒気で石のように凍りついてしまう。パンを用意するしかないが、山里のことだから販売店などない。最寄りのパン焼き窯は船津にあったが、生産量はそれほど多くなかった。

作りおきや在庫などないから、必要量を発注するしかない。さらに船津から栃尾を経由して蒲田にいたる道は、積雪で閉ざされている。パンが焼きあがったとしても、蒲田までの輸送に丸一日はみておくべきだった。

あとは調理が容易で腹持ちのいい餅を、大量に用意しなければならない。パンの場合よりは簡単だが、それでも餅つきは一日がかりの大仕事だった。前夜から仕込みをはじめて、翌日の昼ごろまでかかる。かといって見切りで作業を開始することもできず、さしあたり餅米を用意するだけにとどめた。

大わらわで準備をすすめていたら、槍平にいるはずの大久保が姿をみせた。居合わせた他の登山者やガイドにともなわれて、今朝はやく下山をはじめたらしい。不確かだった状況が、それでようやく明らかになった。

大久保はあらためて組合に捜索を依頼し、連絡のため栃尾に去っていった。関西徒歩会にあてた第二信「吉田加藤北鎌にて行方不明となり――」が打電されることになるのだが、案内人組合では神戸より早く事態が進展していた。

この日の朝に送りだしたばかりの調査隊を強化して、本格的な捜索隊に改編しなければならない。さいわい大久保は下山の途中に、槍平にむかう調査隊とすれ違っていた。このとき隊長の中畠政太郎は大久保から事情をきくとともに、槍平からつきそってきたガイド・大倉辨次郎と今後の方針を打ちあわせていた。

政太郎は翌日にも肩の小屋に移動して、消息をたった二人を捜索するつもりでいた。ことは急を要する。二人が生存している可能性が少しでもあるかぎり、捜索活動を遅らせることはできない。一刻も早く北鎌尾根に足を踏みいれて、二人を捜す必要があった。

先発した五人を支援するために、八人からなる捜索隊が編成された。彼らは集積を終えた物資とともに、翌朝から槍平にむけて移動することになる。間にあわなかったパンや餅などは、別に編成される補給隊が荷揚げするものとされた。

ただ先行する二隊と違って、補給隊はそれほど機動力が高くない。スキーではなく輪かんじき装備の隊となるから、行動範囲は槍平までとされた。連日の降雪で埋められた登路を、輪かんじきで突破するのは困難だったからだ。

さらに槍平から肩の小屋にいたる上部ルートでは、スキー以外にアイゼンも必要だった。両方を使いこなせるガイドは、ほとんどが二隊のいずれかに参加している。旧式装備の補給隊は、後方支援に徹するしかなかった。

案内人組合にとっては、総力戦ともいえる動員態勢だった。彼ら自身は意識していなかったかもしれないが、登山の形態としては極地法そのものといえる。北鎌尾根を最終目標としてルートを分割し、複数の隊による荷揚げとルート工作が並行して実施されることになる。

悪天候が連続するこの季節には、他に選択の余地がなかったのだ。厳冬期の北鎌尾根を正攻法で踏破しようとすれば、これほどの人的資源と物資が必要だった。逆にいえばそれほどの難所に、わずか二人で挑んだ加藤らの行為は破天荒といわざるをえない。

翌九日は朝から吹雪だった。八人は悪天候をついて槍平入りしたが、先発の五人は行動を見合わせていた。結果的に組合の主だったガイドは、ほとんどが槍平に集結したことになる。

この機を利用して、捜索隊の再編がおこなわれた。それまでの二隊は解消され、あらたに四人からなる先遣隊が編成された。他のものは物資の輸送や小屋間の連絡、さらに肩の小屋の整備や炊事など全般的な支援にあたることになる。

先遣隊を構成する四人は、いずれも経験の豊富な名ガイドだった。隊長の中畠政太郎をはじめ、積雪期の槍や穂高で初登の記録を残しているものが多くいた。蒲田口のガイドにかぎっていえば、現時点で実現しうる最強の登攀隊だった。

四人は翌十日の未明に行動を開始した。最小限の荷で肩の小屋に先行し、その日のうちに大槍周辺の捜索を実施する予定だった。荷揚げを担当する支援隊は、二時間ちかく遅れて槍平をあとにした。

すぐに東の空が明るくなったが、そのころから天候はふたたび崩れはじめた。いくらも進まないうちに、視界を閉ざす猛吹雪になった。行程は遅々としてはかどらないが、引き返すことは許されない。支援隊が行動を中止すれば、肩の小屋に入った四人は孤立する。悪天候をついて、登りつづけるしかなかった。

吹雪に遭遇したのは、先行した四人もおなじだった。早々と肩の小屋に到着したものの、大槍に登頂するのは困難な状況だった。待機するしかないが、支援隊の動向も気になる。飛騨乗越まで引き返して、支援隊を誘導することになった。

乗越の上部からコールしたら、直下にせまっていた支援隊から応答があった。二隊は協力しあって最後の難路を突破し、正午ちかくにようやく肩の小屋に入った。なんとか全員が無事に到着したものの、天候が回復するきざしはなかった。

実質的な捜索活動は翌日以降に延期するしかないと思われたが、午後に入ってから少しずつ持ち直してきた。まだ雪は降りつづいているものの、行動できないほどではない。ふたたび荒れはじめたら引き返すことにして、先遣隊の四人は小屋を出ていった。

それが昨日午後までの状況だった。

四人が捜索に着手したことまでは、槍平にも伝えられていた。支援隊の半数は肩の小屋にとどまらず、昨日のうちに槍平まで引き返していた。ただし捜索の成果までは、わからない。それは甲斐ら自身が、たしかめる以外になかった。

登高をつづけるうちに、後続する人夫たちとの差はますます大きくなった。甲斐と辻本は、もう立ちどまらなかった。好天にたすけられて、ぐんぐん高度をあげていく。ときおり深雪のラッセルをしいられたが、二人だけで充分に乗りきることができた。人夫たちに楽をさせるつもりで、吹きだまりの雪を踏みしめていく。

飛騨沢をつめるにしたがって、少しずつ視野が開けていった。昨日までの悪天候が嘘のように、周辺の山々がみわたせる。最初は奥丸山《おくまる》だった。沢筋からみあげるせいか、どっしりとした山容は槍や穂高にも負けていない。

その頂稜が、時間とともに低くなった。かわって姿をみせたのは、背後にかくれていた笠《かさ》ヶ岳だった。抜戸《ぬけど》から笠をへて錫杖にいたる稜線が、次第に高くせり上がってくる。ところが反対側に位置する槍ヶ岳や、その南につらなる山々は容易に全貌をみせようとしなかった。間近にありすぎて、視野におさまらないのだ。

むしろ遠くにみえる山の方が、地形を把握しやすかった。槍から穂高にいたる山塊は大きすぎて眼に入らず、飛び離れた位置にある西穂高岳がようやく山の形をみわけられる程度だった。さらに南に隣接する焼岳は意外に頂部が低く、油断すると周辺の山々に埋もれてしまいそうになる。

ひとかたまりの山嶺として認識できるのは、その奥に鎮座する乗鞍《のりくら》岳からだった。かなりの距離があるはずなのに、冬の清澄な大気のせいで驚くほど間近にみえる。さらに乗鞍の後方にうすく広がる雲からは、魁偉な山容の御嶽《おんたけ》が突出していた。いずれも独立峰にちかい地形のため、雲上の孤島を思わせる。

これらの巨大な山群にくらべると、笠ヶ岳周辺の山々は地味な印象を受けた。見劣りがする、というのではない。どの山も個性的で登高意欲をかきたてるのだが、槍や穂高が間近にあるせいで損をしていた。いくつもの支尾根を派生させて裾野を広げているものの、末端は高原川によって断ち切られている。

おなじ川の水源をなしているのが、槍を起点に穂高へとつづく山脈なのだ。その差は歴然としている。そして穂高山群をさらに南へ延伸すれば、乗鞍岳や御嶽など重量感のある山々が列をなしていた。蒲田川本流をへだてて対峙する笠や錫杖に、物足りなさを感じるのも無理はない。

だが飛驒沢の源頭ちかくで足をとめた甲斐は、そんな認識が一変するのを感じた。その位置からみる錫杖は、たしかに小兵だった。谷をへだてて槍や穂高と対峙するには、あきらかに高さが不足している。それなのに、華があった。控えめながら、風景の中で特異な位置をしめている。西方はるか遠くに、加賀の白山《はくさん》が横たわっていたからだ。

その名のとおり白山は、白銀を戴いて輝いていた。槍や穂高の荒々しい岩稜と違って、頂稜はたおやかな曲線で構成されている。陽光に照らされた白山には、霊峰の名にふさわしい威厳があった。

そしてその前衛をなしているのが、笠であり錫杖だった。遠景の白山と前衛をなす山稜の、どちらか一方が他を引きたてているわけではない。たがいに補完しあって、最高の景観を形作っていた。いずれが欠けても、風景は不完全なものになる。

それはまた、この瞬間にしかみることのできない風景でもあった。わずかでも位置をかえれば、そして少しでも気象状況が変化すれば現在の美しさは失われる。そんな微妙で危うい均衡の上に、西方の山々は配置されていた。

足をとめていたのは、みじかい時間だった。高度をあげたせいか、動きをとめると急に寒気を感じた。ラッセル時にかいた汗が、たちまち体温を奪っていく。景色をしっかりと眼に焼きつけて、甲斐は登高を再開した。

いくらもいかないうちに、それ以上のスキー登高が困難になった。西鎌尾根から吹きおろす風で、斜面は板のように凍りついている。スキーをアイゼンにかえて、さらに登りつづけた。沢筋は大きく右に屈曲し、飛騨乗越の正面にまわり込んでいる。

間近にせまった乗越にむけて、黙々と歩をすすめていった。氷雪で鎧われた大槍は、左手奥にみえた。先ほどから急速に高度をあげているのに、大槍の頂部が近づいてきたという印象はない。それどころか逆に遠く、そして高くなっていく気がした。

その威圧感にたえきれず、無意識のうちに眼を伏せていた。そうせざるをえない事情もあった。源頭部が近づくにつれて、傾斜は急になっていった。しかも沢全体が風の通り道になっているものだから、最奥の斜面は氷壁と化していた。一瞬の油断が、命取りになりかねない。足もとに眼を落としたまま、一歩ずつ登りつづけるしかなかった。

単調な登高は、長い時間つづいた。そして気づいたとき、傾斜は緩やかになっていた。甲斐は息をついた。それから、ゆっくりと顔をあげた。ほんの少し先で斜面はつきていた。そこが飛騨乗越らしい。平坦な雪稜の先は、すっぱりと切れ落ちているようだ。

呼吸をととのえて、最後の斜面を登り切った。展望が急速に広がった。それまで主稜線のかげに隠れていた山々が、一望のもとにみわたせる。常念《じようねん》岳から南につづく稜線はもとより、八《やつ》ヶ岳や南アルプスまでが視野に入った。さらに遠く諏訪盆地ごしには、富士山らしき円錐も視認できた。

だが甲斐は、まだ肝心なものをみていなかった。直視するのが恐ろしくて、意図的に眼をそらしていたのだ。だが、もう逃げることは許されない。おずおずと、甲斐はふり返った。そして眼を見張った。大槍は、そこにあった。巨大な岩峰が、天にむけて突きあげている。雪煙をたなびかせ、吹きつのる風に抗して厳然と屹立していた。

――こんな山の内懐に……二人は突っこんでいったのか。吹雪をついて。

その事実が信じられずに、甲斐は立ちつくしていた。

7

大槍の穂先にいたる登路には、固定ロープが張られていた。登山用のザイルではなく、船舶用のものを流用していた。

選抜された四人のガイドからなる先遣隊が、昨日のうちに作業を終えたらしい。全長二百メートルにおよぶロープは、両端以外にも何カ所かに支点をとってあった。急峻な雪壁にはロープばかりではなく、登路にそってステップも切ってある。

甲斐らが予想したとおり、今日は朝から本格的な捜索活動がはじまっていた。主力の四人は大槍をこえて北鎌尾根に足を踏みいれ、支援隊の二人は槍沢を下降して殺生《せっしょう》小屋の捜索にむかっていた。

肩の小屋に到着した二人は、休息もそこそこに大槍の登攀を開始した。時刻は午後二時に近かったが、まだ天候が崩れそうなきざしはない。空には一片の雲もなく、眩《まばゆ》いばかりの陽光が降りそそいでいる。この分なら槍ヶ岳の頂上から、北鎌尾根の捜索状況を確認できるのではないか。

二人とも無言だった。少しでも早く状況を知りたいものだから、自然に足どりが速くなった。無駄口をたたいている余裕はない。固定ロープは群青色の空へむかって、一直線にのびている。そのロープを鷲づかみにして、脇眼もふらず攀《よ》じのぼっていった。

ロープとステップにたすけられて、自分でも意外なほど登高速度は上昇した。遠くにみえていた頂上が、みるまに近づいてくる。その一方で甲斐は、心が次第にさめていくのを感じた。それまで意図的に無視してきた事実と、もうすぐ直面せざるをえなくなる。それが、怖かった。加藤と吉田の二人は、もうこの世にはいないのではないか。

客観的にいって、他の可能性は考えられなかった。二人が消息を断ってから、すでに丸八日がすぎている。よほどのことがないかぎり、生存は難しいだろう。しかも今朝からは、一週間ぶりの晴天がつづいていた。もしも二人が生きていたら、とうに発見されているはずだ。ところが肩の小屋や頂上の周辺には、何の動きもみられない。

結局、頂上には夏山なみの短い時間で到着した。いちはやく北鎌尾根をのぞき込んだ辻本が、落胆したように声をあげた。

「駄目だな……。四人しかいない」

甲斐も辻本にならった。辻本の言葉どおり、大槍の直下に四つの人かげがみえた。北鎌尾根の捜索を終えて、引きあげてきたらしい。大槍の穂先にむけて、登り返そうとしている。生存者の姿どころか、遺体を収容した様子もない。

先遣隊の四人も、頂上の人かげに気づいていた。「駄目だった」というように、手を大きくふっている。だが、詳細はわからない。待つしかなかった。辻本は無言のまま、手近の露岩に腰をおろした。諦観したような表情で、煙草をとりだしている。

だが甲斐は、とてもそんな気になれなかった。先ほどは見過ごしていた事実が、急に大きな意味を持ちはじめたのだ。甲斐にとって厳冬期の槍ヶ岳は、ひとつの目標だった。いまは実力が不足しているが、いつかは登りたい山と考えていた。

その憧れていた槍ヶ岳に、あっさりと登頂してしまった。だがそれは、甲斐にとって不本意な登攀だった。固定ロープとステップが、あらかじめ用意されていたからだ。自力で真冬の槍に、登ったわけではないのだ。ガイドは同行しなかったとはいえ、支援を受けたのだから実質的にはおなじことだ。

それに栃尾からの行程では、いつも荷担ぎの人夫が同行していた。地形を熟知した彼らがいなければ、道に迷っていたかもしれない。重荷と深雪に苦しめられて、立ち往生していた可能性もある。

そのかわり登頂を果たしたときの達成感は、何ものにもかえがたいはずだ。飛驒乗越を登りつめたときの、何倍もの高揚感をえられるのではないか。

——彼らがめざしていたのは、そのような登山だったのか。

そんなことを、ふと思った。昨日はとけなかった疑問——なぜ槍平で浩蔵が解雇されたのかも、いまなら答をみつけだせそうな気がする。彼らは自力で登りたかっただけなのだ。他者の支援を受ければ、山の難易度は低下すると考えていたからだ。

だからこそ、浩蔵の同行を潔しとしなかった。槍平までなら、なんとか容認できた。この時期の槍平小屋には、番人もいるし食糧も備蓄されている。登山者が望めば、食事つきの宿泊も可能だった。つまり人夫の有無は、登山にあまり影響がないと考えられる。

だが、槍平から先は違う。人夫を一人同行するだけで、安全性は確実にます。充分な量の燃料や食糧が荷揚げできるから、悪天候がつづいても余裕を持って耐えることができる。それに小屋の構造や周辺の地形に精通した人夫がいれば、精神的な余裕も生まれる。体力の消耗をおさえて、効率のいい登山ができるはずだった。

そのかわり、登山自体の価値も低下する。たとえ北鎌尾根の踏破を果たしたとしても、人夫を同行することで完璧さは失われる。そう考えていたのではないか。あるいはもっと単純に、登攀の面白さが失われるのを嫌っただけかもしれない。

ビギナーでしかない甲斐でさえ、固定ロープとステップの存在は興ざめだった。できることなら、自分の手で登路をみつけだしたいと思った。まして加藤と吉田の二人は、冬山で様々な経験をつんでいる。未知の領域に踏みこんだとしても、危険は少ないと判断したのではないか。

気づいてみれば、簡単なことだった。加藤と吉田は、あえて危険をおかしたのではなかったのだ。単により困難な方法を、選んだだけだった。案内人や人夫の支援を受けない簡素で禁欲的な登攀——つまり加藤文太郎が単独行という形で実践してきた登り方を、違うかたちでくり返そうとしただけだ。それが登山本来の姿だと、信じていたからだ。そこまでは、理解できた。二人が悪天候に遭遇して消息を断ったことも、登山という行為にはつきものの事態といえた。困難さに危険がともなうことは、彼らも承知していたはずだ。たとえ最悪の結果になったとしても、覚悟はできていたのではないか。

甲斐にとって不可解なのは、大久保と濱を肩の小屋に同行したことだった。彼ら二人に、加藤と吉田なみの覚悟があったとは思えない。冬の槍に登るためなら、人夫の雇用もいとわなかった。

それほど登山に対する考え方が違うのに、四人がそろって行動するのは無理があった。その結果、大久保たちは肩の小屋で籠城をしいられた。かろうじて生還したものの、実際はかなり危なかったらしい。

濱は多くを語らなかったが、そうなった原因は加藤にあると考えていたようだ。大久保と濱だけではなく、吉田までが犠牲になったのだと。その思いが「疫病神」という言葉になった。

濱によれば槍平の小屋に到着した一日午後の時点で、大久保は疲労困憊していたらしい。体調が万全ではなく、腹痛のせいで昼食もとれなかったという。ところが加藤は、大久保の体調に配慮する様子もみせなかった。それどころか槍平には泊まらず、今日中に肩の小屋まで登ろうなどといいだした。

破天荒な提案に濱は驚き、そして当惑した。それ以上に、加藤の身勝手さが腹立たしかった。加藤は自分の都合しか考えておらず、仲間の体調など眼中にないらしい。たしかに加藤の体力なら、今日のうちに肩の小屋まで登ることも可能だろう。そうすれば日程を短縮できるし、明日からの行動も楽になる。

だからといって、他のものまで巻きこむのは迷惑だった。加藤は自分の尺度でしか、他人を計ろうとしていない。自分には可能なのだから、他のものもそうだと思いこんでいた。ずっと単独で山を歩いてきたせいで、パーティを組むことの意味がわかっていないのだ。そう濱は考えていた。

厄介なことに、加藤の暴走を制止できるものはいなかった。小屋番の源治郎や浩蔵、それに居合わせた他パーティのガイドまでが翻意をうながしたが、加藤はきく耳を持たなかった。かえって声を荒らげて「北鎌をやろうと思うほどの者が、肩の小屋くらい何だ!」などと言い放つ始末だった。

吉田もそれに同調する姿勢をみせていたが、加藤にくらべると言動は控えめだった。おそらく加藤の強引さに圧倒されて、慎重論を口にできなくなったのだろう。濱の眼には、そう映った。そして四人は出発し、二人は還らなかった。

だが、それにしても疑問は残る。甲斐自身は加藤のことをよく知らないが、自分なりのやり方で誠実に山と向きあっていたのは間違いない。何度か会ったときの記憶も、それを裏づけるものだった。無口で思っていることの半分も口にしないが、こちらから話しかければ丁寧に答えてくれた。

その甲斐が知っている加藤と、濱の話がどうしても結びつかないのだ。少なくとも加藤は、我意を通すために怒鳴り散らすような人物ではなかった。かといって、濱の話が事実に反しているとも思えない。これは一体、どういうことなのか。

そこまで考えたときだった。甲斐は眼を瞬いた。視野の端で、何かが光った。蒼穹《そうきゅう》の一点だった。海のように深い紺碧の空に、針の先ほどの小さな光点があらわれた。

最初は星かと思った。高山では昼間でも、星がみえると聞いたことがある。だが、それにしては様子がおかしい。光ったのは一瞬だが、星ほど遠くはなかった。少なくとも、大気の層を突き抜けてきた光ではない。

かといって、稲光でもなさそうだ。空は晴れわたって、一片の雲もみあたらない。眼をこらして、おなじ点をじっとみつめた。また光った。先ほどとは、位置が少しずれていた。

それでようやく、正体がわかった。飛雪だった。雪が降りだしたわけではない。雪稜から吹き飛ばされた雪片が、風に乗って山頂よりも高く上昇したようだ。はるか上空で渦を巻きながら、陽光を反射して輝いている。

刺すような冷気を感じて、甲斐は身ぶるいをした。吹きすぎていく風が、ほんの少し強さをましたようだ。遠くの山稜で、雪煙が舞っていた。おそらく風が唸りをあげて、山肌の雪を削りとっているのだろう。この距離では届くはずがない風の音が、聞こえてくるような気がした。

　そのせいか眼前に広がる山岳景観が、先ほどとは違ってみえた。具体的に、何かが変化したわけではない。眼にうつる山々のすべてに、広がりと奥行きを感じただけだ。山頂に立ったときは平板だった風景が、いまでは立体的にみえる。

　すると変わったのは、甲斐自身なのかもしれない。たしかに山をみる眼は、変化していた。どの山にも個性があって、おなじ風が吹くことはない。そんな単純な事実に気づいたせいか、心に余裕が生まれていた。

　大槍への登攀には不満が残ったが、それで山の価値が低下するわけではない。山頂からみる冬山の大観は、やはり素晴らしかった。ここからは黒部《くろべ》源流の山々はもとより、北に向かって延々とつづく山なみが一望のもとに見渡せた。

　そのほぼ全域に、加藤文太郎は足跡を残していた。しかも冬山単独行という、もっとも困難な方法で。

　立山《たてやま》、剱《つるぎ》、薬師《やくし》、黒部《くろべ》五郎《ごろう》、水晶《すいしょう》、鷲羽《わしば》、針《はり》ノ木《き》、鹿島槍《かしまやり》、五竜《ごりゅう》、そして眼下の北鎌尾根。視野にあるだけで、これほど多くの山々が踏破されていた。たった一人の男によって、雪の降りしきる季節に。眼を他方に転じれば、その数はさらにます。

　――わからない……。加藤文太郎とは、何ものだったのか。

先ほど感じた疑問が、ふたたび胸をよぎった。疑問は解決するどころか、ますます大きく広がっていた。あらためて考えてみると、加藤は謎の多い人物だった。強引きわまりない方法で、パーティの行動を決めた理由は何なのか。結果的にせよ仲間を危険にさらしたことを、どう釈明するのか。

そのような問いかけに明解な答はえられず、より根元的な別の疑問に収束しつつあった。加藤にとってパーティとは、いったい何だったのか。それ以前に「単独行の加藤」が、なぜパーティを組もうとしたのか。

あるいは……もっと遡って、加藤が冬山単独行をはじめた理由は何なのか。あえて高難度の登山スタイルを選択しながら、それを貫けなかった事情は。

おそらくその答は、この山のどこかに隠されているのだろう。ごく自然に、そんなことを考えていた。眼の前に広がる凍てついた山嶺《さんれい》に、加藤文太郎の足跡は残されている。それを忠実にたどれば、答はみえてくるのではないか。

あとを追ってみるかと甲斐は思った。何年かかるか予想もできないが、やるだけの価値はあるはずだ。そしてもし何もしなければ、後々まで悔いることになりそうだ。今日の槍ヶ岳登頂が、まったく無意味なものになってしまうからだ。

甲斐にはそんな予感があった。

北鎌尾根の捜索は、実質的にこの日だけで終わった。

翌日から天候はふたたび悪化し、肩の小屋に居合わせた者たちは連日の待機をしいられた。そして十四日になって、捜索の打ちきりが伝えられた。十一日に実施された捜索の結果、二人が生存している可能性はきわめて低いと判断されたのだ。

尾根上に残された足跡や回収された「遺品」などから、二人の足どりはかなり具体的に判明していた。それによれば二人は三日の昼前後に肩の小屋を出発したあと、槍ヶ岳を経由して尾根上の独標（独立標高点）にむかっている。

二人は肩の小屋に引き返そうとしたが猛吹雪のために果たせず、尾根上の岩かげで一晩ないし二晩のビバークをしいられた。天候はその後も回復する気配がなく、体力の消耗をおそれた二人は悪天候をついて槍ヶ岳を越えようとした。その結果、登路を誤って千丈《せんじよう》沢に滑落したものと思われる。

翌十五日の朝から、捜索隊は下山を開始した。あと一日の晴天があれば千丈沢を下降して徹底した捜索を実施するのだが、悪天候の連続でそれも思うにまかせない。その日のうちに、全員が蒲田に集結していた。

関西徒歩会の会員たちも、そのときにまで帰り支度をはじめていた。数人ずつのグループにわかれて、登山基地となった栃尾を離れていった。最後のグループが神戸に到着したのは、十七日の夜だった。

丸十日間にわたってつづいた第一次捜索活動は、この日をもって正式に終了したことになる。

第一話　徒歩旅行者《ハイカー》——大正十三年秋

1

目的地が近づくにつれて、既視感が次第につよくなった。記憶にある山や川が、次々にあらわれては遠ざかっていく。そのたびごとに、当時のことが懐かしく思いだされた。このあたりを集中的に歩いたのは、いまから半年ほど前のことだ。そのころは里歩きをはじめたばかりで、みるものすべてが新鮮だった。何の変哲もない線路ぞいの道を、夢中になって歩いたのをおぼえている。

列車の走行音が、微妙に変化した。先頭をいく機関車が、鉄橋にさしかかったらしい。もうすぐだと、加藤文太郎は思った。鉄橋を渡りきってしまえば、下車を予定している駅は近い。到着までに残された時間は、あとわずかだった。それほど多くもない荷をまとめて、手ばやく身につけた。忘れものは、ないはずだった。

準備をととのえたところで、窓の外に眼をむけた。記憶をたよりに、駅までの所要時間を推しはかろうとした。ところがそこで、急に奇妙な感覚にとらわれた。車窓からの風景が、どことなく現実味を欠いてみえたのだ。

加藤は眉をよせた。まただと思った。このところ交通機関を利用すると、かなりの頻度で似たようなことが起きる。ことに利用する機会の多い路線では、必ずといっていいほど経験していた。既視感のある風景なのに、妙なよそよそしさを感じるのだ。

風景自体は、ありふれたものだった。刈りいれの終わった田圃《たんぼ》が、一面に広がっている。その隙間を埋めるようにして、草葺《ぶ》きの農家が点在していた。ときには小規模な貯水池や、船着場があらわれることもあった。遠くの山裾には、こんもりとした雑木林もみえる。

播州平野の北東部に開けた土地だった。列車は加古川にそって走りつづけている。車窓からの見晴らしはよかった。ときおり里山が間近にせまる程度で、視野をさえぎるものは多くない。

始発駅の周辺には民家が建ちならんでいたが、列車が北上するにつれてそれも疎《まば》らになった。平地のほとんどは耕され、手入れの行きとどいた農地になっている。この地方では、珍しくない田園風景だった。ただ、それは既視感の原因ではない。

次に停車する駅の周辺は、複数の県道や国道が交差する交通の要衝だった。その錯綜する道路網のすべてを、加藤は歩きつくそうとしていた。踏破を終えた道路は、原則として二度と歩くことがない。できることなら一筆書きのようにして、未踏破の道をつぶしていきたかった。

だが、そのやり方にも限界がある。鉄道などの交通機関は、この原則はあてはまらないことにした。したがって道路の結節点に近い駅には、何度も立ちよることになる。交通機関を利用して駅に移動し、踏破の起点とする――あるいは終点とするためだ。

この地域にかぎったことではなかった。おなじことを、加藤は兵庫県の全域でくり返していた。車窓からの風景が、どれも見慣れたものになるはずだ。一度は歩いた土地だから、自然に親しみを感じるのかもしれない。

それなのに、直視すると違和感が残る。考えすぎかもしれないが、風景に拒否されているような印象さえ受けた。中途半端に既視感などあるものだから、かえって居心地の悪さを感じるのではないか。

おそらく自分の足で、歩いていないからだろう。そう加藤は考えていた。列車の乗客と徒歩旅行者では、視点の位置や移動速度が大きく異なっている。感じ方が違うのだから、おなじ風景がみえるはずがないのだ。

あるいは、こう考えることもできる。日照時間は日ごとに変化するし、天候や気象条件の違いはさらに大きい。だから同時刻におなじ場所を訪れても、以前にみた風景を眼にすることは決してない。風景はたえず変化して、一定の形を保つことがないからだ。

だとすると、乗車中に奇妙な感覚にとらわれるのも当然だった。おなじ風景をみているつもりで、実はまったく別の風景の中に身をおいていたのだ。そのために、自分一人が周囲から浮いていた。これもやはり、交通機関の利用が原因だろう。移動速度の飛躍的な向上が、加藤を風景から切り離してしまったのではないか。

そういえば、この路線を最後に利用したのは夕暮れ時だった。一日の行程をこなして、列車に乗りこんでいた。ところが今日は、おなじ場所から歩きだそうとしている。しかも時刻は、まだ早朝だった。

太陽光の射しこむ方角は正反対だし、それ以前に季節が半年ほどもずれている。雲の量や形も違っていた。記憶と一致しているのは地形だけで、風景としては別物といえた。疎外感に近い違和感が生じるのも、不思議ではない。

ふいに大きな音がして、車両がゆれた。連結器の鳴る音だった。列車は速度を落としつつある。マッチ箱のような客車が二両と、無蓋《むがい》の貨車が一両だけの小規模な編成だった。日曜の始発列車にもかかわらず、乗客の数は多かった。加藤の乗った客車では、半分以上の座席が埋まっている。

車掌が姿をみせて、次に停車する駅の名をつげた。加藤は腰を浮かせた。考えこんでいたのは、みじかい時間だった。すでに気持は切りかわっている。十九歳だった。少しくらい感覚にずれがあっても、現実にあわせてしまえる年代だった。

乗降口に移動しながら、空模様を確かめた。乗車したときは暗かった空が、いまはすっかり明るくなっている。上空に雲はみあたらず、今日の好天を予想させた。この分なら、今日はかなり行程をのばせるのではないか。

連続した振動と騒音が、床から伝わってきた。列車は低速で駅の構内を走行している。窓外の風景が、少しずつ記憶と重なっていった。それとともに、違和感が薄れはじめた。先ほどと条件はおなじなのに、いくらか現実味がました気がする。あと少しだと、加藤は思った。列車をおりてしまえば、混乱から抜けだせる。

最後にブレーキのきしむ音を残して、列車は停止した。もどかしい思いで、加藤は扉を開いた。プラットホームにおりたところで、反対方向から接近してくる列車が眼に入った。こちらの方は気動車で、車外のデッキに貨物を積んでいる。

事前に時刻表をしらべたところでは、この駅で上下線の入れかえがあるようだ。停車時間は、どちらも一分から二分程度だろう。加藤が利用した下り列車の貨物車両では、何人かの人夫が荷の積み卸しをしている。まだ停止しきらない上り列車のデッキにも、人夫が飛び乗って積み荷に手をかけていた。

それをみるかぎり、運行時刻は正確に守られているようだ。そう見当をつけて、駅舎に移動した。改札口を抜けた先が待合所で、奥の壁には時計がかけてあった。確認のつもりで眼をむけたが、表示された時刻は予想とは違っていた。すでに上下線とも、発車時刻をすぎたことになっている。

不審に思って、ホームに眼をむけた。もう荷役作業は終わったらしく、積みあげられた荷を前に人夫たちがひと息ついている。だが、どちらの列車にも動きはなかった。下り列車の前では神妙な顔つきの車掌が、手にした懐中時計に眼を落としている。

その様子からすると、残り停車時間はあと十数秒というところだろう。駅長の姿はみえないが、やはりホームで時刻を確認しているのではないか。つまり待合所の時計は、実際よりも進んでいることになる。少なくとも、列車の運行とは無関係らしい。

それ以上、足をとめている理由はなかった。ホームに背をむけた加藤は、足ばやに駅舎を通りぬけた。おなじ列車で到着したのは、加藤をふくめても三人だけだった。そのうち商店の手代らしき男は、貨車の荷卸しに立ちあっていた。あとの一人は行商人風の中年男で、こちらの方は早々と表の通りに出たようだ。

駅前の通りに立ったところで、半年前の記憶がもどってきた。駅舎の他に数棟の建物があるだけの、閑散とした通りだった。建物はいずれも新しく、昔風の民家はみあたらない。しかも建物があるのは、通りの片側だけだった。反対側は空き地のまま、放置されている。

そのせいで、どことなくちぐはぐな印象を受けた。駅舎自体は立派なのに、町なみがそれにつり合っていない。少し離れた位置に、十数戸ほどの集落があるだけだ。こちらの方は古く、遠くからみても歴史を感じさせた。

通りに面して散在する建物は、荷の集積所や倉庫として使われていた。鉄道の敷設後に建てられたらしく、裏側が駅の敷地と直接つながっている。反対側は荷捌《さば》きの作業場になっていて、表の通りから荷車が乗り入れられるようになっていた。

加藤にとっては、見慣れた風景だった。この路線の主要な駅は、みな似たような構造になっている。既存の集落から離れた位置に駅があるものだから、一見するとさびれた印象を受ける。だが実際には長期的な視野にたって、周辺施設の整備をすすめているのだ。

この鉄道が建設された第一の目的は、沿線の物流を促進することだったらしい。つまり本来は、貨物輸送のための鉄道なのだ。旅客輸送は副次的な事業にすぎない。駅の周辺に人家がみあたらないはずだ。人家の密集地帯を通過していたのでは、物流の基盤整備が困難になる。

記憶をたどりながら、加藤は通りを歩いていった。既視感があるせいか、眼にうつる風景が近く感じられる。足を踏みだすたびに、風景の中へ入りこんでいく実感があった。先ほどの違和感は、完全に消え失せていた。

道路の高さまでおりてきたことで、現実が記憶に打ち勝ったのかもしれない。いまでは加藤の眼にうつる風景が、唯一の現実だった。列車の乗客だったときの記憶は薄れ、過去に追いやられた。

いくらも歩かないうちに、高々と汽笛が鳴り響いた。発車時刻になったようだ。最初に動きだしたのは、下り列車だった。連結器のふれあう音が、次々に伝わってくる。長く尾を引く汽笛に、動輪の重い回転音が重なった。

その音を背後に聞きながら、加藤は手帳をとりだした。足をとめることなく、駅の名前と時刻を記録した。自前の時計が——できれば腕時計がほしいところだが、まだ半人前でしかない製図工には手が出なかった。駅や店先の掛け時計で、間にあわせるしかない。

記録を終えた加藤は、いくらか速度をあげた。通りに人気《ひとけ》はなかった。男が一人、すぐ先を足ばやに歩いているだけだ。おなじ列車で到着した行商人らしい。他に通行人の姿は、みあたらなかった。

男はかなり急いでいた。せかせかと、足を前に出しつづけている。風呂敷包みを斜めにかけた背中が、急速に接近してきた。気配を感じたらしく、男が肩ごしにふり返った。足音を耳にしなかったのか、怪訝そうな顔をしている。

その鼻先を、すり抜けるようにして追い越した。男の眼が驚愕に見開かれた。化け物でもみるような顔で、通りすぎる加藤をみている。音もなく近づいて、一瞬のうちに追い抜いていった加藤の正体をはかりかねているようだ。

しまったと思ったが、もう遅かった。男は小声で何ごとかつぶやいている。加藤の非礼を詰《なじ》っているようだが、呼びとめようとまではしなかった。加藤も足をとめる気はない。自分に非はないのだから、堂々としていたかった。昂然《こうぜん》と胸をそらし、顔を正面にむけたまま歩いていく。

すぐに男の気配が遠くなった。追いかけてくる様子はない。それならこのまま、引き離そうと思った。どのみち男の脚力では、加藤に追いつけないはずだ。普通に歩いていれば、自然に距離が開くだろう。

　男を脅かすつもりはなかった。むしろ速度をひかえていた。まだ体が温まっていないし、出発点に達してもいなかった。それに全力で飛ばすのは、前後に人がいないときと決めていた。不用意に速度をあげると、衝突する危険があるからだ。

　加藤の歩き方には特徴がなかった。ごく普通に、手足を前に出しているだけだ。だから一見しただけでは、速度が読みとれない。かなりの速度で歩いていても、散歩しているのと見分けがつかなかった。実際には歩幅や足の動きを意図的に変化させているのだが、他人にそれが伝わることはない。

　そのため人通りの多い場所では、よく他の通行人と接触した。勢いあまって、転倒する者もいた。加藤がよけても、相手の方が突っこんでくるのだ。

　おそらく目測を誤ったのだろう。加藤の動きを読みちがえて、進路上に踏みこんでしまったらしい。危険に気づいた相手が回避しても、もう間にあわない。高速移動する加藤に、はね飛ばされることになる。

　加藤にとっては、迷惑な話だった。だが、それで終わりではない。ほとんどの相手は事態を正しく認識しておらず、加藤に非があると思いこんでいた。印象としては急接近した加藤が、いきなり眼の前に立ちはだかったようなものらしい。

　だから相手の反応は、二とおりしかない。気味悪そうな眼で見返すか、怒りだすかだ。

詫びの言葉を口にするものはいなかった。だが加藤は、何をいわれても無言だった。こちらに非はないのだから、事情を説明するのも道理にあわない。どのみち、理解できるものもいなかった。その結果、罵り声に追われて立ち去ることになった。

加藤が里歩きをはじめたのは、そんなことが重なったからだ。もともと、歩くのは好きだった。散歩や遊山の旅行ではない。名勝を逍遥《しょうよう》する趣味もなかった。断郊競技者《クロスカントリー》のように、目的を持って山野を跋渉《ばっしょう》するのとも違う。ただ黙々と、路上を歩いていくだけだ。

一見すると無意味な行為に思えるが、それを楽しみにかえてしまえる脚力が加藤にはあった。だから長時間の歩行は、苦にならなかった。時間さえあれば、一日中でも歩きつづけていたかった。

だが市街地では、それも思うにまかせない。できることなら誰にもわずらわされず、全力で遠くまで歩いていきたかった。疲れきって足が動かなくなるまで、自分を試してみたい――そんな衝動に突き動かされて、郊外まで出かけてきたのだ。

ことに今年に入ってからは、積極的に県内の国道や県道を踏破していた。今回は日曜朝の始発列車を利用したが、事情がゆるせば土曜のうちに行動を開始した。退勤時間を待って会社を出発し、夜通し歩きつづけて日曜につなげるのだ。

途中でわずかな仮眠をとる以外は、足をとめることもない。食事は何度かにわけて、歩きながらとった。あらかじめ握り飯を用意することもあったが、時間がないときは途中で買った菓子ですませた。ときには鯛焼きや大福餅を弁当がわりに、時間切れになるまで歩きとおした。

予定していた行程をこなしたら、あとは神戸にもどるだけだ。そしてその日の最終到達地点が、次回の出発点になる。リレーのように行程を先にのばしていくのだが、バトンを渡す相手はいない。記録を競う相手もいないし、観客の声援とも無縁だった。たった一人で、孤独な時間差リレーをつづけるだけだ。

踏破の証人もいなかったが、証拠だけは残してあった。参謀本部の陸地測量部が発行した五万分の一地形図だ。踏破を終えた道路は、赤鉛筆で線をいれてある。目標は県内の国道と県道の完全踏破だから、用意した地形図は二十枚をこえていた。

そのほとんどに、いまでは赤鉛筆の描きこみがあった。最初のころは遠大に思えた計画も、ようやく終わりがみえてきたようだ。踏破した国道と県道の累計は、千キロを大きくこえていた。事前に計算した数値は千六百キロ程度だから、あと一息というところか。

踏破もれが気になりだしたのは、最近のことだった。地形図の何枚かに、赤鉛筆が入っていない県道があるのだ。いずれも、初期のころに踏破した地域で、一筆書きにこだわりすぎたのが原因らしい。あまり距離は長くないが、虫食いのようで美しくなかった。

普通なら無視するか、後まわしにするはずだった。神戸から遠く離れた岡山との県境ぞいには、空白の区間がかなり残っている。貴重な休日をつぶしてまで、近場の県道を歩く気にはなれなかった。

最初はそう考えていたのだが、直前になって急に気がかわった。よんどころない事情で、土曜の深夜まで神戸を離れられなくなったのだ。ほんの少し考えたあと、加藤は結論を出した。この機会に、空白の区間を歩いてしまおう。

鉄道を利用することに、躊躇はなかった。交通機関をうまく組みあわせれば、複数の区間を一日で踏破できるからだ。終点と起点が飛び離れた位置にあるから、徒歩でつなぐのは効率が悪かった。

歩き残した道路の最初のひとつは、この先にあった。十キロあまりの区間が、空白になっている。起点となる十字路は、間近にみえた。駅前からつづく通りは、そこで県道と交差していた。加藤はわずかに緊張した。その十字路が、今日の出発点だった。

だが緊張は、それほど長くつづかなかった。加藤は耳をそばだてた。何かが騒音とともに、十字路の奥からやってくる。荷馬車らしかった。車輪が路面をかむ音と、馬方のかけ声が交互にきこえてきた。

すぐに荷馬車が視野に入った。加藤が今日たどろうとしている県道から、十字路にさしかかったところだった。土煙をあげながら、角を曲がろうとしている。駅前の集積所にむかうつもりなのか、荷台には何も積まれていなかった。

道路わきで荷馬車をやり過ごしながら、加藤は状況をたしかめた。そして息をついた。

半年ほどの間に、交通量はかなり増加したようだ。以前はそれほどではなかったが、いまは路面に何条もの轍《わだち》がうがたれている。

この分では荷馬車とのすれ違いだけで、相当な時間がかかりそうだった。もしかすると、予定の時間までに到着できないかもしれない。

2

十字路を曲がったところで、加藤は足をとめた。その先が、県道の空白区間だった。周辺の地形には記憶があった。間違いなかった。地図をとりだすまでもない。ここが半年前に里歩きを終えた場所であり、これから歩きだす起点でもあった。地図に表示された道路は直線に近いが、実際にはゆるやかな曲線が連続しているらしい。起伏もあるのか、見通しはあまりよくなかった。

――終点まで二時間弱というところか。

地図上の計測距離は十一キロだったが、実測値はそれより長くなるのが普通だった。ただ、この道路の場合は誤差が小さそうだった。地形をみた印象では、せいぜい三分たらずだ。

――距離にして三百メートル程度だろう。

道路と並行して走る鉄道路線の営業距離は、それより二キロあまり長くなっている。ただしこちらの方は、最短距離をとっていない。大きく迂回しているから、実際の距離ものびているはずだ。だから道路の延長が十一・三キロという推測は、それほど間違っていないのではないか。

これを平均時速六キロで歩きとおしたとして、所要時間は二時間弱という計算になる。足場がよければ時速七キロは出せるのだが、県道の状況からしてそれは難しい。つまり思惑どおりに踏破できるかどうか、微妙なところといえる。

時間を無駄にはできなかった。もう一度だけ雲の動きをたしかめて、視線を前方の低い位置にすえた。体に感じるほどの風はなかった。天候が崩れそうなきざしもない。少なくとも、歩行速度に影響はないはずだ。

立ちどまっていたのは、ごく短い時間だった。最後に呼吸をととのえて、小さく声をあげた。

「よし」

それが合図だった。休止状態にあった全身の筋肉が、その言葉をきっかけに活動を再開した。動きはじめたのは、ほぼ同時だった。上半身がわずかに前傾して、重心を前に移動させた。そのときには四肢が定位置を離れ、前後に大きく振り出されている。

無駄な動きは一切なかった。しかも各部の動きは連動し、たがいを支援している。重心位置の調整によって四肢の動きは制御され、腕の振りは効率のいい足の踏み出しを可能にしていた。さらに下半身の関節は自在に屈曲して、重心の上下動を最小限におさえていた。

これが加藤の歩き方だった。自然な動きで作業効率を向上させ、消耗を低くおさえることに成功している。そのせいで長時間にわたって高速歩行をつづけても、疲労を感じることはなかった。

外見上の特徴がないのも、だから当然といえる。極言すれば加藤の歩き方《フォーム》は、人類が進化の途上で手にした理想型だった。普遍的な体系なのだから、逸脱は許されない。変則的なやり方では、いずれ破綻が生じるだろう。

歩きはじめてすぐに、予定の速度に達した。時計は持たなかったが、歩行速度は実用的な精度で推定できた。体にかかる負荷や風圧などから、感覚的にわかるのだ。最初のうちは歩幅や歩数を計測していたが、踏破距離が千キロをこえたあたりからその必要がなくなった。いまでは地図上の距離と速度から、時刻を推定できるまでになっていた。

だから体調とは無関係に、予定速度を設定することができた。この区間の予定平均速度は六キロだったが、まだ充分な余裕が感じられた。体が充分に温まっているせいか、物足りない印象さえあった。体調も悪くない。意図的に手足の動きを抑えなければ、勝手に増速してしまいそうだった。

やってみるかと、加藤は思った。最初から飛ばしすぎると途中で速度が落ちるのだが、今回の歩行距離は十二キロたらずでしかない。この程度なら、全力を出しきっても問題はなさそうだ。疲労を感じるよりも先に、歩ききってしまうのではないか。

それに時速六キロというのは、区間内の平均値でしかない。地形によっては、上下することも当然ありうる。七キロ以上の速度がどんなものか、この機会に体感しておくのも悪くなかった。

加藤は道路の前方に視線をすえた。いまのところ、荷馬車は走行していない。道路のどの部分を、通過してもよかった。すばやく線形を設定して、起伏を読みとった。そして充分な手ごたえを感じた。この地形なら、七キロは楽にだせる。

普段より大きな前傾姿勢をとって、重心を進行方向に移動させた。自然に歩幅が大きくなって、足の動きも素速くなった。速度が上昇した実感はあるものの、まだ安定感はない。足の力で、無理に体を前進させている印象があった。地下足袋を通して、大地の重い感触が伝わってくる。

その重さに、加藤は耐えた。ここが辛抱のしどころだった。我慢して速度を維持すれば、すぐに体がついてくる。そう思った。そして唐突に、感覚が切りかわった。本格的な加速が、はじまったのだ。

ふいに体が軽くなった。次の瞬間には、高速移動を開始していた。先ほどのような、不自然な増速ではなかった。勢いよく足が回転して、体を前に運んでいく。まるで巨人のみえない手で、背中を押されているかのようだ。あるいは大地の呪縛から、解きはなたれたのかもしれない。

風を感じながら、加藤は歩きつづけた。周囲の風景が、飛ぶように後方へ去っていく。それと同時に、視野がめまぐるしく入れかわった。屈曲の多い道路だった。カーブを通過するたびに、あらたな風景があらわれた。時速七キロどころではなかった。瞬間的には八キロ以上でているのではないか。

だが、それが限界だった。この速度をこえて、歩きつづけることはできない。足が浮きあがって、走りだすことになる。さもなければ競歩競技のような、不自然なフォームになるかだ。いずれも本意ではなかった。歩くことは好きだが、走るのは別に得意ではない。

子供のころから、そうだった。足が遅いわけではないが、苦手意識がつよかった。運動会の徒競走では、いつも中くらいの成績だった。そのかわり、歩くことなら誰にも負けない自信があった。

生まれ育った故郷の町では、どこへ行くにも歩いていた。当時はそれが普通で自動車に乗る機会など滅多になかったが、加藤の場合は徹底していた。仲間とつれだって出かけるときには、一人だけ別行動をとって遠まわりの道を歩いた。一里や二里の道のりでは、物足りなくなっていたのだ。

そんな生活に転機がおとずれたのは、五年前の春だった。十四歳になった加藤は故郷を離れ、神戸の三菱内燃機製作所に製図修業生として入社している。実質的には企業内で研修を受けているようなものだし、夜間は実業補修学校の授業もある。昼も夜も学業に追われることになった。

当然のことながら、自由に使える時間はかぎられている。子供のころと違って、気ままに野山を歩くことはできなかった。それ以前に地理の不案内な神戸の町を、一人で歩くのは気後れがする。結局、会社の敷地と下宿を往復するだけの日々がつづいた。

加藤がふたたび歩くことを思いだしたのは、入社から三年がすぎたころだった。職場の山岳会にさそわれて、近郊の山に足を踏みいれたのだ。

当時は近代登山の大衆化にともなって、登山人口が急速に増大した時代でもあった。登山道や山小屋の整備が積極的にすすめられ、愛好者の団体も次々に結成された。学校山岳部はもとより、職場や地域にも同好会があった。そのころ加藤が所属していた設計課でも、デテイル会と称する山岳会が設立されていた。技術者らしく詳細図（デテイル）の勉強と、出勤（出ている）の楽しみをかけて命名された会だった。

その流れの中で加藤もハイキングをはじめたのだが、これは期待したほど楽しくなかった。一列になって山道をたどる登山スタイルに、どうしても馴染めなかったのだ。団体行動そのものが苦手だったし、何よりも歩く速度が遅すぎる。少しでも油断すると、前を歩く仲間に追突しかけた。かといって、一人だけ別行動をとることもできない。

あまり気乗りがしなかったが、不義理をするのも気が引けた。例会登山といっても、実質的には課の親睦会に近かった。断ってばかりいると、職場で気まずい思いをする。ハイキング自体にも興味はあったので、声をかけられれば顔を出す程度には参加した。

学業に専念したいという事情もあった。おなじころ加藤は、兵庫県立工業学校別科機械科に籍をおいている。これは現在の工業高校に相当する教育機関で、それだけに水準も高かった。

実業補修学校のときと違って、授業時間数は格段に多くなっている。だが無事に卒業すれば、夜間部とはいえ高等工業学校（現在の大学工学部に相当）への道もひらける。手を抜くことはできなかった。

むしろそれを口実に、休日は下宿にこもることが多かった。ところが歩きたいという欲求は、消えることがない。それどころか、ますます強くなっていた。我慢できなくなって、一人で近郊の山に登ったりした。下宿は現在の長田区御蔵通にあったから、市街地を抜けだせば高取山《たかとり》をはじめとする西部六甲の山々は間近にある。

環境はいいのだが、それだけに人出も多かった。思いきり歩けば、かならず誰かと衝突する。とてもではないが、楽しむどころではなかった。どのみち公然といける所ではない。後ろめたさも手伝って、すぐに足が遠のいた。

苦肉の策として思いついたのが、通勤路を利用することだった。会社のある和田岬と御蔵通の間には、適当な交通機関がなかった。ほかに選択の余地がないまま歩いて通っていたのだが、なぜかこの道では人と衝突しなかった。
たぶん通勤路と、重なっていたためだろう。誰もが足ばやに歩いていたし、朝の通勤時間帯には駆けだしているものも珍しくなかった。その間をぬって、自転車が通りぬけていく。さらに表通りには、路面電車や自動車も行きかっていた。

そんなところに加藤一人が加わっても、影響はなかったのではないか。加藤のような歩行者の方が、ここでは普通だったのだ。

それがわかったことで、通勤そのものを楽しむ余裕がでてきた。ゆっくり歩いても、一時間とかからない道のりだった。逆にいえば、その枠内では何をしても自由だった。出勤時刻に間にあいさえすれば、寄り道や遠まわりも思いのままだった。通勤路は何とおりも用意され、その数は寄り道のたびにふえていった。

退勤時になると、これに通学が加わった。工業学校があるのは和田宮通で、会社からも近かった。あまり寄り道はできないが、経路がおなじでも遊ぶことはできる。退勤から登校までの所要時間を記録して、平均速度を算出するのだ。

思いどおりの速度で歩く能力は、このときの経験がもとになっている。最初は誤差が大きかったが、慣れれば決まった時刻に登校できた。退勤時刻がまちまちでも、授業開始の鐘が鳴る直前には席につけるのだ。

だから会社で残業を命じられても、あわてずにすんだ。どの程度までなら学校に遅刻しないか、感覚的にわかっていたからだ。二年後に工業学校を卒業したとき、加藤は皆勤賞を受けている。真面目で勉強熱心だったこともあるが、通勤や通学を楽しめる心の余裕が受賞につながったのだろう。

だが加藤のひそかな楽しみは、工業学校の卒業とともに終了する。入社から四年間すごした下宿を、引き払うことになったのだ。引っ越し先は会社の寮だから、これまでのように通勤を楽しむことはできない。念願だった神戸高等工業学校には入学したものの、通学には国鉄を利用するしかなかった。

八方ふさがりだった。会社の寮は地の利がよかったが、職場の延長線上にあるかのようで落ちつかない。気晴らしに町歩きをする気にもなれず、悶々と毎日をすごすことになった。

五万分の一地形図「神戸」を眼にしたのは、そんなときだった。この地図がやがて加藤を兵庫県下の国道・県道歩きに、さらには冬山単独行にむかわせることになる。

3

風のように、加藤は歩きつづけた。

民家の点在する田園地帯だった。長閑《のどか》な風景の中を、脇目もふらずに高速移動していく。

思ったほど交通量は多くなかった。駅の近くでは路面が荒れていたが、すぐにそれも目立たなくなった。

昔からの里道《さとみち》とは無関係に、県道が新設されたのかもしれない。道の周辺には、未利用地が多く残されている。そのためか行きかう人は少なく、拍子抜けがするほど閑散としていた。

農閑期にあたるせいか、田圃にも人の気配はなかった。道をたずねる相手もみあたらないが、それは最初から期待していない。五万分の一地形図を取りだして、現在位置を確認する必要もなかった。この県道ぞいの地形は、すっかり頭に入っている。地形図をみなくても、道に迷う心配はなかった。

かといって、特別なことはしていない。計画をたてるとき地形図に眼を通して、大雑把な特徴を把握した程度だった。ことさら暗記したわけではないし、熱心に地形を読みとろうとしたこともない。里歩きをはじめて半年ほどの間に、我流ながら地形図の読み方を身につけていただけだ。

無論、最初のうちは簡単ではなかった。何度くり返して地形図をみても、表示されていることが理解できずにいた。道路や鉄道の形がわかる程度で、記号の半分も読みとれないのだ。等高線にいたっては、邪魔で眼ざわりな線でしかなかった。

頭では理解していたつもりだった。等高線が一本ふえれば、高度差が二十メートルますことは知っていた。だが地形図を埋めつくすほどの密度で記入された等高線に、意味があるとは思えなかった。山頂や標高点の高さは記入されているのだから、等高線など不要ではないかと考えていた。

ためしに等高線抜きの地図を自作して、里歩きに持ちこんだことがあった。製図用のトレーシングペーパーに必要な部分だけを写しとり、自家製の道路図を作成してみたのだ。最初の一枚である「神戸」の地形図を手に、近郊の山や里を歩いていたころだった。

だがそれも、一回かぎりでやめてしまった。鉛筆の描線は野外では判読しづらく、地図としては使い物にならなかった。仕方なく元の地形図にもどったのだが、あいかわらず等高線の存在価値はみつけだせずにいた。模様か装飾だと考えて、無視することにした。

それほど邪魔な等高線が、ある日を境に意味を持ちはじめた。道路の勾配を調べるつもりで、等高線の密度を計算していたときだった。無味乾燥だった等高線の重なりが、ふいに浮きあがってみえたのだ。加藤は眼を見張った。五万分の一に縮小された山や谷が、立体模型となって地形図の上に再現されている。

加藤にとっては、はじめての体験だった。それなのに、既視感があった。似たようなことを、以前にも経験していたからだ。仕事場で図面をトレースしているときだった。製図修業生としては、日常的な作業だった。いつものように手を動かして、機械部品の三面図を仕上げていた。そして突然、それが起きた。

製図途中の機械部品が、立体感をともなってみえたのだ。最初のうちは、それほど深く考えなかった。研修中の身だから、部品の実物に触れる機会は多い。ときには実物を前にして、その三面図を描くこともあった。製図というより図取りだが、部品の構造を把握するための訓練にもなった。

だから立体的にみえても、不思議に思わなかった。実物にふれた時の記憶が、残っているのだと考えた。だが、それにしては様子がおかしい。なんとなく感覚が違っていた。理由に気づいたのは、一瞬後だった。その機械部品は、まだ製作されていなかった。設計途中だから、部品どころか機械自体が存在していない。

それなのに、図面から飛びだしてみえた。正面ばかりではなく、裏側の形まで把握できた。手にとったときの感触さえ、生々しく伝わってくる。一度だけではなかった。何度やっても、結果にかわりはなかった。気になって、他の図面で試してみた。おなじだった。図示された形状から、機械部品の構造を読みとれた。

あとで知ったことだが、技術者はみな同様の経験をするものらしい。というより図面の実体視は、技術者にとって不可欠の能力だった。つまり部品が立体的にみえたのは、加藤が技術者として成長した証《あかし》といえる。まだ修業生で技術者としては半人前ですらないが、なんとか卵からは脱したようだ。

そんな経験をしていたものだから、地形図の場合は慣れるのが早かった。地形が浮きあがることの意味が、感覚的に理解できるのだ。それとともに、以前からの疑問が次々にとけていった。煩《うるさ》いだけの等高線が、なぜ丹念に描きこまれているのか。その等高線を遮断するかのように、変形地の記号が入っている理由は何なのか。

以前は見落としていた地形記号も、このころから眼につくようになった。最初は「流土」の記号だった。だが里歩きをしているかぎり、その場所に近づくことはない。気づいても無視していたのだが、ようやく形が理解できるようになった。周辺の地形が「みえる」ものだから、なぜ表土が流されたのか想像できるのだ。

それからは、暇さえあれば地形図を広げるようになった。何度みても飽きることはなく、広げるたびに新しい発見があった。そんなことをくり返すうちに、地形図は「みる」ものから「読みとく」ものに変化した。等高線が入り組んだ複雑な箇所をみつけると、現地に足を運んで実際の地形と照合したりした。

その積み重ねが、短期間のうちに加藤の読図能力を向上させた。だが単に場数を踏んだだけでは、地形図を判読する技術は身につかない。地形に関する広範な知識が必要だが、これは独学で習得することができた。工業学校では地理の授業もあったから、基礎はできていたといえる。

普段から機械製図に馴染んでいたことも、この場合は役にたったようだ。図面から実物の形を把握する訓練を、日常的にくり返していたからだ。加藤にかぎったことではなかった。技術者にとって地形図は、それほど取りつきにくいものではないらしい。約束ごとに慣れてしまうと、非常に使いやすい点では共通していた。

そういえば加藤が地形図に触れたきっかけは、職場の山岳会――デテイル会の山行だった。西部六甲が記載されているというので、五万分の一地形図「神戸」を入手した。参加した上司や同僚は、皆おなじ地形図を持参していた。そして何度も立ちどまっては、風景と見比べていた。

見よう見まねで、加藤もそれにならった。読み方を教えてくれる者はいなかった。その必要もないほど、自然な行為だったのだろう。加藤もたずねなかった。地形図を広げて何をしているのか、理解していなかったのだ。実は山座の同定――顕著なピークの名をたしかめていたのだが、加藤がそれを知るのは何年かすぎてからだった。

結局、あまり楽しめないまま山行は終わった。地形図だけは手元に残ったが、あらためて広げる機会もなかった。本棚の隙間に挟みこんだまま、所在自体を忘れていた。ふたたび眼にしたのは、会社の寮に引っ越して数カ月後のことだった。何かのはずみに、重ねた本の間からこぼれ落ちたのだ。

なんとなく手をとめて、広げた地形図に眼を落とした。加藤にとっては、奇妙な体験だった。しまい込んでいた間に、加藤の行動範囲は広がっている。近郊の地理に関する知識もふえていた。おなじ地形図なのに、以前とは違ったものにみえる。そのことに興味をおぼえて、いつの間にか見入っていた。

すぐに知っている地名をみつけた。会社の行事で、おとずれた行楽地だった。そのときは電車を利用したが、歩いていけない距離ではない。深く考えずに、印だけをつけておいた。他にも気になる地名があったからだ。丹念にみていくと、意外に数は多かった。道路ぞいの、あちこちに点在している。

それらの地名にも印をつけて、全体を俯瞰してみた。大部分の地名は耳したことがある程度で、足を踏みいれた場所は少なかった。だが地形図をみていると、それほど遠くないことがわかった。加藤の胸が高鳴った。あたらしい玩具を手に入れた子供のように、わくわくした気分にさせられた。

はやる心をおさえて、現在地をさがした。寮がある和田岬は、図の外側にはみ出している。だが最寄りの印との位置関係は把握できた。眼が自然に道路上を移動して、次の印を追っていた。一筆書きの要領で、次々に印を結んでいく。その結果、和田岬を起点とする周回路ができた。

もう一度、隅々まで眼を通して検討した。何度か修正を加えて、完璧なものにしようとした。実際に歩くかどうかは、まだ決めていなかった。パズルでも解くつもりで、理想的な周回路を作成してみただけだ。だが、それにも限界があった。地形図になれていないものだから、現地の状況がよくわからないのだ。

——それなら、いってみるしかない。

そう加藤は結論を出した。寮に入ったのを機に、町歩きは途絶えていた。市街地の外に出れば、存分に歩けるのではないか。

次の休日から、加藤の里歩きがはじまった。最初のうちは、それほど遠出をしなかった。せいぜい半日ほどかけて、印のある場所にいってみる程度だった。ところが、すぐに目的は入れかわった。地名に対するこだわりが失われ、道路の踏破自体に関心を持つようになっていた。印は単なる通過点になり、ついで無視された。里歩きの支障になるからだ。

休日のたびに、加藤は歩きつづけた。日照時間が日ごとに長くなる時期だった。回を重ねるにつれて行動開始時刻は早くなり、夜明けとともに歩きだすのが普通になった。それとともに行動範囲が広がり、一日の踏破距離も長くなっていった。歩きはじめたころには広大に思えた「神戸」の地形図が、いつの間にか小さく感じられるようになった。

だがそれも、無理はなかった。一般的な五万分の一地形図は、縦横がそれぞれ二十キロ前後にすぎない。もっとも長い周回路を設定しても、延長は百キロ程度にしかならなかった。その気になれば、丸二日で歩きとおせる距離でしかない。隅々まで歩きつくすのに、それほど時間はかからないはずだ。

その時期は、意外に早くやってきた。以前からの懸案だった周回路の完全踏破を、達成した日の夜だった。いつものように寮の一室で地形図を広げ、その日に歩いた道路に赤鉛筆で線を描きいれた。めぼしい道路は、ほとんど赤くぬられていた。図名「神戸」については、もう踏破するべき道路は残っていない。

赤い線で埋めつくされた地形図を前に、加藤は考えていた。これからも里歩きをつづけるのであれば、あらたに地形図を買い足すことになる。北側に隣接する「三田」か、西の「高砂」に行動範囲を広げるのだ。すでに歩いた「神戸」内の道路を、もう一度たどる気はなかった。そんなことをしても、達成感はえられそうにない。

ただ、即断する気はなかった。実は他にも、選択肢があったからだ。いままで意図的に除外してきたが、地形図「神戸」には大きな空白があった。図の右下をしめる西部六甲の山中には、いくつものハイキングコースが手つかずのまま残されている。これを機会に山歩きに転じれば、しばらくの間は楽しめそうだ。

おなじことは、東部六甲についてもいえた。六甲山最高峰を中心としたこの山域は、表六甲とも称され阪神間の登山家たちに親しまれていた。むしろ人気の点では、西部六甲を上まわっているかもしれない。本格的にハイキングをはじめるのであれば、無視できない存在といえる。

だが加藤にとって東部六甲は、西部よりもさらに遠い存在だった。さそわれて足を踏みいれたことがあるが、それだけで終わっていた。山行を機に入手した「大阪西北部」の地形図は、東部六甲の山中ばかりかその先の平野部も手つかずの状態だった。

しかし西部六甲だけに限定して、山歩きをするのは現実的ではない。主要なコースの多くは、ふたつの山域を結ぶ形で設定されていた。加藤自身も、六甲山地を西から東に抜ける大縦走を考えたことがあった。須磨を起点に宝塚へ至る「六甲全山縦走」ともいうべきコースで、より大きな「宝塚周回路」の一部をなしていた。

例によって、地形図を前に思いついた机上の計画といえた。ただ、それを実現するだけの素地が加藤にはあった。デテイル会に籍をおいて、すでに三年が過ぎていた。いくら消極的にしか参加しないといっても、三年間つづければ経験もふえる。一人で山中にわけいっても、迷わないだけの自信はあった。

その上に前年からは、他の山岳会と交流する機会もふえていた。デテイル会の主催者であり上司でもある遠山豊三郎に同行して、神戸徒歩会の例会登山に参加したのが最初のきっかけだった。加藤にとっては、新鮮な体験だった。それまでの山歩きが児戯に思えるほど厳しく、そして充実した登山になった。

デテイル会は山岳会といっても実態は職場の親睦会で、活動内容も本格的な登山にはほど遠いものだった。加藤が飽き足りない思いでいることを、上司は察していたのかもしれない。そんな経緯があったものだから、以前よりも山歩きの敷居は低くなっていた。面白さも、わかりかけてきた気がする。本格的にはじめるための条件は、すべて揃っていた。

それなのに、躊躇があった。一枚の地形図を歩きつくしただけで、里歩きをやめていいものかどうか。体力的な問題もあった。「六甲全山縦走」と「宝塚周回路」は、いずれも一日で完成させなければならない。やるからには、万全の態勢でのぞみたかった。いまのままでも実現は可能だが、拙速は避けたかった。

——もう少し、里歩きをつづけてみるか。

それが結論だった。当面の目標は、兵庫県内の国道および県道の完全踏破と考えていた。山歩きをはじめるのは、それを終えてからでいい。

期待感もあった。行動範囲を県内の全域に拡大すれば、あらたな地形図に接する機会もふえる。隣接する地形図を次々に手に入れて、未知の世界へ入りこんでいくのだ。そこに生じた地形図上の空白は、加藤が自分の足で埋めることになる。

まだ充分な知識はなかったが、五万分の一地形図に対する期待は大きかった。眺めているだけで、新しい何かがつかめそうな気がした。だがそれが何なのか、加藤自身にもわかっていなかった。

4

それが半年ほど前の出来事だった。

駅からつづく県道を、黙々と加藤は歩いていた。事前の計画では延長十一キロ余のこの区間を、二時間弱で踏破することになっていた。全区間を時速六キロで歩きとおせば、それくらいの時間で目的地に到着する。予定どおりなら、わずかな待ち時間で次の上り列車に乗車できるはずだった。

区間の終点となる駅は、県道と並行して敷設された支線の終着駅だった。先ほど下車した駅を起点に、一日十往復程度の列車を運行している。この時間帯は本数が多い方だが、それでも次の列車に乗り遅れると一時間あまり待つことになる。できることなら、時速六キロを維持したいと考えて歩きはじめた。

ところが実際には、意外にあっさり時速七キロを出してしまった。しかも行程のなかばを過ぎているのに、速度が落ちる兆候がない。高速で安定した歩行方法を、全身の筋肉が記憶してしまったらしい。意識しなくても手足が連動して回転し、体を前へ押しだしてゆく。疲労は感じなかった。目的地までの地形は平坦で、顕著な勾配はみあたらない。

——これなら充分な余裕を持って、列車に乗れるのではないか。

そう考えたが、達成感はなかった。むしろ後ろめたさを感じた。時間的な余裕を残して列車で移動することが、ひどく姑息な行為に思えたからだ。それに列車に乗るほど、疲れているわけではない。発車時刻までに間があるのなら、往路を引き返してもよかった。この速度で歩きつづければ、列車と大差ない時刻に到着するのではないか。

そんなことを思わせるほど、歩くことが楽しかった。予定した区間を踏破しただけで中断するのは、いかにも物足りない。この速度でどこまでやれるか、試してみたかった。道路がつづくかぎり、どこまでも歩いていきたいとも思った。それなら往路を引き返すのではなく、さらに先へ歩きつづける方がいい。

区間終了後の行程は、前に歩いたことがあった。八キロに満たない距離で、播但線の沿線に抜けだしていた。距離は短いのに、意外に手こずらされた記憶がある。一見すると平坦な道のようだが、実際にはゆるやかな勾配の坂が連続していた。そのせいか鉄道は通じておらず、当初の予定にこだわるのであれば徒歩で引き返すしかない。

どちらに向かうにしろ一筆書きの原則からは外れるが、そのことはあまり気にならなかった。それよりは、違和感の原因を取りのぞきたかった。別に難しいことではない。既視感のある風景を、車窓から眺めなければいいのだ。加藤にとって風景は、歩きながらみるべきものだった。人間の移動速度を大きく上まわる列車から、見おろすものではない。

そう考えれば、進むべき方角は自然に決まってくる。徒歩旅行者のように、先へ先へ歩いていけばいいのだ。きた道を引き返すべきではなかった。この区間を踏破すれば次の区間へ、それも歩き通せば播但線にそって北上するだけだ。そして播但線がつきれば、さらに次の――。

そこまで考えたときだった。ふいにその地名が、胸に浮かんだ。

――浜坂……。

生まれ育った故郷の町だった。このところ休日のたびに里歩きをしているものだから、帰省の機会もなかった。日本海に面した小さな港町で、兵庫県の北西端に位置している。したがって近辺には踏破すべき国道や県道も多いのだが、これまでは手つかずの状態だった。一度まとまった休暇をとって帰省し、その折に片づけるつもりでいた。

その浜坂の町に、いま歩いている県道は通じている。このまま直進すれば但馬街道に合するから、これを北上して和田山付近で山陰道に入ればいい。あとは山陰道を忠実にたどれば、浜坂の南に位置する湯村にでる。浜坂までは、川ぞいに十キロたらずでしかない。現在地からの距離は、道のとりかたにもよるが約百キロというところか。

——晩飯は浜坂で食えるかもしれない。

なんとなく、そんなことを考えていた。時速七キロを維持できたとして、百キロを歩き通すのに十四時間あまりかかる計算になる。休みなく歩きつづければ、遅くとも深夜の十二時前には到着できるはずだった。家族はすでに寝入っている時刻だが、立ち寄れば食事の支度くらいはしてくれるのではないか。

大いそぎで食事をすませて駅にむかえば、午前一時すぎの大阪行き夜行列車に乗車できる。それでなんとか、明日の始業時刻には間にあいそうだった。埃まみれの菜っ葉服と地下足袋のまま出社することになるが、気にするほどのことではない。どうせ普段から、似たような格好で通している。寮にもどって着替えたりしたら、その方が目立つだろう。

ただし実際に浜坂まで足をのばすかどうかは、また別の話だった。無茶な考えであることは、最初から理解していた。唐突に思いついたことだから、準備もできていなかった。ことに地形図が不足していた。浜坂まで歩き通すとなると、全部で七枚から八枚は必要だった。だが今回持ちこんだのは、そのうちの二枚だけだった。

不安を感じるところだが、すぐにそれは大きな問題ではないと思いなおした。本格的に里歩きをはじめてから、県内の地形図には何度も眼を通している。そしてそのほとんどの地域に、加藤は足跡を残していた。地形図の判読技術も向上していたから、全般的な地形は頭に入っている。現地の山や川をみれば、どの道路を歩けばいいか判断できるだろう。

浜坂の周辺は空白のまま残されているが、ここはもともと土地勘があった。主要な国道を歩くだけなら、地形図なしでも問題はないのではないか。行程の後半は夜歩きになるが、これはいま心配しても仕方がない。提灯だけは持参しているから、歩行自体に支障はないはずだった。

それよりも大きな問題は、歩行距離の長さにあった。長時間にわたる連続歩行は、これまでにも経験していた。だがそのすべてを、時速七キロで通した例はなかった。長距離歩行の場合は、速度のわずかな低下が所要時間の大幅な増大につながる。平均時速が六キロ台のなかばでも、予定している夜汽車には乗り遅れてしまうのだ。

いずれにしても、但馬街道まで直進するしかなかった。最初の十一キロ区間はともかく、坂道の多い次の区間をどう踏破するかが問題だった。ここで時速七キロを維持できないようであれば、浜坂はあきらめた方がいい。和田山から先は峠越えの山岳路が多いから、制限時間内に歩き通すのは無理だろう。

既視感に気づいたのは、区間の終点に近づいたときだった。点在する人家の奥に、駅舎らしきものがみえる。だが、線路は視認できない。その駅が支線の終着駅だから、線路は視野の奥に敷設されているだけだ。みえない線路にそって、黒煙が低くたなびいている。ゆっくりとした動きで、次第に近づいてきた。

あれかな、と思ったときだった。突然、汽笛が高く鳴り響いた。そしてすぐに、列車が姿をみせた。終着駅で十五分ほど停車したあと、おなじ路線を折り返し運転する列車だった。最初の予定では、加藤もそれで引き返すはずだった。ということは列車の到着前に駅の間近を通過すれば、予定を十五分ほど短縮できた計算になる。

その十五分が、時速六キロと七キロの差だった。もしも列車に先をこされれば、時速七キロは達成できなかったことになる。競う気持で――ただし意図的な加速は避けて、最後の距離を歩きとおした。先んじた。列車が構内に進入するかなり前に、加藤は駅前を通過していた。思わず息をついていた。これで増速の成功が、客観的に裏づけられた。

安堵のあまり、緊張感が失われそうになった。だが、喜ぶのはまだ早い。より困難な区間が、この先に待っている。前に通過したときは、逆方向からの踏破だった。一日の終わりに歩いたせいか、ひどく疲れたのを記憶している。結局そのときは、先ほどの駅で行動を打ち切った。それほどの難路を、速度を維持したまま通過できるかどうか。

にわかに活気づいた駅舎に背をむけて、県道を直進していった。すぐに周囲から田圃が消えた。道はゆるやかな登りに転じたようだ。眼にみえるほどの勾配はない。体にかかる負荷で、それがわかる程度だった。前方から自転車が近づいてきた。かなりの速度を出しているのに、ほとんどペダルを漕いでいない。

そういえば駅前を通りすぎてから、荷車をみかけなくなった。意外に勾配があることを、地元住民も知っているのだ。どのみち耕作に適した土地ではなかった。用水路が必要な水田はもとより、野菜の畑もみかけない。いつの間にか県道の周辺は、雑木林や竹林ばかりになった。

なだらかな丘陵地帯を突っ切るようにして、県道は先へのびている。それほどの高低差が、あるようには思えなかった。めだつ急坂はなく、どこが最高所なのかも判然としない。漫然と歩いていたのでは、勾配があることにさえ気づかないほどだ。大地はゆるやかに盛りあがり、波うつような起伏をくり返しては沈みこんでいく。

速度を落とすことなく歩きつづけながら、加藤は踏破の方針を検討していた。この区間では、似たような地形が連続している。これほど坂道の多い行程を、時速七キロで歩きとおした経験はなかった。これまでのやり方では、時速六キロが限界だと考えていた。短い距離ならそれ以上の速度でも歩けるが、区間全体の平均速度となると話は別だった。

無理な増速をすれば、かならず別の部分で破綻が生じるからだ。その結果、全体的な平均速度はかえって低下する。それが六キロの壁だが、突破は不可能ではなかった。発想を切りかえて、歩行計画を練り直すのだ。あるいは速度の向上ではなく、所要時間の短縮をはかることになる。

長くつづく坂道の通過には、特別な注意が必要だった。平地とおなじ足の運びでは、たちまち筋肉が疲労する。気づかないうちに関節を痛めて、歩行が困難になることもあった。そこまで事態が悪化しなくても、歩行速度の低下は避けられない。自分では普通に歩いているつもりでも、いつの間にか速度が落ちているのだ。

登り坂の場合は意図的に動作を小さくして、体にかかる負荷を軽減するべきだった。無論そのままでは速度が落ちるから、回転数をあげて歩幅の減少を補うことになる。小刻みな足の運びで、距離をかせいでいくのだ。降り坂の場合は逆に歩幅を大きくするのだが、油断すると勢いがつきすぎて膝や爪先を痛めてしまう。これも注意が必要だった。

これまでは、その方法で速度を維持してきた。勾配の有無にかかわらず、一定の速度で歩きとおすやり方だった。だが時速七キロにもなると、それでは無理が生じる。むしろ地形に応じて速度を調整した方が、効率のいい歩き方ができるのではないか。登り坂では速度をおさえて疲労を軽減し、降り坂で増速して遅れを取りもどすのだ。

結果的に区間全体の平均速度が、目標値と一致していればいいとする考え方だった。この場合、重要なのは登りよりも降りになる。蓄積した疲労を行動中に取り去るのは、実質的に不可能だった。それなら疲労をできるかぎり少なくして、降り坂を通過する方法を考えた方がいい。

困難なことは、わかっていた。だが、避けては通れない。それに比較的ゆるやかな丘陵地帯で感覚をつかんでおかなければ、より過酷な山岳道路で速度を維持するのは困難だった。浜坂への行程には、峠越えの道がいくつか存在する。闇雲に突っこんでいったのでは、疲労の末に立ち往生しかねなかった。

百キロの行程を平均時速七キロで踏破するのは、それほど困難だといえる。陸上競技のように整備された環境で、ただ一度だけ記録を出せばいいわけではない。この時期の加藤にとって里歩きは、すでに生活の一部と化している。あるいは休日ごとにくり返される普通の行為だった。仕事を休んでまで準備をととのえることはないし、翌日の仕事に支障がでるのも困る。

そんな状況の中で、ひたすら歩きとおした。一時間に七キロといえば、騎兵の行軍速度に近かった。戦闘を前提にした軍隊の行軍と里歩きを同列に語るのは無理があるが、それでも徒歩で時速七キロというのがいかに高速か想像できる。歩兵の場合は三十キロの装具を背負った状態で、時速四キロとするのが一般的だった。

細心の注意を払いながら、加藤は丘陵地帯を越えていった。体に負荷を感じている間は速度をおさえ、膝から荷重が抜けると加速を開始した。はじめのうちは、もどかしい思いだけが残った。全力を出しきらず体力を温存するやり方に、飽き足りないものを感じたからだ。

だがそれも、すぐに気にならなくなった。もどかしさを感じる余裕もないほど、丘陵地帯の踏破が過酷だったからだ。加藤はたえず全般的な地形に眼をくばり、最適な速度の確認につとめた。油断すると体が勝手に反応して、最初に決めた枠組から逸脱しそうになるのだ。

ときには勢いにまかせて、難所を強引に乗りきりたくなることもあった。感覚的にはその方が正しい選択に思えたのだが、理性で手足の動きを押さえこんだ。かと思うと長くつづく下り勾配の途中で、体が反応しなくなったこともあった。それ以上の増速は危険だと、本能が教えていたようだ。

対応に困る状況だが、体が動かないのだから仕方がない。赤信号がでたのだと考えて、無理はしないことにした。その分の遅れは、別のところで取りもどすしかない。なんとか辻褄をあわせたが、小手先の細工で速度を維持しているかのような危うさが残った。こんなやり方で、本当にうまくいくのか。

不安を感じたものの、いまさら方針はかえられない。最後までやり通さなければ、正否の判断もできなかった。それに目的は新しい方針の検証で、時速七キロを維持することではない。このやり方が間違っているのであれば、別の方法をためせばいい。浜坂までは、まだ百キロもある。そう考えて、躊躇を押し流した。

だが結果は、予想とは大きく違っていた。二番めの区間を歩き終えた加藤は、最寄りの駅に駆けこんだ。待合室の掛け時計で、時刻を確認するためだ。平均時速が七キロなら、いまの時刻は午前十時前後であるはずだ。方針どおり歩けなかった点を考えると、数分程度は遅れたかもしれない。最悪の場合は、五分ということもありうる。

そんな思惑があったものだから、すぐには事実が信じられなかった。だが駅員にたずねても、時刻は間違っていないという。

「十時十七分……」

声に出していった。それでようやく、事実を受けいれることができた。加藤は途方にくれた。時速七キロどころではなかった。正確な数値はまだ不明だが、いまの区間の平均速度は毎時六キロにも達していないのではないか。

5

結局その日は、八鹿《ようか》で行動を打ち切ることにした。

それ以上、歩きつづけても意味がなかった。時刻を確認するたびに、速度が落ちている。ことに和田山からの区間では、時速五キロを割りこんだ可能性さえあった。手もとに時計がないため正確な数値は出せないが、速度が低下していることは感覚的にもわかった。全速力で歩いているはずなのに、風を切る爽快感がえられない。

朝の歩きはじめは、こんなではなかった。気力が充実していたし、手足の動きにも敏捷さがあった。なによりも自分の意志で、速度を自在に調整することができた。ところが半日がすぎたいまでは、別人のように全身が重くなっている。増速したいという気持はあるのに、体がついていかないのだ。

加藤は重い足どりで、駅舎に足を踏みいれた。すでに時刻は午後九時をすぎている。予想はしていたが、さすがに時計を眼にしたときは落胆した。浜坂までは、まだ四十キロ以上ある。いまの状態では、休みなく歩いても八時間はかかるのではないか。とてもではないが、列車の時刻には間にあわない。

こうなることは、数時間前からわかっていた。当初の思惑では、和田山通過は午後四時ごろと考えていた。遅くても日没までには通過しなければ、途中で遅れを取りもどすこともできない。ところが実際には、和田山のはるか手前で日が暮れてしまった。

そしてその事実が、加藤の気力をさらに萎えさせた。自分では懸命に歩いているつもりなのに、足どりが重くなってしまうのだ。その結果、時間内の浜坂到着は絶望的になった。

家に立ち寄ることなく駅に直行しても、夜行列車に乗ることはできない。それどころか、始発列車にさえ間にあわないのではないか。

諦めるしかなかった。もう少しだけ歩いて、様子をみるという選択肢はない。この先さらに歩きつづけるのであれば、かなりの覚悟が必要だった。浜坂までの間に鉄道の駅はなく、疲れて身動きがとれなくなっても汽車に乗ることはできない。

ここまでは、逃げ道が用意されていた。播但線や山陰本線にそって歩いていたから、時間切れの心配をしなくてすんだ。いつでも歩くのをやめて、最寄りの駅から神戸に帰ることができた。その安心感があるから、歩くことに専念できた。

ところが、八鹿から先は違っていた。国道が西に方向を転じて山中を突っ切っているのに対し、鉄道はまっすぐ北上して海岸に出ている。歩きだしたら最後、浜坂までいくしかなかった。だが、いまの加藤にその余力はない。

——いったい何がいけなかったのか。

待合室のベンチに腰をおろした加藤は、とりとめもなく考えていた。本来なら記憶が薄れないうちに、今朝からの行動を検討するべきだった。そうすれば何かがわかるかもしれないのだが、疲労のせいで考えがまとまらない。

どのみち地形図がないのだから、できることは限られている。午前中の行程だけは地形図を参照できるが、なんとなく意欲がわかなかった。無力感が先に立って、作業をはじめる気になれないのだ。

物憂い気分で、壁の時計に眼をむけた。そして短い息をついた。駅に到着してから、五分とすぎていなかった。何もしていないものだから、時間のすぎるのが驚くほど遅い。乗車予定時刻までは、あと六時間ほどもあった。和田山で引き返していれば今日中に帰れたのだが、決断が遅れたせいで身動きがとれなくなっていた。

手持ち無沙汰のまま、途中で買った駄菓子をとりだした。晩飯は浜坂でと考えていたから、午後にはほとんど何も腹に入れていない。せめて温かいウドンが欲しいところだが、駅前の通りは暗く店が開いている様子はなかった。和田山ではみかけた駅弁売りも、この駅にはいないようだ。

かりに販売駅であっても、実際に買うかどうかはわからない。目的地に到達できなかったのだから、あまり贅沢はしたくなかった。懐具合もさびしかった。予定外の遠出で、汽車賃もかさみそうだ。弁当代程度の持ちあわせはあるものの、奮発できる気分ではない。駄菓子と水で、我慢するしかなかった。

意気のあがらない食事になった。しかも甘味を期待した駄菓子は、醤油味のかき餅だった。腹の足しになるどころか、かえって空腹の胃を刺激することになった。だが、他に食糧は携行していない。用意した握り飯は、もう残っていなかった。ボリボリと音をたてて噛みくだき、水筒の水で流しこんだ。

それでも食べ終わるころには、なんとか人心地がついた。かき餅が水を吸ってふくらんだのか、空腹感もおさまっている。時間がすぎれば余計に腹がへるのは眼にみえていたが、それまでに寝てしまえば問題はない。仮眠するつもりで眼を閉じたら、すっと眠りこんでしまった。あまり自覚はなかったが、思っていた以上に疲労は激しかったようだ。

そのせいか、夢もみなかった。眠りに落ちたというより、意識が飛んだような印象だった。いつの間にか時間がすぎて、体が軽くなっていた。その間は、外からの刺激も遮断されていた。ただ、眼を閉じていたのは長い時間ではなかったようだ。たぶん二十分か、せいぜい三十分程度だろう。

効率のいい仮眠だった。短時間のうちに疲労は軽減され、気力が充実しているのが感じられた。意識も鮮明になっている。滞留していた霧が吹きはらわれたかのように、思考能力が向上していた。疲労が完全に抜け落ちたわけではないが、先ほどよりは数段ましになっている。

かるく背筋をのばして、体の各部を点検した。筋肉を順に緊張させて、作動状況や反応速度をたしかめていく。悪くなかった。いくらか筋肉痛はあるものの、まだまだ歩けそうな気がする。なによりも、体が動きを欲していた。じっとしていられなくなって、駅の周辺を歩いてみようとした。

ところが腰を浮かしたところで、待合室の空気が動いた。下り最終列車の改札が、開始されるらしい。待合室にいた十人足らずの乗客が、いっせいに立ちあがった。それぞれの荷をまとめて、改札口に移動していく。

下り列車ときいて、加藤の心が少し揺れた。この時間帯には、浜坂まで運行しないことは承知していた。途中の駅どまりになるはずだが、距離を短縮することはできそうだ。おりた駅から歩きだせば、遅れを取りもどせるかもしれない。

このまま列車に乗りこむことも考えたが、加藤の足は動かなかった。今朝の違和感が、心に残っていたからだ。車窓からの風景は闇に閉ざされているが、乗車することで連続性は断ちきられる。あらたな違和感が生じるのは、間違いなかった。

それに浜坂にむけて歩きだしたのは、長距離高速移動の可能性をさぐるためだ。予定時間内に到着すること自体が、目的なのではない。汽車を利用してまで、間にあわせる必要はなかった。

すぐに乗客たちは、改札口を通過した。列車は城崎どまりだった。それを知ったことで、わずかな迷いも消えた。城崎から浜坂までは、四十キロあまりある。ここから直接、浜坂にむかうのと大差なかった。山中を突っ切る国道にくらべて、海岸を経由する鉄道は距離的に遠くなるからだ。

ふいに足音がした。駅舎の外から、誰かが足ばやに近づいてくる。あわただしく駆けこんできた乗客が、急ぎ足で改札口を抜けていった。それが、最後の一人だった。待合室に残っているのは、加藤だけだった。

改札口の駅員が怪訝そうな顔で、上り列車を待っているのかと訊ねた。その上で夜行列車に乗るつもりなら、待合室を開けておくといっている。通常は最終列車がでたあと、しばらく駅舎を閉鎖するらしい。待合室で夜明かしをする乗客など、滅多にいないのだろう。

加藤は短く礼をいって、駅員に背をむけた。親切なのはありがたいが、待合室に腰をすえる気はない。時間は充分にあるのだから、もう少し歩いてみようと考えていた。行き先は決めていない。そろそろ月が昇るから、どちらに向かってもよかった。適当なところで引き返してくれば、列車の時刻には間にあうだろう。

呼びとめられる前に、そそくさと駅舎を出た。事情を話すのは苦手だった。正直に説明しても、わかってもらえるとは思えない。目的地を訊ねられるのも困る。浜坂だとこたえれば、次の列車が何時発か調べてくれるだろう。汽車に乗ってまで行きたくないとか、逆方向の神戸にもどるといっても理解されることはない。

駅員にかぎったことではなかった。田舎道を歩いていると、よく声をかけられた。なかには馬車をとめて「乗っていけ」といいだす者もいた。かと思うと行き先を確かめもせず「駅はそっちではない」とか「この先に村はない」と教えてくれる者もいた。

加藤のように行き先も決めず、歩くこと自体を目的とする発想はないらしい。集団ならともかく、一人で黙々と歩く姿は異様にうつるようだ。不審者と間違われて、警官を呼ばれたこともあった。

なりゆきで駅前の通りに出たものの、その先どちらにいくか決めていなかった。かといって、立ちどまることもできない。あの駅員にみられているような気がして、闇雲に歩きつづけた。すぐに人家がつきた。灯りのみえない暗い道が、闇の奥にまっすぐのびている。

いくらも歩かないうちに、月明かりが射しこんできた。それまで闇に沈んでいた風景が、ほの白く照らされていく。山あいの渓谷にそって、街道はつづいているようだ。長くのびた稜線の影が、街道上のあちこちに闇だまりをつくっている。

だがそれも、時間がすぎるにつれて一掃された。東の稜線上にかかっていた月が、次第に高く昇っていく。

南にむかって歩いていることは、少し前から気づいていた。進行方向の左手奥から、月光は射しこんでくる。すると加藤は先ほど通過した道を逆にたどって、和田山に引き返しているのかもしれない。

そう考えたものの、確信は持てなかった。さっきは月が出ていなかったから、全般的な地形は記憶に残っていない。しかも歩いていた方向が逆だった。おなじ道を歩いていても、印象はかなり違っている。その上に里の近くでは、主要道に並行する道路が多かった。もう少し歩いてみないと、見分けがつかないのではないか。

とはいえ、逆もどりでも別に困るわけではない。このまま和田山まで歩いて、そこから汽車に乗ればいいだけの話だ。乗車を予定している夜行列車は、帰省の時に何度も利用している。大阪行きの普通列車で、浜坂の駅を発車するのは午前一時ごろだった。

おなじ列車が八鹿に到着するのは午前三時すぎだが、たしか二十分たらずで次の和田山にも停車したはずだ。困るどころか、汽車賃が浮いて助かるほどだ。さいわいなことに、切符はまだ買っていなかった。ということは八鹿の駅に引き返せば、あの駅員に行き先を告げることになりかねない。それくらいなら、和田山に直進した方がよかった。

加藤は足を速めた。自分の居場所をたしかめたくて、月明の風景に眼を走らせた。状況はすぐにわかった。道路が大きく屈曲して、線路と交差している。踏切周辺の地形には記憶があった。間違いなかった。この道を進めば、和田山にでる。

時間的な余裕はあった。というより、早く着きすぎて困るのではないか。列車時刻表によれば、八鹿—和田山間の営業距離は十二キロ程度になっていた。歩く速度が落ちていたとしても、深夜十二時ごろには和田山に到着するはずだ。つまり乗車予定時刻まで、三時間あまり待たなければならない。

——それならいっそのこと、次の停車駅まで歩きとおすか。

加藤はわずかに興奮した。萎えかけていた気力が、急速に充実していくのがわかる。ただし次の駅といっても、それほど近くはない。夜間は急行列車ではなくても、停車駅がかぎられているからだ。

はやる気持をおさえて、記憶をたしかめた。そして落胆の息をついた。和田山の次に停車するのは、福知山だった。途中の駅は通過してしまうから、和田山からの距離は三十キロにもなる。時間つぶしに踏破するには、遠すぎる距離だった。

問題はそれだけではなかった。列車が福知山を発車するのは、午前四時十分ごろだったはずだ。もしも和田山を深夜十二時に通過したとすれば、福知山までの三十キロを四時間十分で歩きとおさなければならない。

加藤にとっては、躊躇せざるをえない状況だった。時速七キロで歩けたとしても、列車には乗り遅れてしまうのだ。八鹿から和田山までの区間で時間を短縮すれば多少は楽になるが、大きな違いはない。平均すると四十二キロを、六時間半ほどで歩かざるをえない計算になる。不可能とまではいえないが、実現はかなり困難ではないか。

それにもかかわらず、加藤は諦める気になれなかった。四十二キロというと、八鹿から浜坂までの距離に近かった。浜坂にいくのが無理なら、せめておなじ距離を歩いておきたかった。そうすれば、感覚をつかむことができる。百キロの道のりを踏破するには何が必要か、何が足りなかったのか自然にわかるのではないか。

しかも加藤には、手ごたえがあった。往路には感じなかった風が、体の周囲を吹きすぎてゆく。実測したわけではないが、速度が上昇している感覚があった。八鹿の駅でとった短い休息が、落ちこんでいた体力を回復させていたようだ。休息前にくらべて腕の振りが大きく、そして素速くなっている。

　無論いまの状態が、いつまでもつづくとは思えない。ことに和田山から先が気がかりだった。今日の午後は福知山を経由せず、但馬街道から山陰道に入っていた。したがって和田山と福知山の間は歩いていない。

　以前の記憶に頼るしかないが、それも中途半端なものだった。たしか町を出はずれてすぐに、峠越えの急坂がはじまったように思う。峠の先は京都府になるから、その先には足を踏みいれていなかった。府県境の標識があったので、そこから引き返してきたのだ。

　つまり全行程の最終部分に関しては、ほとんど何もわかっていないも同然だった。空白の区間といってよかったが、地形図は用意されていない。そんなところに、体調が万全ではないまま突っこんでいこうとしている。予想外に時間をとられて汽車に乗り遅れるかもしれないし、道に迷って山中で身動きがとれなくなる可能性もあった。

　判断に迷うところだが、とにかく和田山まではいくしかない。その所要時間をみた上で、最終的な決断をくだそうと思った。八鹿を出たのが九時四十分ごろだから、和田山には遅くとも十一時半に到着していなければならない。一分でも超過していたら、その先には行かないことに決めた。

　それでようやく、迷いから抜けだせた。自然に足どりが軽くなって、歩幅までが大きくなっていた。手ごたえが、さらに確かなものになった。加藤は愁眉を開いた。この分なら、なんとかやれそうだ。少なくとも和田山までは、余裕を持って踏破できるだろう。

だが、楽観する気はない。いまは復調しているが、福知山までこの速度を維持できるとはかぎらなかった。意志に反して歩行速度が低下する可能性は、つねにつきまとっている。もしも和田山をすぎて急に失速したら、引き返すこともできなくなる。

慎重になるべきだった。できることなら、不安材料は取りのぞいておきたかった。疲労困憊して八鹿の駅にたどり着いたのは、わずか一時間ほど前のことだ。ほとんど何も口にせず、休息もとらずに歩きつづけたのが原因だった。さもなければ短時間の仮眠と駄菓子程度の軽食で、体力が劇的に回復するはずがない。

ということは適度な休息と栄養補給を心がければ、同様の事態は回避できることになる。単純な事実だが、実現は容易ではなかった。休みなく歩きつづけたのは、その余裕がなかったからだ。休息がとれる状態なら、疲労はあまり深刻ではないのではないか。

栄養補給には別の問題がある。先ほどの駄菓子は、もう残っていなかった。だが滋養があって調理を必要としない食糧を、この時間帯に入手するのは困難だった。すでに午後十時をすぎている。町なかの店舗はもとより、道路ぞいの民家も寝静まっている。しかし行程の過酷さを考えれば、携行食糧の入手は欠かせなかった。

――達成すべき条件は三つか。

安定した姿勢で歩きながら、加藤は考えていた。三つの条件が満たされていなければ、和田山で行動を停止するべきだった。制限時間内の和田山到着と食糧の入手は、なんとかなりそうな気がした。だが三番めの条件——和田山から先の状況確認は、手がかりさえつかめていなかった。

かりに状況が判明したところで、峠を越える方法がわからなければ意味がない。坂道の連続する丘陵地帯では、どんな歩き方をしても速度が低下する。午前中に直面したこの問題は、いまも解決していなかった。

6

加藤の予想はあたった。最初のふたつは意外にあっさり達成できたが、三番めは難しかった。和田山に到着した時点では判断できず、結論を先送りにして峠道に足を踏みいれた。府県境まで登りつめた上で、その後の行動を決めようとしたのだ。

——結局、原因はわからずじまいか。

夜汽車の座席に腰を落ちつけた加藤は、軽い徒労感とともにそのことを考えていた。車窓に広がる闇は深く、窓ガラスには疲れきった表情の加藤がうつしだされている。窓際に肘をついて一日の行動をふり返るうちに、なんとなく結論らしきものが出ていた。

坂道の連続する峠道では、かならず速度が低下する。というより、速度の感覚がずれるようだ。時速七キロで歩いていると思ったら実際には六キロ以下、感覚的に六キロを下まわっていたら五キロ台もあやしかった。

何故そうなるのか、原因はわかっていない。峠道を効率よく踏破する方法も、いまのところ不明のままだった。様々なやり方をためしたが、どれも効果がなかった。高低差の大きな道路では、どうやっても速度が落ちる。しかも主観的な速度感覚は、あてにならない。ただし対処する方法はあった。体力にものをいわせて、難所を乗りきってしまうのだ。

いまにして思えば、薄氷を踏む思いの連続だった。福知山の駅に到着したとき、列車はすでに入線していた。駅員にうながされて改札口を通過したら、途端に発車のベルが鳴りはじめた。大急ぎで駅の構内を駆けぬけて、列車に飛び乗った。ドアを閉じると同時に、ベルは鳴りやんだ。かわりに汽笛が鳴り響いて、列車は動きはじめた。

冷や汗をぬぐって、加藤は客室内に移動した。きわどい所だった。峠越えでもう少し時間をとられていたら、列車に乗り遅れていたところだ。かろうじて間にあったのは、和田山までの行程で時間を短縮していたからだ。そこで生じた余裕を食いつぶすほど、峠越えは困難だったともいえる。

最初のうちは順調だった。八鹿を出て三十分ほどで、人家の散在する地区にさしかかった。時間的にも、それが最後の機会だった。ニワトリを飼っている家があれば、卵が入手できるかもしれない。そう考えて物色していたら、道路ぞいの家から灯りがもれだしていた。しかも人の気配がする。

眼をこらすと、軒先で作業する人かげがみえた。干し柿の具合をたしかめているらしい。この時期には、珍しくない作業だった。満遍なく風があたるように位置を直し、鳥につ いばまれていないか確認していた。天候の急変や獣害にそなえて、夜間には屋内に取りこむこともあった。

それに気づいたときには、声をかけていた。対価を支払うから、いくつかわけてくれないか訊ねた。良質の干し柿なら、甘味があって喉の通りもいい。行動食としても、適していると考えたのだ。

ふり返ったのは、この家の主人らしき中年男だった。怪訝そうな顔で、加藤を見返している。事情の説明をもとめられるかと思ったが、そんな様子はなかった。ただし返事は期待はずれだった。干しはじめて間がないから、渋くてとても食えない、などといっている。

加藤は当惑した。迂闊だった。軒先に下がっている柿は、どれもみな生に近かった。それにいまは、干し柿が出まわる季節ではない。時期的にも早すぎた。焦る気持が先に立って、そんな単純な事実にも気づかなかったのだ。

諦めきれないまま、卵がないか訊ねてみた。よほど切羽つまった声だったのか、男はすまなそうに首をふった。ニワトリは飼っていないようだ。

それ以上、足をとめている理由はなかった。礼をいって立ち去りかけたら、男の方から声をかけてきた。昨年の柿でつくった羊羹《ようかん》ならあるらしい。売り物ではないが、よければ持っていけといっている。

柿羊羹ときいて、加藤は興味をひかれた。干し柿に水飴や砂糖をからめた菓子だから、甘味は充分に期待できる。竹の皮に包んだものを、ひと包みわけてもらった。

歩きながら、最初のひとつを口に放りこんだ。悪くなかった。土くさい味だが、意外と癖がない。しつこくなくて、口の中に甘味が残らなかった。これなら、行動中の栄養補給も可能ではないか。

次第に高く昇る月にたすけられて、川ぞいの道を歩きつづけた。和田山までの間には、めだつ坂道はない。地形自体も単調で、変化にとぼしかった。それがわかっていたから、思いきり飛ばせた。往路よりも格段に速く、風景がうつりかわっていく。

かなりの余裕を残して、和田山の駅に到着した。すでに上下線とも、最終列車は出たあとだった。夜行列車の到着までにも間があったが、駅舎は閉鎖されていなかった。和田山どまりの播但線下り列車が、夜半すぎに到着するらしい。深夜に近い時刻にもかかわらず、駅前には空の荷車が待機していた。

人気《ひとけ》のない待合室に入りこんで、柿羊羹と水の夜食をとった。あわただしく片づけをすませて、壁の時計に眼をむけた。仮眠に使えるのは、五分間だけだった。わずかでも寝ごしたら、福知山行きは断念するしかない。時計の針をにらみつけて、眼を閉じた。一秒も無駄にしなかった。きっかり五分で眼がさめた。

加藤は立ちあがった。躊躇はなかったが、結論をいそぐ気もない。とにかく府県境まで、いってみることにした。たしか和田山からの距離は、十キロに満たなかったはずだ。むしろ峠を越えた先の里道が、長丁場なだけに手こずりそうな気がした。

不安材料は残るものの、それ以上は決断を先送りにはできなかった。福知山まで行くか否かは、府県境に立った時点で決めるしかない。心もとない話だが、他に選択の余地はなかった。

歩きはじめてすぐに、但馬街道との分岐にでた。記憶をたよりに山陰道を直進し、和田山の町を出はずれた。休んでいる間に、雲がわき出したようだ。月明かりがさえぎられて、風景は暗く沈んでいる。それでも歩くのに、支障はなかった。少しずつ闇に眼が慣れて、道の形が際だっていく。

いくらも歩かないうちに、膝にかかる負担が大きくなった。登り坂がはじまったらしい。暗くて地形は把握できないが、局所的な坂道とは思えなかった。このまま峠の最高所まで、ゆるやかな登りがつづくのではないか。

それに気づいたとき、加藤の全身に力がみなぎった。今度は小細工をする気はなかった。体力の温存や、力の配分も考えるべきではない。短距離走者のように、峠道を駆けぬけてしまおうと思った。

府県境に立ったとき全力を出しきった感触がなければ、その先へは踏みこまない方が無難だった。坂道では速度の感覚に、ずれが生じるからだ。そのことは、朝からの経験でわかっていた。

無心になって、加藤は歩きつづけた。何も考えないことにした。手足の動きや歩行姿勢に、神経を使うこともない。その時点で発揮しうる最高の速度で、歩くことだけを目標にした。疲れ果てて動けなくなれば、寝転がって休めばいい。そんな開きなおった気分で、足を前に出しつづけた。

時間がすぎた。府県境は記憶よりも遠かった。無茶な速度で歩いたせいだろう。滅多に経験しないことだが、息切れがしていた。その上に、全身が汗ばんでいた。思ったよりも、体を酷使していたようだ。それだけに、手ごたえが感じられた。この分なら、福知山まで行けるのではないか。

府県境は峠というより、高原状の平地に近かった。以前にきたことがなければ、気づかずに通過していたかもしれない。そのせいか、決断もすばやかった。標識のある場所に、ちらりと眼をむけただけだ。それで、終わりだった。足をとめることもなかった。すでに加藤は、未知の領域に足を踏み出していた。引き返すことは、もうできなかった。

峠の反対側は、勢いにまかせて下降した。膝に大きな負担がかかりそうだが、気にしてはいられなかった。時計がないため確認できないが、あまり時間的な余裕はなさそうだった。余力のあるうちに、できるかぎり距離をかせぐしかない。

峠越えを終えたところから、単調な里歩きがはじまった。予想どおり、長い道のりだった。川ぞいの平坦な道が、延々とつづいている。単調すぎて、眠気をもよおすほどだ。眠気だけなら実害はないが、油断するとたちまち速度が落ちそうになる。たえず筋肉を緊張させて、高速移動を心がけるしかなかった。

断続的に栄養補給をくり返しながら、加藤は歩きつづけた。峠から遠ざかるにつれて雲は流れ、あたりはふたたび月の光で満たされた。長かった川ぞいの道も、なかば以上がすぎていた。もうひと息だった。あと一時間ほどで、前日からの行動はすべて終了する。そう考えたときだった。ふいに闇の奥から、汽笛が伝わってきた。

長く尾を引く汽笛だった。加藤は耳をそばだてた。かすかだが、列車の走行音もきこえてくる。和田山の方角だった。上りの夜行列車らしいが、大阪行きとは思えなかった。福知山までは、まだ遠かった。近づいてくるのが福知山線経由の大阪行きなら、いまからでは間にあいそうにない。

不安を感じて、空をみあげた。月齢二十日程度の月が、天頂ちかくまで昇りつめている。加藤は安堵の息をついた。正確な時刻はわからないが、まだ午前三時にはなっていないはずだ。すると列車は大阪行きではなく、山陰本線を経由する京都行きではないか。

走行音は急速に近づいてきた。そして唐突に、まばゆい光芒が闇を切りさいた。機関車の前照灯らしい。線路は道路の間近にあった。敷設された二条のレールが、振動で鳴りだした。振動音は次第に高まりつつあったが、やがて走行音の高まりにのみこまれた。

重量感のある機関車が真横を通過したのは、その直後だった。わずかに遅れて、熱気の塊が押しよせてきた。だがそれも、一瞬の出来事だった。すぐに走行音は、客車の通過音にかわった。

通過音は単調にくり返され、そして遠ざかった。レールの振動音だけが最後まで残ったが、やがてそれも途絶えた。もとの静けさを取りもどした街道を、ふたたび闇が押しつつんでいく。

その間も加藤は、足をとめなかった。通過する列車から顔をそむけるようにして、周囲の地形をたしかめていた。あとで地形図と照合して、行動記録を作成するためだ。時刻表を読みとけば、何時に通過したか見当もつく。記録を分析することで、速度低下の実態もわかるのではないか。

――あと一時間というところか。

福知山までの所要時間を、加藤はそう見積もっていた。現在の速度を維持すれば、充分な余裕を残して駅に到着するはずだった。だが、安心するのはまだ早い。最後に油断して乗り遅れたのでは、元も子もなかった。

気を引き締めるつもりで、さらに速度をあげた。感覚的には、時速八キロ以上でていたはずだ。ほとんど駆けださんばかりにして、残された行程を歩きとおした。だが加藤の思惑は、今度もはずれた。福知山の町に近づいたところで、もう汽笛の音を耳にしたのだ。すぐに闇の奥から、列車が姿をみせた。予想外の事態に、加藤は茫然としていた。追いかけてきたのが大阪行きの夜行列車なら、とても間にあいそうにない。臨時列車かと思ったが、そうではなかった。乗車を予定している列車に、間違いなさそうだ。駅はまだ遠く、列車はようやく減速をはじめたばかりだった。

だが、あきらめるのは早かった。福知山は大きな駅だから、停車時間を長くとってあるはずだ。最低でも五分、ときには十分以上も停車することがある。大急ぎでいけば、なんとか間にあうのではないか。

闇に閉ざされた町を、加藤はひた走った。そしてなんとか、列車に飛び乗った。窓際に席を取って、加藤は長かった一日をふり返っていた。前日の朝に歩きはじめてから、実に二十時間以上も行動していたことになる。無茶な行動の連続だったが、成果はあった。未解決の問題はあるものの、解決の糸口はつかめたような気がする。簡単なことだ。坂道で速度を低下させないためには、坂道で使用する筋肉を強化すればいいのだ。

加藤はそのことを確信していた。

第二話　山から山へ——大正末〜昭和初年

1

平地と坂道では、使う筋肉が違うらしい。

単純きわまりない事実だが、そのこと自体は以前から察していた。当然だろう。登り坂では腰に負担がかかるし、降り坂になれば膝に疲労が蓄積する。平坦な道を歩くときとくらべて、体の動きが違うことは感覚的に理解していた。

だが加藤文太郎は、その事実をあまり重要視しなかった。体が感じる疲労度に、それほど大きな違いがなかったせいだ。だから高低差の大きな道路を長時間にわたって歩きつづけても、速度に影響が出るとは思わなかった。自分では疲れていないつもりだから、平地とおなじ尺度で速度を測ってしまったのだ。

ところが実際は筋肉の疲労に、気づいていなかっただけかもしれない。平地と丘陵地帯では体の動きが違うものだから、意外に大きな負荷がかかっていたのではないか。それが結果的に、速度の低下を引きおこした。

加藤の推測が正しかったことは、神戸にもどって間もなく実感できた。それまでの里歩きでは、経験したことのない筋肉痛を感じたのだ。我慢できないほどの、深刻な痛みではない。普通に生活はできるのだが、なんとなく違和感が残る。慣れない作業をしたときなど、翌日になって感じる筋肉痛に似ていた。

ことに腹筋と背筋に、痛みは集中した。すると丘陵地帯を踏破したときには、腰の周辺にも負荷がかかっていたのかもしれない。あるいは知らず知らずのうちに、全身を使って歩いていたかだ。足の運びや腕のふりなどは意識的に調整したが、実際にはもっと大きな動きで歩いていたのではないか。

速度の感覚に誤差が生じた事情も、そう考えれば理解しやすい。疲労を自覚していないものだから、速度の低下に気づかなかった可能性がある。平地とおなじ速度で歩いているつもりなのに、実際には負荷のせいで低速になったようだ。

そのことは、残された記録からも裏づけられた。断片的な行動記録と地形図をつき合わせ、足りない分は時刻表などで補った。そうすれば当日の状況は、ほぼ正確に再現できた。浮かびあがったのは、歴然とした証拠だった。峠越えの道を通過した直後には、必ず速度が落ちていた。そして落ちてしまった速度は、容易には回復しなかった。

おそらくは歩きつづける意欲の多寡も、大きく影響しているのだろう。たとえば時間内の浜坂到着が無理だとわかったとき、歩行速度は驚くほど低下していた。投げやりになって、気を抜いたわけではない。死にものぐるいで歩いているはずなのに、結果がそれにともなわなかったのだ。

かといって精神的な脆さを、かかえていたわけではない。ほかに比較するものがないせいで、速度の計測は主観に頼らざるをえなかった。その主観が、目的意識の低下によって崩れたというだけだ。もしも集団で歩いていれば、こんなことは起こらなかったはずだ。よほど精神的に強靱でなければ、単独行動などできるものではない。

それがわかった以上、やるべきことは自然に決まってくる。普段あまり使わない筋肉であれば、鍛錬によって強化してやればいい。無論そのための方法を、知っているわけではなかった。それでもなんとなく、想像はついた。運動選手がやるように、何度も反復して筋肉を使えばいいのではないか。

具体的には起伏の大きな道路を、くり返して踏破することになる。平坦な部分をできるかぎり少なくして、鍛錬のための道筋を決めてやればよかった。この場合、一筆書きの原則にこだわる必要はない。極端な話、おなじ道路を一日に何度か往復してもいいのだ。

そんなやり方に効果があるのかどうか、実際のところはわからない。それでも確信はあった。少なくとも日常的な鍛錬は、自信につながる。筋肉を強化したという意識があれば、丘陵地帯でも速度が落ちないような気がする。さらに平地の歩行速度も、向上する可能性があった。これを機に、時速七キロの壁を破れるかもしれない。

それが結論だった。加藤は勢いこんで地形図を広げた。どこを鍛錬の場所にするのか、決めなければならない。起伏が多い道路なら、どこでもいいわけではなかった。できる限り神戸から近く、短時間で往復できる場所が望ましかった。そうすれば休日ごとの里歩きも、並行して進めることができる。

当初の目標だった県内全域の踏破を、やめる気はなかった。それどころか、新たな目標が加わっていた。和田岬の寮を土曜の夜に出発して、浜坂まで一気に歩き通してみたいと考えていた。そのための鍛錬であり、筋肉の強化だった。早ければ数カ月で、効果があらわれるのではないか。

そう考えて、地形図を順にみていった。記憶を頼りに候補地をいくつかあげて、詳細に地形を検討してみた。だが、適地はえられなかった。記憶に反して、いずれの区間も高度差はそれほど大きくなかったのだ。少なくとも筋肉の強化を目的に、足を踏みいれるほどの難所ではない。いくつか使えそうな場所もあったが、例外なく神戸から遠く離れていた。

そのことに落胆したものの、あきらめる気にはなれなかった。ここで計画を放棄すると、浜坂への道が閉ざされる――そんな思いにとらわれていたせいだ。今度は近場に限定して、もう少し念入りに確かめてみようとした。なにか見落としがあるかもしれない。そう考えて手にとったのは、最初の一枚「神戸」だった。

加藤にとっては、馴染みのある地形図だった。里歩きを始めた当初は、この一枚がすべてだった。踏破した国道や県道には、すべて赤鉛筆で線が記入されている。夢中になって歩きつづけていた当時のことが、懐かしく思いだされた。

赤い線の入った地図上の道路を、眼を皿のようにしてみていった。国道や県道に限定せず、めぼしい道路は片端から確認した。駄目だった。何度くり返しても、結果にかわりはなかった。六甲山系を横断する山岳道路もあるのだが、やはり高低差が不充分で体に負担はかかりそうにない。

他の道路も、状況は似たようなものだった。距離ばかり長くて、勾配はそれほどきつくなさそうだ。だがこれは、ある意味で当然だった。道路は本来、自動車のために建設されたものだ。自動車にとって長くつづく坂道は大敵だから、地形のゆるやかな場所を通るのが普通だった。山岳地帯だからといって、通過が困難な難所が連続するわけではない。

あまり期待はしていなかったが、やはり徒労感は大きかった。大きく息を吐きだして、畳の上に寝転がった。それでも地形図は、手放さなかった。なかば惰性で、眼を図上に走らせていた。いつの間にか視線は道路をはずれて、山中の登山道を追っていた。以前に職場の同僚と歩いた道が、違う色の鉛筆で記入されている。

加藤の眼が一点で停止した。高取山だった。前の下宿に住んでいたとき、何度か登ったことがある。寮のある和田岬から、もっとも近い山だった。標高は三百メートルをややこえる程度で、麓から歩いて一時間もかからなかったと記憶している。往復で一時間半、和田岬からだと三時間でいけるのではないか。

地形図に眼をむけたまま、加藤は起きあがった。迂闊だった。筋肉を強化するのが目的なら、自動車道路にこだわる必要などなかったのだ。山道を歩けば、充分に目的は達成できる。そのための場所は、間近にあった。和田岬からだと少しばかり遠いが、気にすることはない。かつて通勤時に歩いた道を、逆にたどればいいだけだ。

そういえば御蔵通の下宿にいたころは、毎日登山をする愛好家の姿をよくみかけた。朝食の前に登山をこなし、山中の茶屋でコーヒーなどを楽しんでくるのだという。あのころは関心がなかったし、散歩のような山歩きにはいまでも興味がない。加藤の場合は鍛錬が目的なのだから、自然と歩き方のスタイルは違ったものになるはずだ。

その点が、少しばかり心配だった。里の道にくらべると、山道は整備が行き届いていない。幅が狭く見通しもよくないから、すれ違いや追い越しには神経を使いそうだった。いつもの調子で飛ばせば、他の登山者と衝突するかもしれない。眉をひそめさせる程度ならいいが、事故など起こせば取り返しがつかなくなる。

躊躇が先にたったが、考えた結果やってみることにした。近場で鍛錬ができる魅力には、抗しきれなかった。慣れるまでは自重して、速度を抑えることにした。もしも何か不都合があれば、別の山域に転進すればいいのだ。とにかく愛好家にまじって、山歩きを日課にしてみようと考えた。

とはいえ和田岬から往復三時間の道のりを、いきなり毎日歩くのは無茶な気がする。通常の毎日登山に加えて、登り口までかなりの距離を歩かなければならないのだ。仕事に支障がでても困るので、さしあたり週に二回だけ歩くことにした。先のことは、状況をみて考えるしかない。

翌朝はやく、加藤は寮をでた。まだ空は暗かった。月が出ているはずだが、雲に隠れているのかみあたらない。天頂ちかくの雲の切れ間から、瞬く星が垣間みえた。夜が明けるのは、あと二時間ほど先のことになる。予定どおりなら、山頂到着時でもまだ暗いはずだ。下山の途中に、ようやく日が昇る程度ではないか。

日照時間が日ごとに短くなる季節だった。せめて初日だけでも山頂で昇る朝日をみたいところだが、寮の出発時刻を遅らせることはできなかった。帰着が遅れると、朝食に間にあわなくなるからだ。道に迷って時間切れになっても困るので、余裕をもって行動することにした。

それに明るくなると、山道が混雑するかもしれない。どの程度の登山者がいるのか不明だが、暗いうちから歩きだす者はそう多くないはずだ。できることなら、人がいない時間帯に登ってしまいたかった。

前の下宿があった御蔵通までは、何度も歩いた道だった。寮に移ってからは足が遠のいていたが、この機会に以前の町歩きを再開するのも悪くない。懐かしさを感じながら歩くうちに、ついそんなことを考えていた。通りに人気《ひとけ》はなく、町全体が森閑としている。人とすれ違うこともないまま、かつて住んでいた町を通りすぎた。

長田神社ちかくの登り口までは、わずかな距離だった。注意ぶかく周囲に気を配りながら歩いたが、あいかわらず人の気配はなかった。登山者らしき人かげどころか、新聞配達の姿もみかけない。寮からここまでは、やはり一時間ほどかかっている。まだ夜が明けそうな気配はなく、東の空は暗く沈んでいた。

この分なら下山まで、誰とも出あわずにすむのではないか——そんな計算をしながら、山道にわけいった。歩きはじめたときは雲が多かったが、いつの間にか吹き払われて月が出ていた。充分な光ではないものの、夜道を歩くのに支障はなさそうだ。持参した提灯を、使うまでもない。

すぐに急登がはじまった。雑木林の中を、道は上方にむかってのびている。木々にさえぎられて、月の光は射しこんでこない。足もとが暗くて最初は難渋したが、なんとか歩くことはできた。人気のある山だけあって、道はよく踏まれている。危険な箇所もなかった。おそらく下ばえの刈り払いも、定期的におこなわれているのだろう。

これなら灯りなしでも、昼間と大差ない速度で歩けそうだった。むしろ空模様をたしかめるには、光が足りないくらいの方がよかった。この日は雲の流れが速く、天候の悪化が予想された。星の瞬きも気になった。山中にいる間は持ちそうだが、下山後に雨が降りはじめるかもしれない。

天候予測の方法を、誰かに習ったわけではない。里歩きをくり返すうちに、自然に身につけていた。観天望気の技術や天気俚諺《りげん》の類には、以前から興味があった。ただしその大部分は、かぎられた地域でしか通用しなかった。おなじ兵庫県内でも、神戸と浜坂では大きく違っていた。

ただ、なかには共通する法則もあった。そしてそのような法則は、他の地域でも有効だった。この一年たらずの間に県内全域をくまなく歩いたが、雲の動きや星の瞬きにはいつも気をつけていた。長時間にわたる里歩きでは、雨宿りする場所にさえ事欠くことが多い。天候の悪化には、神経質にならざるをえなかった。

ときおり木の間ごしに垣間みえる神戸の夜景にはげまされて、順調に高度をあげていった。夜明けが近いせいか灯りはとぼしく、町全体が暗く沈んでいる印象があった。それでも時間がすぎるにつれて、次第に視野が広がっていくのがわかる。ゆっくりと夜景を楽しみたいところだが、そんな余裕はない。息を切らしながら、山道を駆け登っていた。

速度が鈍りはじめたのは、行程のなかばを過ぎたころだった。次第に体が重くなって、思うように足があがらなくなった。わずかな高度差を登りきるのに、かなりの時間が必要だった。眼の前にみえている露岩が、なかなか近づいてこないのだ。最初から飛ばしすぎて、疲れが出たのかもしれない。何度も足をとめて、呼吸を整えるしかなかった。

記憶によれば、山頂はまだ遠かった。普通に歩いても、二十分はかかったように思う。

だが、休息をとる気はない。このまま登りきるしかなかった。重い足を引きずるようにして、ひたすら高度をかせいでいった。道は尾根筋を伝いながら、闇の奥へのびている。その先に、山頂とおぼしき稜線が遠望できた。

あと少しだと自分にいいきかせて、足を前に出しつづけた。かすかな足音を耳にしたのは、そのときだった。思わず立ちどまって、背後をふり返っていた。暗くて人の姿は確認できないが、誰かが後方からついてくるようだ。ひそやかな足音ばかりではなく、律動的な息づかいも伝わってくる。

焦る気持が先にたった。早くも毎日登山の常連が、おなじ道を登ってきたようだ。だが、追い越されるのは嫌だった。毎日登山を軽んじるつもりはないが、加藤にも自負心がある。歩くことにかけては、誰にも負けない自信があった。できることなら引き離して、山頂へ先に到着したかった。

そう考えて、闇雲に速度をあげた。いまも残る筋肉痛を無視し、荒い息をつきながら山頂をめざした。ところが背後の足音は、遠ざかる気配もなかった。それどころか、逆に距離をつめてきた。かといって、ことさら足を速めたわけではない。単調な足音は以前のまだし、呼吸も乱れていなかった。そしてふいに、声をかけられた。

「お早うございます」

拍子抜けするほど、明るい声だった。そのひとことで、胸の奥にあった敵愾《てきがい》心が消えた。

同時に、気恥ずかしさを感じていた。こんな時には、加藤の方から先に道を譲るべきだった。さもなければ、後続の登山者が先へ進めなくなる。

ぎこちない動きで、ようやく道の端に移動した。その傍らを、人かげがすっと通りすぎていた。加藤自身は身構えていたが、登山者は屈託がなかった。追い越すとき、気さくな様子で声をかけた。

「いい具合に雲が流れましたな。今日は最高の御来光が拝めそうですよ」

そう言い残して、登山者は去っていった。なんとなく気力をそがれて、加藤は道端に立ちつくしていた。暗くて顔はよくわからなかったが、声の質や話し方からして相手は意外に高齢者らしい。かすかに明るくなった空の下を、危なげのない足取りで歩いてゆく。

その後ろ姿を、加藤は茫然とみていた。

2

このときの登山者とは、かなり後になってから言葉をかわした。

すでに新緑が眼にしみる季節になっていた。早朝登山をはじめて半年がすぎていた。その間、週に二度の登山は欠かさずつづけていた。その間に例の登山者とすれ違うことも何度かあった。最初のころはまだ暗かったが、あの登山者であることはすぐにわかった。やがて季節がうつりかわり、山中で夜明けを迎えるようになった。

そのころから、顔見知りが増えはじめた。週に二度でも決まった時刻に登っていると、おなじ人物をみかけることが多い。あのときの登山者も、その中にいた。声をかけあうほど親しくはないが、顔をみれば会釈する程度にはなっていた。そうすることが、ここの習慣らしい。他の顔見知りと同様に、加藤の方からも挨拶を返していた。

その登山者と、挨拶以上の言葉をかわした。きっかけは、単なる偶然だった。たまたま登山者の方が、山頂ちかくの茶屋で休んでいた。そして眼の前を通りすぎていく加藤を、呼びとめたのだ。もしも時間が許せばコーヒーを一杯つきあってくれないか、と先客である登山者は切りだした。

唐突な申し出に、加藤は戸惑った。だがこれは、それほど珍しいことではない。これまでにも、何度か似たような経験をしていた。毎日登山の常連たちには、ある種の連帯感があるらしい。初対面同士でも、打ち解けて話すことができるようだ。

普段の加藤なら、礼をいって断るところだった。生来の話下手で、すぐに言葉を詰まらせる癖があったからだ。はじめての相手と会話を楽しむことなど、到底できるものではない。気まずくならないように、うまく辞退する方が無難だった。

だが、このときは違った。相手がどのような人物なのか、以前から知りたいと思っていた。できれば登山歴や、毎日登山とのかかわりを訊ねてみたかった。もしかすると高名な登山家なのかもしれないが、あまり自信はない。茶屋で話している様子をみるかぎり、誰に対しても丁寧な物腰で応対する人物らしい。

多少は気後れもあった。だが半年前の出来事を、相手が記憶しているとは思えなかった。追い越しざまに声をかけられただけだし、あのときは顔もみわけられないほど暗かった。それに加藤自身は、言葉を口にしなかった。夜明け前の登山は春の彼岸ごろまでつづいたから、すれ違うときはいつも闇の中だった。

日照時間が長くなるころには、加藤自身も山慣れしていた。最初は思うように足が動かなかったが、一カ月もたたないうちに体が軽くなった。思惑どおり、鍛錬の成果があったようだ。このごろでは、他の登山者を追い越すまでになっていた。半年前のビギナーと同一人物とは、誰も思わないのではないか。

そんな事情が、加藤を大胆にしていた。時間的な余裕もあったから、断る理由はない。堅苦しくならない程度に挨拶をして、店先に腰をおろした。自分では自然体のつもりだったが、無意識のうちに肩肘を張っていたのかもしれない。どことなく、動きがぎこちなかった。

相手は竹橋と名乗った。高取山の早朝登山をはじめたのは、いまから五年ほど前のことだという。この山以外には数年に一度、仲間とつれだって夏山に登る程度らしい。そんなことを、問わず語りに話していった。漠然と想像していたように、登山家というほどの経歴はなさそうだ。

加藤も名乗った。だが加藤の場合は、それほど話すことは多くない。週に二度の割で通っていることだけを話して、あとは曖昧な説明にとどめた。ところが返ってきたのは、意外な言葉だった。愛想よく笑みを浮かべながら、竹橋は訊ねた。

「もしかして……半年ほど前に、福知山の近くを歩いていませんでしたか。真夜中に峠越えの街道を、いまにも駆けだしそうな勢いで——」

予想外の問いかけに、返事をするのも忘れていた。この男はなぜ、そんなことを知っているのか。驚いて見返したら、竹橋は破顔してつづけた。

「やはり、そうでしたか。道理で地下足袋に、見覚えがあるはずだ。いや、あのときは驚きました。場所が場所だけに、最初は狐狸妖怪の類かと」

みられていたのかと、加藤は思った。状況からして竹橋は、京都行きの夜行列車に乗っていたらしい。そして車窓から、里歩きをする加藤をみかけた。偶然にしては因縁めいたものを感じる。これが他の日であれば、別に不思議ではなかった。あのあとも加藤は里歩きをつづけ、つい最近ようやく県内の国道と県道の全踏破を達成している。

その間に歩き通した距離は、累計すると千五百キロを大きくこえていた。ことに最近の一年間は休日のたびに出かけていたから、どこかで誰かにみられている可能性はつねにつきまとっている。しかも竹橋がいうように、かなり目立つ存在だったはずだ。

次にくる詮索を覚悟して、加藤は身構えた。何のためにそんなことをしていたのか、質問攻めにされると思ったのだ。さもなければ、わざわざ呼びとめたりしないだろう。そう考えたが、これは加藤の思いすごしだった。竹橋はすでに答をみつけていた。

というより、早合点していた。加藤の郷里が浜坂ときいて、納得したように大きくうなずいてみせた。登山家である加藤が、鍛錬のために夜道を歩いていたと思い込んでいる。つまり実際とは逆に解釈しているのだが、あえて訂正する気にはなれなかった。

そのかわり、登山のビギナーであることは正直に明かした。実績のある登山家だと思われたのでは、あとあと居心地の悪い思いをする。予防線を張るつもりで打ち明けたのだが、竹橋の反応は今度も予想外だった。鷹揚に手をふりながら「みればわかります」といった。言葉の意味がわからず当惑していると、竹橋は笑みをたやすことなくつづけた。

「たしかにビギナーだが、すごい勢いで成長している……。いままで大勢の登山者をみてきたが、あなたのような人ははじめてだ。どうです。高取山には慣れましたか。最初のときは、実に危なっかしかったが」

あっと思った。うまく正体を隠したつもりで、実は見透かされていたようだ。気恥ずかしさに、消えいりたい心地がした。理由をつけて逃げだしたくなったが、なんとか思いとどまった。それに加藤はまだ、竹橋の質問に答えていない。考えをまとめながら、そつのない返答を用意した。

「ビギナーには、ちょうどいい山です。簡単に登れるのに、奥行きの広さもある。何度もきていますが、いまだに飽きることがない」

あたりさわりのない言葉だったが、なかば以上は本心だった。最初は鍛錬が目的だったのに、いまでは週に二回の早朝登山を心待ちにしている。標高三百メートルあまりの低山だが、登山のたびに新しい発見があった。天候や季節の変化によって、まったく別の顔をみせることがある。東につらなる六甲山系を、展望する楽しみもあった。

県内の里歩きが一段落したあと、加藤は次の目標をつかみかねていた。いくつか考えはあるのだが、なかなかそれを具体化できない。だがそれも、この山で見つけだせそうな気がする。早朝の登山をくり返すうちに、何かがみえてくるかもしれない。加藤にとって高取山は、そんな山だった。

ただし竹橋に、事情のすべてを話すつもりはない。隠しごとをする気はないのだが、正確に説明できる自信はなかった。それに初対面といっていい相手に、次の目標について相談するのも気が引ける。竹橋の方も困るだろう。無難なところで、高取山の魅力についてだけ話すことにした。

ところが話をきいた竹橋は、真顔になって身を乗り出した。そして加藤の眼を、じっと見つめていった。

「そこまで高取山を評価してくれるのは、地元の人間として非常にうれしい。だが、それだけで終わってほしくない。あなたは高取山とか、六甲どまりの人ではないからだ。もっと遠くの、大きな目標を狙うべきだ」

気迫に押されて、加藤は返事ができずにいた。竹橋は視線をそらすことなく、加藤を見据えている。そのくせ「遠くの、大きな目標」がどこなのか、口にする様子はなかった。どこだかわかるか、というように意味ありげな眼をむけている。ややあって、加藤はうながした。

「それは？」

「欧州アルプス……。いや、ヒマラヤ」

今度こそ加藤は言葉を失った。悪い冗談でも聞かされた気分だった。だが、竹橋は真剣だった。ゆっくりと、その言葉をくり返した。

「もっと遠くの、ヒマラヤのように大きな目標を」

——あれは一体、何だったのか。

あとで当時のことを思い出すたびに、加藤は不思議な気分になった。

竹橋とはその後も何度か言葉をかわした。あいかわらず山道では挨拶をしたし、その場で立ち話がはじまったこともある。茶屋でコーヒーをつきあったことも、一度や二度ではなかった。

だが話題が「遠くの、大きな目標」に及んだのは、最初の時だけだった。竹橋は二度と口にしなかったし、加藤も問いたださなかった。二人とも忘れてしまったかのように、その話を避けていた。

それにもかかわらず、竹橋の言葉は加藤に影響を与えていた。さすがに欧州アルプスやヒマラヤは遠すぎるが、日本国内の北アルプスあたりなら手が届きそうだった。まだ明確な目標はみつけていないが、別に急ぐわけではない。さしあたり夏山に足を踏み入れて、視野を広げてみるのも悪くなかった。

具体的には高山植物の宝庫で、雪渓の豊富な白馬岳《しろうま》を考えていた。登山者が多く山小屋も整備されているから、初心者でも安心だった。神戸を夜行で出発すれば、実質三日ないし四日で登れるのではないか。

もし登り足りなければ、富士登山を加えてもいい。白馬岳から下山したあと吉田口に直行すれば、あまり休暇を使わずに登頂を果たせそうだった。このとき下山路を御殿場口にとれば、神戸への帰路に東海道線が利用できる。日本海と太平洋を結ぶ二つの登山計画が、六日程度の日程で実現できそうだった。

この計画は魅力的に思えた。だがデテイル会の同僚を誘っても、同行者はえられなかった。みんな警戒心が先にたって、二の足を踏んでいるようだ。別に他の会員たちと、仲が悪かったわけではない。人づきあいは不得手だったが、嫌われるほどではなかった。そうではなく加藤の健脚に、誰もが恐れをなしていただけだ。

このころには加藤の異様ともいえる足の速さは、会の全員に知れ渡っていた。ことに早朝登山をはじめてからは、以前にもました高速歩行が可能になっていた。迂闊に同行すれば、ついていくだけで一苦労する。ゆっくり景色を楽しむ余裕もないし、下手をすると弁当を食い損なうことさえある——そんな噂話ともつかない評判が、広まっていたようだ。

実際に加藤の立てた計画は、強行軍の連続だった。一日の行程が十時間を超えることは珍しくなかったし、明るいうちは行動をやめようとしない。かぎられた日程の中であれもこれもと欲張るものだから、登山自体が余裕のないものになっていた。

——計画段階でこんな状態では、突発的な事態に対処できないのではないか。

声をかけられた者たちは、そう考えていたようだ。誰もが加藤の力量を認めているものの、リーダーや幹事役としての能力には疑問を持っているらしい。山中では辻褄あわせのために、暴走するかもしれない。

そんなことを思わせる前例もあった。加藤が幹事をまかされて、六甲全山縦走を企画したときだった。これは相当に破天荒な計画だった。六甲山系西端の塩屋を起点に延々五十六キロ余を縦走し、その日のうちに終着点である宝塚に到着しなければならない。縦走路や道標が整備された現在でも、一日で踏破するのは困難な道のりだった。

その長大な縦走路を、こともあろうに全会員が参加して踏破するのだという。職場の親睦団体でしかない会にとっては、分不相応な大計画といえた。たとえていえば散歩が趣味のグループを引きつれて、いきなりフルマラソンを完走させるようなものだ。

ただ加藤の立てた計画自体は、合理的なものだった。全行程をいくつかに分割し、それぞれの区間終点に下山路を設定しておく。参加者は基本的に起点の塩屋から歩きはじめるが、用意された下山路のどれを使って縦走を中止してもよい。余力のあるものだけ、宝塚まで歩き通せればいいという考え方だった。

加藤の熱心さに引きずられる格好で、計画は実現した。ところがやはり、当日は予想外の出来事がたてつづけに起きた。計画が複雑すぎて、さまざまな齟齬が生じたのだ。なかには全山縦走の過酷さを把握できないまま、子供づれで参加した会員もいた。

そんな状態だから、歩きはじめてすぐに隊列は長くのびた。体調の不良を訴えたり、大きく遅れる者が続出した。そのたびに加藤は対応に追われた。長大な隊列の先頭から後端まで移動をくり返し、状況の把握につとめた。眼のまわるほどの忙しさの中で、少しずつ参加者は下山していった。結局、宝塚まで歩き通せたのは加藤ただ一人だった。

念願の六甲全山縦走は達成できたものの、加藤にとっては悔いの残る山行になった。宝塚到着は思惑よりずっと遅い時刻になったし、なによりも思いきり歩いたという充実感がない。しかも参加者の中には、加藤のやり方に不平を漏らす者もいた。加藤は自分がやりたかった六甲全山縦走を、皆に手伝わせただけではないのか、と。

無論これは的外れな批判だった。加藤はただ、一人でも多くの会員に全山縦走を達成してほしかっただけだ。そのために全員の協力をもとめたのは事実だが、決して加藤個人を支援させたわけではない。

だが加藤は反論しなかった。面とむかって、公言されたわけではないからだ。無視するしかなかったが、心の内でひそかに決めていた。この次は一人で歩いてみよう、と。六甲山については、それが結論だった。

この夏、加藤は白馬岳と富士山に登っている。最終的に同行者はえられず、いずれも単独行になった。だがこれは、最初から予想していたことだった。デテイル会は職場内の同好会だから、山行計画の存在を隠しておくことができない。ことに長期間の山行では休暇届の提出をともなうから、黙ったまま出かけることは実質的に不可能だった。

かといって、最初から一人で行くことを前提に計画を立てるつもりもなかった。形だけでも周囲に声をかけないと、なんとなく気詰まりだったからだ。

後年の加藤なら気にせず単独行を貫くところだが、このころにはまだ迷いがあったのだ。

3

山に登るのが、面白くて仕方がなかった。

最初のころは、鍛錬が目的だった。筋肉を強化するつもりで、近郊の山に通っていた。

そしてそれを果たしたとき、登山という行為自体を楽しむ余裕がでてきた。それとともに行動範囲が広がり、近郊の低山だけでは飽きたらなくなった。中部山岳地帯の高山に足を踏み入れるまで、それほど時間はかからなかった。

加藤にとっては、新鮮な体験だった。はじめて眼にする山岳景観の雄大さは、そこに至るまでの疲れを忘れさせるものだった。乾ききった喉を潤す清水の旨さや、稜線上を吹きすぎていく風のさわやかさも印象に残っている。さらに薄闇の底からわき上がる御来光の荘厳さは、何ものにもかえがたい感動を加藤に与えてくれた。

実際に山中を歩いているときばかりではなかった。登山の面白さは、計画を立てる段階ではじまっていた。机の上に地形図を広げ、登山案内や紀行文に眼を通していく。計画が具体性をおびてくると、これに時刻表とカレンダーが加わった。かぎられた休暇を有効に使い、ひとつでも多くの頂上を短期間に踏破する方法を探っていた。

下山したあとは、記録の整理を欠かさなかった。踏破した登山道を地形図に記入し、行動記録と突きあわせて記憶をたしかめていく。地形を研究して、次の登山に生かすためだ。懸案の腕時計は、本格的な登山の開始を機に入手していた。中古品だが正確で、信頼性も高かった。

このころの加藤は、暇さえあれば地形図や山岳書をみていた。登山前に熟読したはずの山岳書も、下山したあとで読み返すと新しい発見があった。書籍類に限ったことではない。

登山に関係のありそうなことなら、何をみても面白かった。かわった形の背嚢や雨合羽を街でみかけると、無意識のうちに山で使えないか考えていた。

——これほど面白いことを、いままで自分は知らずにいたのか。

むしろ避けていたのかもしれない。そう加藤は考えていた。登山の素晴らしさや楽しさは、以前から耳にしていた。ことあるごとに、その魅力を語ろうとする知人もいた。ところが加藤は、そのような話題にはあまり興味を示さなかった。意図的に距離を置いて、話を聞くだけにとどめていた。

登山という行為を、厳格にとらえすぎていたのかもしれない。近郊の低山を歩くだけならいいが、三千メートル近い高山に登ろうとするには覚悟が必要だ。気力や体力が人並み以上に充実していないと、高山に足を踏みいれる資格はない。そんな風に考えていたものだから、気後れが先に立ってしまうのだ。

ところが実際に足を踏み入れてみると、意外に敷居が低くて驚かされた。あまり体力のなさそうな女性や子供までが、夏山を楽しんでいる。制服に草鞋ばきの女学生集団と、稜線上ですれ違ったこともあった。漠然と想像していたように、かぎられた者にだけ許された世界ではなかったのだ。

回り道をしたものだと、加藤は思った。こんなことなら、もっと早く登山をはじめればよかった——一時はそう考えたが、すぐに加藤は気づいた。かりに実状を知っていたとしても、里歩きはやめなかっただろう。最初にたてた目標を、途中で投げだすことはできない。登山に本腰を入れるのは、それを片づけてからだ。

だから、後悔はなかった。のべ千数百キロにおよぶ里歩きの経験は、決して無駄ではなかったはずだ。たしかに回り道をしたが、遅れはいまからでも充分に取りもどせる。それを可能にするだけの体力が、加藤にはそなわっていた。

実際に加藤の山行は、ビギナーとは思えないほど性急なものだった。ひとつの山を登り終えても、決して満足することがない。下山後はただちに次の山に向かい、休む間もなく歩きつづけた。そして二番めの山を登ると、さらにその次の山をめざした。行動を停止するのは、休暇を使い果たしたときだった。

遅れを取りもどそうとして、躍起になっていたわけではない。歩くことが楽しくて、仕方がなかったのだ。山中での泊まりは山小屋を利用していたが、それに縛られていたわけではない。日が暮れるまで行動をつづけ、行程上に適当な山小屋がなければ野宿した。ときには夜になっても足がとまらず、月明かりの下を歩くこともあった。

信濃鉄道（現在のJR大糸線）の有明駅に下りたったのは、本格的な登山をはじめて二度めの夏だった。この日にそなえて、加藤は綿密な計画を立てていた。案内書の類は、暗記するほど何度も読み返している。地理的な概念も把握しているつもりだったが、実際のところは足を踏み入れてみないとわからない。

有明駅から六キロ奥の有明温泉までは、自動車の便があった。夏山シーズン最盛期の日曜日だけあって、早朝にもかかわらず登山客の姿は多かった。混雑が予想されるため自動車は利用せず、駅からそのまま歩きはじめた。実質的な登り口である中房温泉までは、徒歩で半日たらずの行程だった。

宿泊を予定している燕《つばくろ》小屋は、そこからさらに登り五時間とされていた。あまり急いだつもりはなかったが、三時間半ほどで登りきった。小屋から燕岳を往復して、ようやく初日の行動を終えた。休息をはさんで十時間以上も歩きつづけた計算になるが、これは別に珍しいことではない。明るいうちはいつも行動しているのが、加藤のやり方だった。

翌日からは稜線上の縦走になった。アルプスの大通りとも、銀座通りとも呼ばれる人気コースだった。燕岳から南下して大天井《おてんしょう》岳付近で喜作《きさく》新道に入り、東鎌尾根を経由して槍ヶ岳に至ることになる。槍ヶ岳からはさらに南へ縦走をつづけ、大キレットをこえて穂高連峰を縦断する予定だった。

夏山二年めのビギナーにしては野心的ともいえる大計画だが、加藤自身に気負いはなかった。たしかにロングコースで難所は多いものの、事前の情報では特別な技術がなくても通過は可能であるらしい。場所によっては「小学生でも縦走する」などと明記した案内書もあったから、この推測は間違っていないはずだ。

燕小屋から殺生小屋、穂高小屋と泊まりを重ね、四日めに前穂高岳から岳沢《だけさわ》に下降した。

天候は全般的に安定せず、二日めの午後からは断続的に降雨をみた。そのせいで視界が悪く、岩場の通過で何度も立ち往生しそうになった。ことに四日めは道に迷って雪渓に入りこみ、滑落してあやうく事故を起こしかけた。

危なっかしい状況がつづいたが、なんとか切り抜けて下山した。すでにあたりは暗くなっていた。泊まり場の上高地温泉には、午後九時に到着した。ゆっくりと温泉に入って、山旅の疲れをとった。筋肉に滞留した疲労が、旅塵とともに洗い流されていく。

軽い興奮状態にあったのかもしれない。山行中に経験した出来事が次々に思いだされて、その夜はなかなか寝つけなかった。間近でみた槍と穂高は、やはり素晴らしかった。どっしりとした安定感と、繊細な美しさを兼ねそなえていた。しかも底のしれない奥深さを感じた。機会があれば、何度でも足を運びたいところだ。

難所もあった。登山路を見失って難渋したことも、一再ならずあった。それでもなんとか、独力で縦走することができた。北アルプス南部の核心部ともいえる山域を、案内人もつれずに踏破してきたのだ。はじめてにしては、上出来といえるのではないか。そのことに安堵して、ようやく眠りに落ちた。

普通なら、それで終わっていたところだ。四日間の思い出を胸に、翌朝はやく神戸にもどることを考えていたはずだ。だが加藤の場合は、かなり状況が違っていた。登山のために用意した休暇は、まだ半分以上も残っている。これを使い果たすまで、加藤の登山は終わらない。

山行五日めの朝に加藤がたどったのは、梓川《あずさ》にそって下流にむかう道だった。徳本峠《とくごう》を経由する下山路とは、方角が正反対になる。大正池の手前で河原を離れ、焼岳の中腹を巻く道をとって安房峠をめざした。峠は長野と岐阜の県境になっている。ここを越えれば平湯温泉は近かった。

平湯は高山や神岡方面の船津とも、乗合自動車の定期便で結ばれている。交通の要衝だが、下山のために立ちよったわけではない。北面からの登路をたどって、乗鞍岳に向かうためだ。ただ平湯を出たのは午前十一時で、登りはじめるには遅すぎる時刻だった。朝からの雨はやむ気配もみせず、ますます強く降りしきっている。

不安を感じさせる状況だが、かまわずに登りつづけた。結局その夜は登頂を目前にして、八合目の小屋に泊まった。日没後に頂上を踏んだつもりになっていたが、暗くて場所を間違えていたようだ。実際の頂上は、そのさらに奥の高所にあった。翌朝あらためて頂上を踏み、あわただしく下山を開始した。

いそぐ必要があった。この日のうちに日和田までいかなければ、翌日の御嶽登頂が困難になる。息もつがずに山道を駆け下り、山麓の里道を日和田まで歩き通した。加藤にとっては、懐かしささえ感じる高速歩行だった。

このところ里歩きからは遠のいていたが、体は速度の感覚を記憶していた。計算したわけでもないのに、最適な速度で足を前に出していた。その結果、日没までに適度な余裕を残して日和田に到着できた。

山行七日めになる翌日は、快適な登山が楽しめた。朝から天候は安定しており、乗鞍岳と御嶽の二峰を視野におさめながらの登高になった。頂上の北端をなす継子《まま こ》岳に立ったのは、午後の早い時刻だった。ここを起点に頂上めぐりを開始し、夕刻までに主要なピークと池を踏破して南端の王滝《おうたき》頂上小屋に入った。

翌朝はやく王滝口から下山した。今回の山行をはじめて、すでに八日がすぎている。ふたたび日曜日になったせいか、すれ違う登山客の数は多かった。もともと御嶽は人気の高い山だった。信仰の山としての歴史は古く、登山者のための施設もととのっている。山小屋の数も多く、食糧品や登山道具の入手は容易だった。

大勢の登山客にまじって下山するうちに、加藤は奇妙な感覚にとらわれていた。自分の居場所はここではない、どこかで道を間違えたのではないか——そんな思いがしてならなかった。周囲にいるのは皆おなじ登山者のはずなのに、自分だけが異物であるかのような居心地の悪さを感じていた。

そのような違和感は、山を下るにつれて大きくなった。早朝から登りはじめた登山客が多いのか、混雑が次第にひどくなってくる。御嶽講の集団登拝や学校登山も多く、人の列が途切れることなくつづいていた。燕岳の時も人が多かったが、これほどではなかった。

ときには渋滞に巻きこまれて、身動きがとれなくなることもあった。

——何かが違う……。

違和感の原因に気づかないまま、加藤は考えていた。これは自分のやりたかった登山ではない。都会の雑踏そのままの山道を、歩きたくて出かけてきたわけではなかった。登るべき山を間違えたような気もするが、それだけが原因ではなさそうだ。よくわからないが、人が少なくても違和感は残るのではないか。

あるいは理想と現実の差が、大きすぎたのかもしれない。勝手な思いこみにすぎないが、山中で出会う登山者は特別な存在であってほしかった。鍛錬を欠かさず意思も強固で、困難に遭遇しても自力で乗り越えていく。そんな登山者ばかりなら、たとえ人出が多くても気にならなかったのではないか。

ところが現実は違っていた。登山の敷居は思ったよりも低く、登ってくるのはごく普通の人々ばかりだった。そんな思いがあるものだから、他の登山者がかわす会話までが気になった。道端に腰をおろして、登高の苦しさを訴えている若い男がいた。叱り飛ばしたくなった。そんなに苦しければ、山になどくるなと言いたくなった。

別の場所では雪渓を前にして、無邪気に喜んでいる女性登山者をみかけた。できることなら声をかけて、雪渓通過時の危険を話してやりたかった。無論、会話に割りこんだりしない。その程度の自制心はあった。そのかわり、鬱屈も倍加した。苛立ちがつのるのを感じながら、他の登山者を次々に追い越していった。

嫉妬だったのかもしれない。大自然の中に踏みこんでいくのだから、登山という行為が苦痛をともなうのは当然だった。それを声高に言い立てるのは、覚悟が足りないからだろう。そんな人間が、おなじ山中にいること自体が許せなかった。大切にしていたものを、否定されたような気がしてしまうのだ。

その一方で自分の経験を、誰にでもいいから話したいと思った。加藤自身もビギナーだが、それだけに語るべきことは多い。登山の魅力や危険についてなら、いくらでも話すことができそうだ。決して自慢話ではない。加藤自身がはじめて知った登山の素晴らしさを、できるだけ多くの人々に伝えたかっただけだ。

矛盾した考えであることは、自分でも承知していた。他の登山者を拒絶する心の動きと、積極的に言葉をかわしたいという気持が同居している。その結果、加藤は何もしなかった。うまく折りあいがつけられないまま、黙々と歩きつづけた。

途中からは乗合自動車も利用できたが、乗る気にはなれなかった。誰とも言葉をかわすことなく、駅まで徒歩で通した。今夜の泊まりは、中央線の上松《あげまつ》駅周辺と決めていた。加藤の山行はまだ終わらない。翌日からは中央アルプスに、足を踏み入れる予定だった。

ただ計画を立てた段階では、あまり具体的なことは考えていなかった。さらに登山をつづけるか、それとも打ち切るかは現地で決めるつもりでいた。体調や天候をみた上で、判断しようと考えていた。だが、結論はすでに出ていた。このままでは終われない。御嶽を最後の山には、したくなかった。

その夜は上松駅ちかくに宿をとり、翌朝あらたな気分で木曽駒《きそこま》ヶ岳にむかった。ひそかに期待していたとおり、それからの三日間は好天に恵まれた。ことに中央アルプスの主脈を縦走した二日め（通算十日め）が素晴らしかった。主峰からの御来光はもとより、宝剣《ほうけん》岳をへて空木《うつぎ》岳から南駒ヶ岳にいたる縦走の全区間にわたって好展望がえられた。

しかも平日のせいか人と出会うことが少なく、頂稜からの大景観を独り占めにすることができた。これまで踏破してきた山々に加えて八ヶ岳や南アルプス、さらには富士山までが一望のもとに見渡せる。痛快だった。御嶽で感じた鬱屈など、どこかに吹き飛んでいた。この上なく爽快な気分で、南駒ヶ岳までの縦走を終えた。

最後になって道に迷い、野宿するというおまけがついたが無事に下山することができた。十一日間にわたる大旅行の終わりだった。北アルプス南部から乗鞍岳、そして御嶽と中央アルプスにつなげる長大なルートになった。普通の人間なら数年分の山行を、一度にすませてしまったようなものだ。

これで当分は、山にいかなくてもよい——そう考えて、登山道具を片付けても不思議ではないところだ。ところが加藤の場合は、そうならなかった。神戸にもどって一週間後には、盆休みがはじまっている。長期休暇を取ったばかりだが、四日間の休みを取ることができた。無駄に使う気はない。すべて山につぎ込んだ。今度は立山と剱岳だった。

前回と同様、このときも単独だった。剱岳を単純に往復するのではなく、黒部側に下降して鐘釣《かねつり》温泉に抜けだした。入山者が少ない山域だったせいか、途中でまた道に迷ってしまった。行き暮れて野宿をしいられているが、加藤にとっては珍しいことではない。これでは同行者もえられないだろう。

すさまじいばかりの登高意欲には、唖然とするしかない。ただし、まだ終わりではなかった。盆明けの八月後半には、五日間の休暇をとって南アルプスに向かっている。戸台から入山して仙丈《せんじよう》ヶ岳に登り、北沢峠《きたさわ》に下降して甲斐駒《かいこま》ヶ岳に登り返した。ただちに下山したが、まだ休暇は残っていた。余勢をかって八ヶ岳と浅間《あさま》山に登った。

この夏、憑かれたように加藤は登りつづけた。七月と八月の二カ月間で、合計二十三日間を山で過ごした。いずれの山行も、夜行列車を利用して休暇を有効に使った。燕岳に向かう前には白山にも登っているから、あわせて四回の休暇をとったことになる。中部山岳地帯のめぼしい山を、一年で登りつくすかのような勢いだった。

ただ、当の加藤に気負いはない。明るいうちは行動をやめないのと同様に、休暇をとれるうちは山通いをつづけたというだけだ。このころはまだ、職場も寛容だった。さまざまな理由をつけて休暇を申請する加藤に対し、鷹揚に許可を出していた。それをいいことに、加藤は足しげく山に通った。

それにもかかわらず、達成感はえられなかった。御嶽で生じた違和感が、次第に大きくなってきたせいだ。

4

感動が薄れつつあることは、以前から気づいていた。

はじめて御来光を経験したときの興奮や、ふるえるような胸の高まりが遠のいていた。苦闘の末に頂上まで登りつめても、山頂からの絶景を眼にしても平静でいられた。滞留していた霧が次第に流れ、展望が開けていく瞬間に立ちあっても胸が躍ることはなかった。既視感のせいだ。何をみても、以前どこかで経験したような気がしてしまうのだ。

山ずれしているのかと、加藤は思った。あまりにも性急に山行を重ねたものだから、感動する心の余裕を失ってしまったのだ。

だからこそ、素直に感動できる初心者がうらやましかった。だが自分ではそのことに気づかず、嫉妬に似た感情があとに残った。無論それを表に出すことはできない。感情を抑えこもうとして、逆に苛立ちをつのらせる結果になった。

そう考えたが、いまさら後もどりはできなかった。それよりは、行動範囲を広げた方がよさそうだ。違和感の根本的な原因は不明だが、気にせずにすむ方法はある。簡単なことだ。人の少ない山中に、単独で踏みこめばいいのだ。そうすれば、初心者と出会うこともない。より困難な山域を踏破することになって、感動を取りもどせるかもしれない。

翌年の夏も、加藤は精力的に登りつづけた。意図的にやったわけではないが、前年にくらべると熟達者むきの山域に踏みこむことが多くなっていた。初心者でも登れる山は、最初の二年で片付けていた。したがってこの夏は、静かな山旅が楽しめそうだった。

ただし問題が解決したわけではない。この方法を突きつめると、より困難な未踏の山しか登れないことになる。だが加藤のスタイルで山行をくり返せば、いずれ登るべき山がなくなってしまう。そんなことを思わせるほど、加藤の登高意欲は旺盛だった。

本格的な登山をはじめて三年めにあたるこの年は、七月と八月に一度ずつ長期の休暇を取っている。そして、それぞれを南アルプスと北アルプスの踏破にあてた。どちらの山域も昨年すでに足を踏み入れているが、ルートは重なっていない。兵庫県内で里歩きをしていた時と同様、過去に歩いた道は原則として避ける方針だった。

それを可能にするほどの広がりが、ふたつの山域にはあった。南アルプスでは小渋川上流の広河原《ひろがわら》を経由して主稜線上の大聖寺平《だいしょうじだいら》に登りつめ、ここを起点に南の赤石《あかいし》岳と聖《ひじり》岳を往復している。その後は北に方角を転じて荒川《あらかわ》岳から塩見《しおみ》岳へと縦走し、最後に白根《しらね》三山を踏破して山行をしめくくった。

また北アルプスでは烏帽子岳からはじめて黒部源流の山々を次々に踏破し、時計まわりに半周して薬師《やくし》岳から五色《ごしき》ヶ原に達したところで黒部川に下降している。針ノ木峠に登り返して、後立山《うしろたてやま》連峰を北上するためだ。鹿島槍ヶ岳から五竜岳を越えて唐松《からまつ》岳に至り、最後は八方《はつぽう》尾根を下降するという豪快なルートになった。

いずれの山行も、日曜から日曜までの八日間で行動を終えている。というより最初から八日間の枠組を決めたうえで、計画を立てていったのだ。しかも昨年の夏に踏破した山は避けて、未踏の山々を巧妙に組みあわせている。ただし一度の山行ですべてを片付けようとした結果、不自然で強引な部分も生じた。

かぎられた日程であれもこれもと詰めこんだものだから、一日の行動時間が異様に長くなった。十二時間以上というのは普通で、ときには十五時間にもなった。予備日は設定されておらず、雨が激しく降っていても予定通りに歩くしかない。

計画段階でこの状態だから、実際に歩いてみると様々な齟齬が生じた。道に迷って予定の行程をこなせず、日没後も行動をつづけたことは珍しくなかった。それでも遅れが取りもどせなければ、野宿をして辻褄をあわせるしかない。

それだけではなかった。計画段階で生じた無理は、山行のルート自体をねじ曲げていた。立山を目前にした五色ヶ原で稜線をはずれ、黒部川を横断して対岸の針ノ木峠に登り返している。前年の夏に登った立山を避けて後立山に転進した結果だが、加藤自身も書いているように「変なコース」であることは否定できない。

山行計画をたてるときの手順は、里歩きの時と大差なかった。資料を用意して地形図を広げ、すでに歩いた山域を避けてルートを組み立ててゆく。その場合、まだ足跡を残していない山頂は重要だった。できる限り多くの山頂を、一度に踏める道筋を探していく。あとは区間ごとの所要時間を加算して、一日の行程を決めるだけだ。

そのようにして立てた計画が、変則的なものになるのは当然だった。登山者の疲労度や、ルートの難易度などは最初から無視されている。天候が崩れたり道に迷った場合でも、予定した所要時間で歩けるものと仮定していた。

かなりの無理があったが、加藤はやり遂げた。どちらの山行も、ほぼ計画通りに終えることができた。一部の行程は省略せざるをえなかったが、主要な山頂にはほとんど立っている。日程の超過はなかった。八日めの夜には神戸にもどって、月曜朝からの勤務にそなえることができた。

それにもかかわらず、加藤の心は晴れなかった。危惧していたことが、予想外に早く実現してしまったのだ。二つの計画が成功した結果、北アルプスと南アルプスに登るべき山はなくなった。八ヶ岳や中央アルプスも同様だった。富士山や浅間山など、独立峰も例外ではない。めぼしい山は、三年の間にほとんど登りつくしていた。

手つかずの山域が、残されていないともいえる。加藤の登山スタイルは未踏のルートをたどりながら、進路上のピークを次々に登頂していくやり方だった。その点ではピークハンティングに似ているが、加藤の場合は山頂よりもむしろルート自体を重要視していた。したがって「ルートハンティング」と呼ぶ方が適している。

だから実際には、未踏の山は多かった。決して登りつくしたわけではない。その気になって探せば、人気はなくても魅力のある山はいくつも見つかるはずだ。ただし、加藤の登山スタイルには適さない。加藤が求めているのは未踏の山域であり、一見すると不合理だが多くのピークを結ぶ長大なルートだった。

地形図の束を前に、加藤は考えこんでいた。すでに年休は使い果たしている。まだ盆が明けたばかりだが、年内はもう短期の山行しかできないだろう。週末や連休を利用して、あわただしく山を駆け抜けるしかない。

それよりも、来年以降の長期計画を立てておきたかった。これまでの登山スタイルを、来年も通すことは困難だった。登り残したピークを組み合わせれば、数日程度の短いルートは設定できる。いくつか興味をひかれる山域もあったが、どうしても重箱の隅をつつくような印象が残る。過去に踏破したルートとの重複も気になった。

――いっそのこと、外地に転進するか。

机の上に積みあげた資料の山から、時刻表を引っ張り出しながら考えていた。ためしに北海道や台湾までの経路を確認してみたが、どちらも話にならないほど遠かった。中部山岳地帯のように、土曜の夜に出発して日曜の早朝から歩き出せる手軽さはない。その上に、登山に要する日数も読めなかった。これでは休暇を申請することもできない。

朝鮮半島や樺太《からふと》になると、登山の習慣があるかどうかすら不明だった。探検的登山の領域になるが、時間的な制約のある会社員には手が出なかった。加藤の行動力が真価を発揮するのは、山小屋や登山道が整備された山域にかぎられる。ぎりぎりの日数で山中を駆け抜ける加藤のやり方は、外地では通用しそうになかった。

やはり中部山岳地帯、それも北アルプスかと加藤は考えていた。南アルプスは山が深すぎて、行動が制約される。番人のいる山小屋は少なく、長大なルートを設定すると野宿は避けられない。この夏の南アルプスでは、十日分の食糧を担いで入山した。それによる重量の増大も無視できないが、食事の支度に手間がかかるのには閉口した。

集めた薪に火がつかず、疲れ果てて寝てしまったこともあった。それくらいなら、その時間を歩く方にまわしたかった。日没の間際まで歩きつづけ、暗くなると山小屋に入って食事の提供を受ける。あるいは持参の携行食品や菓子類で食事をすませ、天幕も使わず雨合羽を着込んで野宿する。そんなシンプルなスタイルを、加藤は好んだ。

そう考えると、来年の山行形態も自然に決まってくる。場所は北アルプスかその周辺で、少しばかりバリエーションを加えた縦走になりそうだった。具体的にはルートの一部を岩稜歩きとするか、さもなければ岩登りに終始する短いルートを設定することになる。穂高岳や剱岳の周辺では、さまざまな難易度の岩登りが可能だった。

――それとも「岩」ではなく「雪」にいくか。

バリエーションの、もうひとつの選択肢は積雪期登山だった。夏ではなく五月ごろの残雪期に、立山か乗鞍岳でスキーの練習をしてもいい。道具をそろえる必要があるが、岩登りよりは容易そうな印象を受ける。しかもスキーなら、一人でもできそうだった。岩登りと違って、墜落して死ぬ心配もない。

ただしスキーに熟達したところで、あらたな登山スタイルが見いだせるとは思えなかった。雪中露営の技術が、確立されていないからだ。雪に対する恐怖心もあった。夏なら道に迷って日が暮れても、その場で野宿することができる。雨が降れば厄介だが、危険は少なかった。だが、冬山でそれをやる自信はない。雪に埋まって凍死してしまうのではないか。

かといって、岩登りの方向に進む踏ん切りもつかなかった。神戸徒歩会の仲間に誘われて、岩登りのゲレンデに足を運んだことはあった。実際にザイルを結んで岩壁にも取りついたが、思うように手足が動かず難渋した記憶がある。あまり器用な方ではないから、練習を重ねても上達しそうになかった。

それに、単独で岩登りはできない。縦走の途中に岩稜歩きや岩場の通過を入れる程度なら、一人でもできる。だが本格的にやろうとすれば、ザイルを結ぶ仲間が必要になってくる。そこまでは、思い切れなかった。単独行というスタイルを崩してまで、岩登りをきわめる気にはなれない。

結論が出ないまま、時が過ぎた。そして年が明けた。この年はじめての山行は、紀元節（建国記念日）の連休を利用した鉢伏《はちぶせ》山と氷ノ山《ひょうのせん》だった。正確にはスキー行で、山麓に宿を取ってスキーの練習をするつもりだった。天候が安定していれば、いずれかの山に登ることも考えていた。

この時代のスキーは、冬山登山と非常に近い関係にあった。積雪期の山にスキーは欠かせず、登山者たちは競って技術の向上につとめた。スキーヤーたちもゲレンデの中にとどまらず、天気のいい日にはスキーをつけたまま周辺の山に登った。スキーヤーと登山者の区別は、現在ほど厳密ではなかったといえる。

スキーのゲレンデは雪の積もった山の斜面そのもので、さらに登りつづければ山頂に達する。日本で最初にスキーリフトが建設されたのは、戦後になってからのことだ。当然のことながら、圧雪車による整備もおこなわれていない。シールをつけてゲレンデ上部に登高するスキーヤーと、その先の山頂を目指す登山者を見分けることは困難だった。

加藤がスキーの練習を思い立ったのは、積雪期登山を本格的にはじめようとしたからではない。「岩か雪か」の結論は、まだ出ていなかった。さしあたってこの年は、両方やってみるつもりだった。冬から残雪期にかけてスキーを、夏山の季節には穂高で岩稜歩きをやる計画をたてていた。

最終的な結論は、一年が過ぎてから出せばいい。そう考えて乗りこんできたのだが、加藤の思惑は氷ノ山の登山で覆された。はじめて経験した厳冬期の山は、予想外に美しかった。全身を締めつけるような寒気の中で、加藤は考えていた。

——自分の居場所は、ここだったのか。

違和感は消えていた。この時の山行がきっかけになって、加藤は冬山にのめり込んでいく。

第三話　はじめての冬山——昭和三年〜昭和四年

1

最初は登頂など考えていなかった。ほんの少しだけ高いところへ登って、展望を楽しもうとしただけだ。昼食は宿でと考えていたから、弁当も持参しなかった。

その一方で、わずかな期待もあった。このまま天候が崩れなければ、登れるかもしれない。たとえ頂上に達しなくても、冬山気分は味わえるのではないか。そんな思惑を胸に、スキーをかついで出発した。さしあたり稜線上の氷《ひょう》ノ山《せん》越まで登ってみて、様子をみるつもりだった。氷ノ山が無理なら、支峰の赤倉《あかくら》山に転進してもいい。

加藤文太郎にとっては、はじめて経験する本格的な冬山だった。氷ノ山は兵庫県の最高峰であり、標高千五百メートルをこえている。北アルプスほどではないが、それでもやはり気後れがした。麓の村から見上げる山塊は真っ白で、人を寄せつけない厳しさが感じられた。とてもではないが、スキーの片手間に登れそうな山ではない。

不安材料もあった。前の日にはスキーの練習ついでに、鉢伏山に登ろうとして果たせなかった。現在なら頂上ちかくまでリフトが建設されているが、当時はもちろんそんなものはない。スキーの練習場になっている斜面を突っ切って、頂上とおぼしきところをめざしただけだ。

ところが前日は天候が安定せず、降雪が途切れる気配もなかった。睡眠不足もあって意気があがらず、途中で引き返してきた。昨夜はスキー宿で熟睡できたものの、空模様だけが気がかりだった。何度も雲の動きをたしかめたが、次第に回復しつつあるようだ。かりに崩れたとしても、大荒れにはならないだろう。

そう見当をつけて、峠越えの道をたどっていった。スキーの用意はしてきたものの、勝手がわからず輪かんじきを併用した。登りは輪かんじきを使って雪面を踏みしめ、スキーは細引きで橇《そり》のように引きずって歩いた。前日は深雪に悩まされたが、この日はそれほどでもなかった。適度にしまった雪面は歩きやすく、思いのほか快適に登高できた。

しかも高度をあげるにつれて積雪がましていくものだから、夏なら通過に苦労させられる下ばえが隠されている。とはいえ、さすがに無雪期よりは時間がかかった。思惑よりは遅くなったが、あまり苦労はせず氷ノ山越に登りつめた。

本来なら、ここで引き返すべきだった。稜線上の鞍部とはいえ、高度はすでに千二百メートルをこえている。稜線を吹きすぎていく風は冷たく、じっとしていると身を切られそうだった。スキーの練習用にそろえた防寒着は不完全で、濡れた手袋はなかば凍りかけていた。これでは氷ノ山どころか、赤倉山に立つことさえ危険ではないか。

かといって、このまま下山する気にもなれなかった。稜線上に屹立する氷ノ山は、圧倒的な迫力でそびえている。それなのに、すぐにでも登れそうなほど間近にみえた。山全体が積雪でおおわれているものだから、どこでも好きなところを歩けそうだった。藪こぎをしないですむ分、無雪期よりも快適に登れるのではないか。

頂上につづく稜線はやせ気味だが、一見したところ悪そうな場所はなかった。要領よくやれば、案外あっさり登頂できそうだった。そう考えたときには、頂上にむかって足を踏み出していた。いまからだと、下山は午後の遅い時刻になる。飯抜きになるが、そのことはあまり気にならなかった。一食くらい抜いても歩けることは、昨年までの経験でわかっていた。

それよりも、登頂の好機を失するのが怖かった。俗に「山は逃げない」というが、天候は逃げる。気力や体調も逃げるから、去ってしまった好機は取りもどせない。逡巡するくらいなら、歩きだした方がよかった。

最初の一歩を踏み出したことで、それまでの躊躇は消えていた。ただ雪稜の登高は、やはり神経を使った。稜線の上部では木々がとぎれて、吹きさらしになっている。風にたたかれ続けて、雪面が板のように凍りついていた。輪かんじきは、もう使えない。わずかでも油断すると、足を滑らせて転倒しかねなかった。

かと思うと表面だけが硬く、体重をかけると踏み抜いてしまうこともあった。何度も体重をかけて安全を確認してからでなければ、次の一歩が踏み出せない。さえぎるもののない雪稜なのに、思いがけず時間がかかった。しかも普段とは違う筋肉を使うせいか、時間がすぎるにつれて疲労が無視できなくなった。

それにもかかわらず、引き返す気にはなれなかった。疲れや寒気を忘れさせるほど、山々が美しかったからだ。山全体が真っ白な雪におおわれて、まばゆく輝いている。しかも登高をつづけるにつれて、視界が少しずつ広がっていった。それが嬉しくて、足をとめることができずにいた。

加藤にとっては、新鮮な経験だった。はじめて足を踏みいれた冬の山は、雪のない季節とはまるで違っていた。この山には昨年の五月にも登っているが、記憶がまったく重ならない。おなじ登路をたどっているのに、地形や風景に既視感がなかった。別の山を歩いているというより、異世界に迷いこんだかのようだ。

なによりも、他人の足跡をみないのがよかった。連休中のことでもあり人気のある山なので、他にも登山者はいたはずだ。スキーの跡が残っていても不思議ではないが、昨日の降雪ですっかり埋められたらしい。その結果まっさらの雪面に、加藤の足跡だけが残ることになった。

その事実に勇気づけられて、休むことなく歩をすすめた。頂上が近づくにつれて、木々の色が白くかわっていった。大きく広げた枝葉が、そっくり霧氷《むひょう》でつつまれている。その美しさは、息をのむほどだった。霧氷とはいうが凍てついた硬さはなく、淡雪《あわゆき》のような儚《はかな》さを感じさせる。風に散った霧氷が、飛雪のように宙を舞っていた。

いつまでも眺めていたい光景だが、それは許されない。すでに時刻は午後一時をすぎている。いそがなければ、下山途中で日が暮れるかもしれない。さいわい天候は安定していた。雲間から射しこむ陽光に照らされて、霧氷がひときわ明るくきらめいた。風がつよく吹きすぎたときなど、空全体に光の粉を散らしたかのようだった。

舞い散る氷片の奥には、氷ノ山の堂々たる頂部がそびえている。間近にみえているが、まだ少し時間がかかりそうだった。背後をふり返ると、昨日は登れなかった鉢伏山が低くなっている。それよりは高いはずの赤倉山も、いまでは眼下にあった。まばらな木々の梢《こずえ》ごしには、さらに遠くの山なみが望見できた。

北西遠くに突出しているのは、扇ノ山《おうぎせん》らしかった。そこにいたる長大な稜線の周辺には、仏《ほとけ》ノ尾《お》や三ツケ谷（青《あお》ケ丸）などの支峰も確認できた。東北方の蘇武《そぶ》岳は鉢伏山に重なってみわけづらいが、その南の妙見《みようけん》山は雄大な山容をあらわにしている。いずれの山々も多量の積雪でおおわれ、近づくことさえ困難な印象を受けた。

気がつくと加藤は、足をとめて冬山の大観に見入っていた。山岳景観としての秀麗さはいうまでもないが、厳冬期の山々にはそればかりではない魅力があった。人を寄せつけない厳しさや危険の存在が、加藤の闘志をかきたてたのかもしれない。視野にある山々のすべてに、足跡を残したいと切実に思った。

それも頂上を単純に往復するだけでは物足りない。山から山へ、未踏のピークを次々に落として真冬の縦走を完成させるのだ。無論、県内の山だけで終わらせる気はない。その延長線上には、厳冬期の三千メートル級山岳地帯が控えている。そしてそれも片づけたら、あとに残るのは——。

「ヒマラヤ、か……」

声に出していった。その途端に、稜線上を風が吹きすぎていった。加藤は肩をすくめた。気のせいか、風が急に冷たさをましたようだ。遠くの山々に背をむけて、加藤は登高を再開した。足をとめていたのは、わずかな時間だった。

結局、山頂には午後二時に到着した。予想はしていたものの、遅すぎる登頂だった。昨年の五月には夜半すぎに八鹿の駅を出て、午前九時には頂上に立っている。単純に比較はできないが、やはり所要時間には相当な差があった。

この分だと、下山にはさらに時間がかかるのではないか。漠然とスキーだから速いと考えていたが、実際のところはやってみないとわからない。これほどの高所から滑降した経験は、加藤にはなかった。スキーに慣れないものだから、上から斜面をみおろすと恐怖すら感じた。

だが、躊躇は許されない。このところ少しずつ日が長くなっているが、日没までに残された時間は充分とはいえなかった。明るいうちに里まで下降できるかどうかは、微妙なところだ。凍える手先に息を吐きかけて、下降の準備をととのえた。

最後にもう一度、周辺の山々に眼をむけた。そのまま登路を逆にたどって、宿のある大久保の集落にもどるつもりだった。ところがその時になって、東尾根が眼にとまった。頂上をはさんで反対側にのびる主稜線から、東側に派生した支尾根だった。谷ぞいをいく氷ノ山越の道と違って、尾根筋だから深雪に悩まされることはなさそうだ。

雪崩の危険も少ないというので、冬季にはここを登路とすることが多いらしい。それなら、東尾根を下ってみようと考えた。多少は遠まわりになるが、里までの所要時間にあまり差はなさそうだ。それに頂上からみおろす限り、主稜線の上部斜面はこちらの方がゆるやかだった。氷ノ山越からのやせた尾根にくらべると、スキーの練習に使えそうなほど広々としている。

いってみるかと、加藤は思った。未踏の尾根に対する意欲もあった。真冬の大縦走を思い描いたのは、つい先ほどのことだ。それなら手はじめに、氷ノ山を縦走するのも悪くない。自分の残した踏み跡を逆にたどるよりは、よほど気がきいている。

安全を優先するのであれば、きた道を引き返すべきだった。それが大原則であり、登山の常識でもあった。冬山のビギナーでしかない加藤が、こんな時刻から未知の尾根を下降するのは無謀としかいいようがない。そのことは、承知していた。だが加藤の決心に、ゆらぎはなかった。

登山のおもしろさと安全は、かならずしも両立しないからだ。それがわかっていたから、無難な方法で登山をしめくくりたくなかった。ここで安全な道を選択したら、登頂の価値が半減するような気がした。というより、せっかくの休暇を無駄にしたくなかった。わざわざ出かけてきたのだから、多少の危険は楽しみに転換してしまえる。

だから気負いはなかった。未踏の領域にもかかわらず、躊躇や気後れもない。勢いにまかせて、突っこんでいっただけだ。ただし技術がともなっていなかった。頂上直下のクラスト（硬化した雪面）した斜面を、加藤は弾丸のように滑降していった。ところが加速がつきすぎて、うまく制動できない。たちまち軟雪に足をとられ、つんのめって体が宙に投げだされた。

しまったと思った時には、もう視野が真っ白になっていた。とっさに受け身の体勢をとろうとしたが、スキーやストックが邪魔をして思いどおりに動けない。すぐに衝撃がきた。吹きだまりに落ちたらしく、意外に雪面は柔らかかった。木の根や露岩を引っかけた形跡もない。

そのかわり、体が流された。小規模な雪崩を誘発しながら、斜面をどこまでもずり落ちていく。このまま尾根をはずれて、谷底まで落ちてしまうのか――そう思うころになって、ようやく滑落が停止した。流された距離は、十メートル程度だった。

息をついて立ちあがろうとしたが、手足が思いどおりに動かない。骨折かと思って、ぞっとした。単独行者にとって、負傷はそのまま死につながる。あわてて状況をたしかめたが、事態はそれほど深刻ではなかった。スキーやストックに、手足がからめとられていただけだった。

現在はショートスキーが主流になっているが、当時は二メートル前後の長い物が普通だった。エッジのない単板だから、あつかうのも容易ではない。下手に転ぶと、スキーがもつれて厄介なことになる。はずみで靴が脱げることもあった。スキー靴といっても形は登山靴と大差なく、締具を固定しやすいように成型してあるだけだ。

だから冬山でスキーを使う時には、できるかぎり転倒を避けるのが基本だった。起きあがるだけで体力を消耗するし、重荷をかついでいると身動きがとれなくなる。今日は日帰りだから荷は少ないが、それでも体がふり回された。その上に首筋や腰のあたりから雪が入って、不快なことこの上ない。

悪戦苦闘の末に、雪まみれになってなんとか立ちあがった。その途端に、ずるずるとスキーが滑りだした。腰が引けているものだから、勢いがついてとまらなくなった。加藤は歯噛みした。このままでは、おなじことのくり返しだった。

意に反して暴走しかけるのを、なんとか踏ん張って立て直した。強引に足を踏みかえて、無理やりスキーを旋回させた。斜滑降の形になって、いくらか速度が落ちた。

ようやく息をつけたが、安心するのは早かった。斜面を横切るような滑り方では、いつまでたっても高度は落とせない。もっと果敢に攻めなければ、重いスキーを持ちこんだ甲斐がなかった。

そう考えて、まっすぐ尾根の下方をめざした。ボーゲンの姿勢をとって、速度を落としたつもりだった。駄目だった。深雪にスキーをとられて、自由がきかなくなっていた。いつに間にかスキーの先端が開いて、大股開きのひどいフォームになった。制御できなくなって、勝手に速度が上昇していく。

そのままでは、再度の転倒は必至だった。完全に体勢がくずれて、地形の変化に追随できなくなっている。はねまわるスキーの先端を、力まかせに抑えこんだ。雪面に突きたてたストックに、体重をかけて進路をねじ曲げた。勢いがつき過ぎて、竹のストックが大きくしなった。折れるかと思ったが、なんとか持ちこたえた。旋回にも成功していた。

加藤は安堵した。我流ながら、深雪をスキーで乗り切ることができた。これなら、実用になりそうだった。頂上直下の危険なクラスト帯は、すでに抜け出している。特に制動をかけなくても、軟雪にもぐり込んだスキーは速度が落ちていた。この状態がつづけば、楽に下降できるのではないか。

一時はそう考えたが、これはあまりに楽観的すぎた。いくらも下降しないうちに、やさしい緩斜面はつきた。その先で尾根はやせて、斜度もきつくなっている。まばらだった木々も、密度をましていた。どうみても、スキーの滑降に適した尾根ではない。一度や二度の転倒で通過できるとは、とても思えなかった。

2

加藤の予感はあたった。

下降をつづけるにつれて、地形は次第に急峻さをましていった。ことに東尾根に入りこんでからは、スキーによる滑走自体が困難なほど狭隘《きょうあい》な地形が連続した。木々の隙間に生じた積雪の回廊を、ぬうようにして滑り降りるしかない。

足場が悪いものだから、転倒することも多かった。制動しようにも、木々が邪魔をして思うにまかせない。ときには方向転換する余裕もないまま、木の幹に接触して飛ばされそうになった。かと思うと雪の下からあらわれた下ばえにスキーを引っかけて、あやうく逆さづりになりかけたこともあった。

すぐに感覚が麻痺して、転倒を回避しようと思わなくなった。危険な場所に突っこみそうになると、わざと雪面に身を投げだしてしまうのだ。場所によってはスキーがもつれて起きあがれず、そのまま斜面をずり落ちることもあった。こうなると滑り降りるというより、転げ落ちているのに近い。

最初のうち衣服に付着した雪は、丁寧に払っていた。だがそれも、転倒をくり返すうちに間遠になった。乾燥した粉雪だから、放置しておけば自然に落ちると考えたのだ。ところがこれは、大きな間違いだった。体温でとけ出して衣服に染みこみ、気づいたときには肌着までぐっしょりと濡れていた。

こうなると迂闊に行動を停止できなくなった。動くのをやめてしまうと体が冷えきって、二度と歩きだせなくなるような気がするのだ。東尾根を外れたあたりでスキーを片付けたが、そのわずかな時間にふるえがとまらなくなった。空っ腹をかかえて長時間にわたる行動をつづけたものだから、歩きだしてもなかなか体が温まらない。

長くて重いスキーは、邪魔にしかならなかった。登りのときは有効だった後方に引きずる方法を、下りで使うのは無理があった。進むべき方向とは無関係に、スキーだけが滑り落ちてしまうのだ。

逆に途中で引っかかって動かなくなり、つないだ細引きで加藤の方が引き倒されることもあった。いきなり滑り出したスキーに直撃されたり、細引きが足にからまって転倒しかけたことも一再ならずあった。

重いのを承知で、担いでいくしかなかった。ところが慣れないものだから、なかなか姿勢が安定しない。立ち木の間をすり抜けられずに、大回りすることも多かった。そのたびに荷をおろして、スキーの固定をやり直すことになった。

行程は遅々としてはかどらなかった。それでも休まずに歩きつづけたせいで、夕暮れの間際には村里を遠望する台地まで下降できた。地図で確認すると宿のある大久保ではなく、その下流に位置する奈良尾の集落らしい。早くも漏れだした人家の明かりは、意外なほど近くにみえた。直線距離は一キロ余だから、いそげば一時間で里に入れる。

その事実が、疲労を忘れさせていた。加藤は勢いこんで村里につづく谷に入った。深く切れこんだ谷だった。その地形のせいで村里まで見通せたのだが、同時にそれは地形の峻険さを意味していた。だが加藤は、そのことに気づいていなかった。谷に入りこんでいる足跡をみつけたものだから、安心しきっていたのだ。

最初のうちは、なんということのない地形だった。スキーでも通過できそうなほど、なだらかな斜面がつづいた。ところが足跡を見失ったあたりから、谷の様相は一変した。いくつもの小滝が連続する悪絶な地形が、薄闇の奥から姿をみせたのだ。

時間に充分な余裕があれば、引き返すという選択も考えられた。谷の側壁をなす尾根筋に回りこめば、時間がかかっても安全に下降できるはずだった。何があるのかわからない谷を下降するよりは、よほど確実な方法といえる。

だが加藤は楽観していた。すでに村里は指呼の間にある。風向きによっては、人の声がきこえてくることもあった。悪場があらわれれば強行突破するまでだと考えて、どんどん下っていった。さいわい滝は、小規模なものばかりだった。しかも落差の半分ちかくが、雪で埋められていた。

高巻きするまでもなかった。強引に乗り越え、ときには飛び降りて先をいそいだ。それが結果的に、加藤の退路を断つことになった。すっかり周囲が暗くなるころ、加藤は足をとめた。それまでたどってきた沢底の回廊は、その先でつきていた。積雪で埋められた川原は途切れ、かわりに底のしれない闇が広がっている。

注意ぶかく先へすすんで、闇の奥をのぞき込んだ。かすかな水音とともに、ぞっとする冷気が吹きあげられてくる。それだけで充分だった。暗くて何もみえないが、闇の奥にあるものの正体は見当がついた。

――氷瀑か……。

絶望的な気分で、加藤は立ちつくしていた。地図に記載されない程度の落差だが、飛び降りるには高すぎる滝だった。いまは大部分が凍りついているから、氷壁登攀の技術と装備がなければ下降など思いもよらない。かりに条件がととのっていたとしても、夜間の行動は問題外だった。運よく滝を通過できたところで、その先に何があらわれるか予測できない。

むしろさらに悪い場所があらわれることは、覚悟しておくべきだった。かといって、上流に引き返すこともできない。下りだから強引な方法が使えたが、登りでは無理だった。つまりここから先へは、一歩も進めないことになる。

ビバークしかないのかと、加藤は思った。まだ宵の口だが、明るくなるのを待つしかなさそうだ。だが、無事に夜を越せる自信などなかった。防寒具は不充分だし、衣服は内側まで濡れている。朝食以外ほとんど何も口にしていないのに、手持ちの食糧はなかった。こんな状態でビバークなどしたら、朝を待たずに凍死してしまうのではないか。

八方ふさがりだった。だが、何か方法はあるはずだ。そう思う根拠は、あの足跡にあった。古いものではなかった。降雪で埋められてはいたが、足跡の主が谷に入ってから数日程度しかすぎていないはずだ。残されていたのは一人分だけで、履き物は雪草鞋と輪かんじきらしかった。

おそらく通過したのは、地元の猟師か杣人《そまびと》なのだろう。彼らが日常的に利用する冬道が、この谷のどこかを通過しているのではないか。輪かんじきのまま歩けるくらいだから、積雪量が多くても埋められることはないはずだ。その道さえみつければ、下山は困難ではない。

最初に闇をすかして、周囲の地形をたしかめた。日没後も灯火は使用していないから、夜眼はきいた。雪明かりだけでも、なんとか地形は判別できる。谷底からでは視野がかぎられているが、少しずつ位置をかえて大雑把な状況を把握した。

加藤の眼が一点で停止した。帯だった。積雪でおおわれた山肌に、不明瞭な白い帯がのびている。かなり高度を落としたものだから、積雪量はそう多くなかった。山肌に点在する黒い部分は、雪の下からあらわれた露岩や下ばえだろう。白と黒が入りまじった山の斜面を、一筋の帯らしきものが横断している。

それをみるかぎり、高巻き道のようでもある。先端は闇の奥に消えているが、雪がついているくらいだから傾斜はゆるやかなはずだ。どのみち谷底にいても、状況の変化はのぞめない。登ってみるしかなかった。

大まかな見当だけをつけて、谷の側壁に取りついた。最初から木の根をつかむ登攀になった。背中のスキーが邪魔で、腕が思うように動かない。投げ捨てたくなったが、我慢して登りつづけた。持ちこんだ装備を捨てるようでは、登山者として終わりだという意識があったからだ。

それよりも、指先にかかる負担が気になった。手袋はすでに凍りつき、保温の意味をなさなくなっている。素手で登ることも考えたが、なんとかそれは思いとどまった。たとえ氷の塊と大差なくても、手袋をしていれば怪我をふせげる。風からも守られるから、多少は防寒の役にたつだろう。

すぐに指先の感覚がなくなった。棒のようになった手の先を雪面に突きたて、岩角をつかんで攀じ登っていく。だが時間をかけても、白い帯は一向に近づいてこなかった。動きが少ないものだから、寒くて仕方がない。それでも、いそぐ気はなかった。暗闇の中を、手探りで登るしかないのだ。拙速は危険だった。

あきれるほど長い時間をかけて、ようやく傾斜のゆるやかな場所に登りつめた。まだ足場は悪かったが、なんとか二本の足だけで立つことができた。それなのに、立っているのがつらかった。いまにも膝をつきそうだったが、休んでいる余裕はない。両足を踏みしめるようにして、最後の距離を移動した。

白い帯は、すぐ先にあった。闇の奥にむけて、細々とのびている。間違いなかった。道のようだ。周辺の地形からも、それがわかった。地形の特徴をたくみにとらえて、難所を迂回している。かすかだが、足跡も確認できた。あの足跡だった。村里にむけて、途切れがちにつづいている。

駆け出したくなったが、膝が思うように動かなかった。思っていた以上に、疲労が激しかったようだ。慎重に足を運んで、雪の道に近づいた。実際に歩いてみると、快適さは想像以上だった。といっても、決して楽な道ではない。起伏が大きく整備もされていないのに、どこまでも歩いていきたい気分にさせられた。

だが山中の道は、すぐにつきた。いくらも歩かないうちに、谷を抜け出していた。村里の気配が、間近に感じられる。それまでたどってきた山道は里の道に合流し、あらたな足跡がいくつも重なった。すでに加藤は、人里にもどっていた。

最初にみかけた農家の戸をたたいて、大久保までの道を確認した。予想どおりここは奈良尾の集落で、大久保までは三十分たらずの道のりだという。それをきいた途端に、膝から力が抜け落ちた。いまの加藤には、遠すぎる距離だった。立っていることさえ億劫だったが、とにかく宿にもどるしかない。

礼をいって立ち去りかけたら、家の主人らしき男に呼びとめられた。ありあわせでよければ、飯を食っていけといっている。よほど加藤が疲れきった顔をしていたのだろう。さもなければ、こんなことには慣れているのかもしれない。肩ごしに家の中をのぞき込むと、囲炉裏に鍋がかけられているのがわかった。煮汁のいいにおいが、かすかに漂ってくる。

断ることなど、思いもよらなかった。においに気づいた時から、たてつづけに腹が鳴っていた。家の外にスキーをおいて、農家に入りこんだ。囲炉裏端に腰を落ちつけて、食事が運ばれるのを待った。囲炉裏の周囲にいるのは、家族ばかりだった。あるいは他にスキー客がいるのかとも思ったが、それらしき人物は見当たらなかった。

すでに家族は食事をすませたらしく、子供たちが好奇心をあらわにして加藤をみている。客人としては、子供たちに愛想笑いでも返すべきところだった。そつのない人間なら最初に子供たちの歓心をかって、徐々に家族とうちとけていくのではないか。

だが加藤に、それほどの器用さはなかった。むっつりと押し黙ったまま、地形図を広げた。記憶が薄れないうちに、今日の行動をふり返っておくためだ。

結果的に氷ノ山の縦走には成功したものの、反省すべき点は多かった。ただしその原因は、ひとつしかない。計画性のなさが、情報不足につながったのだ。東尾根の下部がスキーの滑降に適さないことや、最後に下降した谷が通過困難なことは事前に調査すれば予測できたはずだ。

困難なことではない。地形図を読み解くだけでも、かなりのことが判明していたと思われる。実際に下山してから地形図を確認すると、気づいた点がいくつかあった。事前に地形図を読みこんでいれば、危険は回避できたのではないか。この場合、直前に下降路を変更したのは理由にならない。あらゆる状況を想定して、情報を集めておくべきなのだ。

提供された食事は、質素だが味わい深いものだった。空腹のせいばかりではなく、自然に食が進んで椀を重ねていた。家の主人は親切な人物らしく、加藤の食べっぷりを満足そうにみている。食事を終えたあと代金を支払おうとしたが、頑として受け取らなかった。本当に親切心から、食事をふるまっただけらしい。

恐縮するしかなかった。無理に押しつけるのも失礼な気がして、重ねて礼をいうのにとどめた。そのかわり、素直な気持で子供たちに笑いかけることができた。満ち足りた気分で農家を離れ、最後の雪道をたどった。

大久保の宿に帰着したのは、午後九時ごろだった。加藤は首をかしげた。誰かが宿の前に立っている。闇の奥に眼をむけたかと思うと、落ちつかない様子で時計を確認している。宿のものではなかった。同宿のスキー客で、たしか姫路からきたグループの一人だった。不審に思って声をかけたら、スキー客は飛びあがらんばかりに驚いていった。

「よかった！　生きていたんだね」

思わず苦笑していた。加藤が遭難したものと早合点して、路上に立ちつくしていたらしい。大袈裟な話だと思ったが、本人に悪気はないのだから文句もいえない。氷ノ山の縦走に手間取ったことを説明しようとしたが、相手は加藤の話をきいていなかった。大声で「生きていたぞ！」と叫びながら、宿の奥へ駆け込んでいった。

さすがに加藤は顔をしかめた。趣味の悪い冗談でもきかされた気分だったが、事態は予想以上に深刻だった。加藤の帰りが遅いのを心配した宿の主人が、村人に依頼して探しに行かせたのだという。村人は氷ノ山越にむかったまま、まだ帰ってこないらしい。

それだけではなかった。もしも今夜中に加藤が帰らなければ、明日は早朝から本格的な捜索を開始する手はずになっていた。地元の案内人はもとより、姫路のグループも協力する予定だった。

当惑すると同時に、馬鹿らしくなってきた。帰着が日没後にずれ込んだ程度で、この騒ぎはないだろう。親切なのはうれしいが、これではありがた迷惑でしかない。内心で苛立ちを感じていたが、それを口にするのは憚られた。誰もが加藤の「生還」を、心から喜んでいる。水を差すようなことは、いえなかった。

さしあたり峠にむかった村人が、帰ってくるのを待つしかない。割り切れないものを感じながら、宿の前で待機していた。先ほどのスキー客に声をかけられたのは、そんなときだった。スキー客は訳知り顔でいった。

「これに懲りたら、次からは案内人を雇うことだね。もしも持ちあわせがなければ、我々の後をついてきてもいい」

言葉の意味を理解するのに、一瞬の間があった。怒りはわずかに遅れてやってきた。だが、それを口にする気はなかった。加藤は表情をかえることなく沈黙をつづけている。

3

姫路からきたスキー客の一行は、翌朝はやく宿を出ていった。

天候が回復したので、今日は氷ノ山に登る予定だという。当然のように案内人を同伴し、隊伍を組んで雪道を登っていった。その後ろ姿を見送りながら、加藤はただ一人で立ちつくしていた。

今日は山には登らず、村の周辺でスキーの練習をするつもりだと彼らには伝えてあった。嘘だった。せっかくの好天気を、里ですごす気はない。一昨日は登れなかった鉢伏山に、もう一度いってみようと考えていた。予定を変更したわけではない。最初からそのつもりだったのに、本当のことがいいだせなかったのだ。

そんな事情があるものだから、出発は彼らより遅くせざるをえなかった。一行の姿がみえなくなっても安心できず、村はずれの斜面で時間がすぎるのを待った。そして彼らがもどってこないのを確認してから、ようやく鉢伏山につづく雪の斜面を登りはじめた。

——なぜ、あんな嘘をついてしまったのか。

苦い思いを胸に、加藤は考えていた。もしかすると、善意に押し流されたのかもしれない。叱責めいた言葉を耳にしたのは、最初の一度だけだった。その後は誰も、加藤を非難しようとしなかった。遭難騒ぎのことを、ことさら無視しているわけではない。スキーや山のことを話すのに夢中で、加藤の帰着が遅れた理由を問いただすものはいなかった。

身構えていただけに、拍子抜けのする思いがした。もしも同様のことをいわれたら、今度は堂々と反論するつもりでいた。案内人を同行せず一人で山に登ることが、本当に非難されることなのかどうか。むしろ登山という行為を突きつめて考えれば、自然とガイドレスの単独行になりそうな気がする。

理論的な裏づけが、あるわけではなかった。理路整然と反論されたら、たちまち返答に窮してしまうかもしれない。おそらく加藤に同調するものは、一人もいないだろう。孤立無援のまま論破されて、黙りこむしかないのではないか。この時代の冬山登山に、ガイド（案内人）を同行することは常識だった。

それでも、引く気はなかった。信念があったからだ。冬山に関してはビギナーでしかないが、昨日の登山で充分な手ごたえを感じていた。真冬の氷ノ山を、単独で縦走したという自負もあった。ところがガイドの同行を主張するスキー客は、パーティ登山の経験しかない。どちらが正しいのか、議論するまでもないだろう。

そう考えて宿にもどったのだが、すぐに肩透かしを食らうことになった。スキー客たちはみな陽気で、しかも饒舌だった。そして話の輪に入りこめない加藤にも、積極的に声をかけてくれた。昔からの仲間のように接するものだから、反論するきっかけを失ってしまった。いつのまにか加藤も、とりとめのない会話に加わっていた。

翌日の予定が話題になったのは、雑談が一段落したときだった。そのこと自体に、ふかい意味はなかったはずだ。夜も遅くなったので、話を切りあげようとしただけだろう。就寝の前に、今後の行動を確認したのではないか。リーダー格の一人が「我々は明日、予定どおり氷ノ山に登るつもりだ」といった。そして問いかけるような眼を、加藤にむけた。

とっさのことで、加藤は言葉をつまらせた。先ほどまでの意気ごみは、すでに失せていた。不意をつかれたものだから、心の準備もできていない。なによりも、場の雰囲気を壊したくなかった。遠慮があるものだから、鉢伏山に登るとはいい出せなくなった。それに迂闊なことを口にすれば、案内人を頼まざるをえなくなる。

かといって、問いかけを無視することもできない。考えすぎかもしれないが、周囲の者たちが聞き耳を立てているような気がした。口ごもっていたら、別の一人が会話に加わっていった。

「明日は休養なんでしょう。二日つづけての登山は、さすがに無理じゃないのかな」

それをきいた最初の一人は、無言のままうなずいた。彼らは前日に鉢伏山を縦走し、この日は休養とスキーの練習にあてていた。だから加藤も、同様だと考えたのだろう。

それ以上、沈黙をつづけることはできなかった。雰囲気に流される格好で、村の近くでスキーをするつもりだとこたえた。それで終わりだった。疑問を感じたものは、いなかったようだ。そして次の日の朝、彼らは出発した。何ごともなければ夕暮れまでに下山して、今日中に姫路までもどるはずだった。

――それなら利用するのは、上りの最終列車か。

積雪の状況と列車の時刻から、そう見当をつけた。下山後ただちに自動車で八鹿の駅にむかっても、九時すこし前の列車にしか乗れないはずだ。行き先が姫路でも、神戸であってもこの点はかわらない。つまり双方が予定どおりに登山を終えれば、八鹿の駅か車内で再会することになる。

正直になろうと、心に決めた。もしも再会できたら、今日の行動を隠さずに伝えるつもりだった。ガイドなしで鉢伏山に登ったことを告げて、自分の考えを説明しておきたかった。信念に従って行動しているのだから、堂々と胸を張るべきなのだ。このままでは山に登るたびに、後ろめたい思いをするようになる。

そう考えたことで、胸のつかえが取れたような気がした。自然に足どりが軽くなって、登高速度がましていた。鉢伏山につづく雪の斜面を、加藤はぐんぐん登っていった。

いまは何よりも、実績を残すべきだった。兵庫県北の山にとどまらず、中部山岳地帯の山々でも冬季単独登高を実践するつもりでいた。そうすれば言葉で説明しなくても、思うところは伝わるはずだ。逆に実績が不充分なら、どれほど理論武装をしても説得力はない。冬山にガイドを同行するべきだという主張は、それほど強固で抜きがたいものだった。

冬山に限ったことではない。はじめての山や困難が予想されるルートでは、無雪期であっても案内人を雇用するのが一般的だった。在留外国人によって伝えられた近代的登山は、最初からガイドの存在を前提としていた。ことに初期の探検的登山では、地理に詳しい地元住民の案内が不可欠だった。

ただ登山におけるガイドの必要性は、それ以前から認識されていた。いまも各地に残る宗教的登山では、経験の豊富な先達《せんだつ》の指導を受けるのが原則だった。地方によっては中語《ちゅうご》や強力《ごうりき》（荷担夫）などの存在が、不慣れな登山者の手助けをした。彼らは純然たるガイドではないが、地理に詳しいため必然的に道案内の役割を果たすことになった。

だが現在では、かなり状況が変化している。精密な地形図や多彩な案内書が、容易に入手できる時代になっていた。登山道も整備されているから、夏山に関しては案内人など不要ではないか。あえて無雪期に案内人をともなうのは、登山者の不勉強と怠慢をさらす行為としか思えなかった。

加藤自身も実態はよく知らないが、欧州アルプスにおける山岳ガイドはクライミングのエキスパートであるらしい。登山者とザイルを組み、あるいは登攀を主導しうる技量の持ち主だという。日本の山案内人とは、性格も求められる能力も異なっている。

だから冬の山であっても、ガイドレス登山は成立しうると加藤は考えていた。欧州アルプスにおける山岳ガイドと違って、日本の案内人は登攀の専門家ではない。文字通り道案内でしかなく、地域によっては荷担夫との分化も進んでいなかった。地理や気象状況には精通しているが、ガイドとしての系統的な専門教育を受けたわけではない。

したがって登山者自身が能力を向上させれば、案内人の存在価値はなくなる。特殊な知識を別にすれば、技術の習得は充分に可能であるはずだ。そう遠くない将来には、冬山でもガイドレス登山が普通になるだろう。厳冬期の単独行でさえ、珍しくなくなるのではないか。そのことを、加藤は確信していた。

山頂に立ったのは、正午ごろだった。昨日の氷ノ山ほどではないが、やはり思った以上に時間がかかった。不慣れなためにルートを絞りきれず、登路を求めて山腹をトラバースしたのが原因だった。雪の山は藪を気にせず登下降できるが、その一方でルートの選定に迷うことがある。慣れるまでは、試行錯誤をくり返すしかない。

この日は朝から好天に恵まれて、昨日よりも素晴らしい展望がえられた。遠く伯耆《ほうき》の大山《だいせん》までが、雲上に姿をみせている。その雄姿を眼に焼きつけて、下降にとりかかった。ところが最短距離をとって急斜面を下るものだから、勢いあまって何度も転倒した。それでも昨日より多少は上達したらしく、あまり衣服を濡らさずにすんだ。

村里の近くでスキーを外し、そのまま八鹿につづく道に足を踏み入れた。自動車を利用する気はなかった。三十キロの道のりを歩き通し、自動車でやってくるスキー客の一行を待ち受けるつもりだった。それくらいの気概がなければ、議論負けしそうな気がしたのだ。加藤は黙々と歩きつづけ、予定よりもかなり早く駅に到着した。

ところが時間がすぎても、彼らは姿をみせなかった。ぎりぎりまで待ったが、やはり到着する気配がない。気にはなるものの、それ以上は待てなかった。この列車を逃すと、翌朝の出勤時刻に間にあわなくなる。おそらく彼らは、下山後にもう一泊したのだろう。そう判断して、動きだした列車に飛び乗った。

――これでよかったのかもしれない。

次第に遠ざかる夜の山なみを眺めながら、加藤は考えていた。昨日のことは心残りだが、それはあまり重要な問題ではない。彼らと会って自分の考えを伝えたところで、理解がえられるとは思えなかった。

仮に加藤の主張が全面的に認められたとしても、それによって大きく状況が変わるわけではない。ガイドを伴わない単独行者が、肩身の狭い思いをする現実は変化しないはずだ。姫路から来たグループが他の場所で別の単独行者と出会ったとき、その行動を容認する程度だろう。しかも現実的にいって、その可能性は非常に低いといわざるをえない。

それよりは、加藤の心に生じた変化の方が大事だった。たとえ批判されても、加藤は単独行をやめるつもりはない。まだ方向は定まっていないが、このあと加藤の行動範囲は飛躍的に広がるはずだ。

ことによると加藤の行動が、世間の耳目を集めるかもしれない。その実績を示せば、議論の余地はなくなるのではないか。加藤に対して「案内人をつけろ」などという者もいなくなるはずだ。その心構えができたことを、むしろ評価するべきだった。

神戸にもどった加藤は、以前にもました熱心さで情報の収集につとめた。まだ最終的な結論は出していないものの、心は「雪」の方向に大きく傾いていた。すぐにでも三千メートル級の冬山に足を踏み入れたいところだが、急ぎすぎるのは危険だった。ここはやはり最初の方針どおり、この一年を過渡期と考えて様々な可能性を試してみるべきだろう。

そのための情報収集であり、年間計画の策定だった。ただ夏山に比べて積雪期の山は資料が少なく、具体的な状況は把握しづらかった。登山人口の急速な増大に伴ってガイドブックの類は充実していたが、記述は無雪期の山に限られていた。少なくとも加藤の必要とする情報は、入手できそうになかった。

積雪期登山について触れた案内書も少数ながら存在したが、山域や季節が限定されていたから肝心なところがわからない。総合山岳雑誌「山と溪谷」が創刊されるのは、二年後の昭和五年だった。あとは登山記録や紀行文などを、個別にあたるしかなかった。だが加藤のような「街の登山家」にとって、これは容易には手が出せない存在だった。

この時代の先鋭的な登山を主導していたのは、大学山岳部を中核とする学生登山家たちだった。彼らと社会人登山家の間には、ある種の壁が存在していた。おなじ登山家でありながら両者が積極的に交流することはなく、住んでいる世界が異なるかのように相手のことを知らなかった。

当時の大学生は将来を約束されたエリートであり、資産家の子弟であることが多かった。その意味では、たしかに住む世界が違っていた。社会人登山家のように休暇で苦労することがないから、登山日程も余裕のあるものになる。さもなければ、先鋭的な登山などできないだろう。登山のスタイルが違っているのだから、交流する意味もなかった。

大学山岳部がすぐれた実績を残していることは、加藤も知っていた。ことに有力な大学では、例外なく年報の形で登攀記録を刊行している。それを閲覧させてもらえば、知りたいことはみなわかるはずだった。だが製図工あがりの技術者でしかない加藤には、まったく縁のない世界だった。

このころ加藤は、三菱内燃機神戸製作所の技手《ぎて》として勤務していた。二年前の春には、夜間部ながら高等工業学校を卒業している。現在の感覚では大学卒にちかい学歴だが、それでもやはり気後れがした。まして大学山岳部になると、名前を耳にするだけで萎縮してしまった。

ただ「街の登山家」であっても、旺盛な登高意欲で先鋭的なクライミングを実践している集団もあった。神戸に本拠地をおくRCC（ロック・クライミング・クラブ）もそのひとつで、名前の通り岩登りを中心にいくつもの記録を残している。大学山岳部の年報ほど定期的ではないが、記録を中心とした会報「R．C．C．報告」も刊行されていた。

その最初の一冊である「第一輯《しゆう》」は、前年の末に出ている。加藤にとっては、貴重な情報源だった。岩登りの記録ばかりではなく、積雪期登山やスキー行などの記事も掲載されていた。むさぼるようにして、それらの記事を読み通した。曖昧な部分を残していたその年の計画が、一気に具体性をました。

氷ノ山を終えて一カ月後には、スキーを駆使して扇ノ山と周辺の山々を登った。その後は五月に集中して、残雪期の北アルプスを歩いている。最初は立山と剱岳だった。室堂《むろどう》の小屋をベースに、二つのピークを往復した。そして下山からわずか一週間後には、槍と穂高に足を踏み入れている。たくみにベースを移動しながら往復登山をくり返し、最短時間で目的を果たした。

この年には八月にも、穂高を中心とした山域で登山をこなしている。西穂高岳から奥穂高岳までの岩稜歩きと、笠ヶ岳から槍ヶ岳までの縦走が主な目的だった。どちらかというと、落ち穂拾い的な山行だった。未踏破だった二つの稜線に、足跡を残したというだけだ。

すでに加藤の関心は、厳冬期の山に向けられていた。そのための残雪期登山であり、二月と三月のスキー行だった。

そして夏が終わり、季節は秋にかわった。前の年には初冬の北アルプスを歩いたのだが、この年は自重してじっと時期を待った。やがて秋も過ぎ去って、山から初雪の便りが届くようになった。

加藤の待ち望んでいた時だった。本格的な冬山の季節が、はじまったのだ。

4

最初の目標に選んだのは、長野と山梨の県境に位置する八ヶ岳だった。標高は三千メートルに満たないが、北アルプスや南アルプスにつぐ規模と広がりがある。ことにアルペン的な山容を持つ南八ヶ岳には、主峰の赤《あか》岳をはじめ二千八百メートルをこえる秀峰がつらなっている。

この山を山麓の夏沢《なつざわ》鉱泉から、一日で往復する計画だった。日本海に近い北アルプスと違って、八ヶ岳は冬季でも天候が安定している。しかも南アルプスのように、強風が吹き荒れることもない。ひとつ前の冬に中級山岳の氷ノ山を縦走し、残雪期には北アルプスで登山をくりかえした加藤にとっては、妥当な「次の目標」といえた。

昭和三年が終わろうとしていた。

大晦日の朝早く、加藤は茅野の駅におりたった。スキーを肩に、人気《ひとけ》のない通りを歩いていく。未明には雲が残っていたが、いつの間にか消えて抜けるような青空が広がっていた。さすがに風は冷たく、真冬の八ヶ岳にきたことを実感させた。ときおり前山ごしに姿をみせる純白の八ヶ岳に勇気づけられて、単調な街道歩きをつづけた。

歩くこと数時間で、最奥の村に到着した。ここで意外な事実が明らかになった。正月の間は番人がいると思いこんでいた夏沢鉱泉が、今年にかぎって無人だという。しかも今は他に入山者もおらず、一人で越年することになりそうだった。

ほんの少し躊躇したものの、いまさら引き返す気はない。道の状況を確認して、先をいそいだ。積雪量は次第にふえて、途中からスキーを装着することになった。道を隠すほどの積雪ではなかったが、登るにつれて人の歩いた跡が少なくなっていく。伐りだされた材木を馬に挽かせているのか、かなり上部まで跡が残っていた。

そしてそれが途切れるころから、次第に空模様があやしくなってきた。前線が通過しつつあるのか、高層に薄い雲があらわれて冷たい風が吹きはじめた。すぐに風は強さをまして、木々の枝葉が鳴りだした。諏訪側から吹きあげてくる強風で、森全体がごうごうと音をたてている。ときおり通過する冷気の塊が、次第に気温を低く押しさげていった。

漠然とした不安を感じて、加藤は足をとめた。いつの間にか雲の層は高度をさげて、空一面に広がっている。天候が悪化しつつあることは、それをみるだけでわかった。少なくとも明日の好天は、期待できそうにはない。

不安から逃れられないまま、速度をあげて歩きつづけた。道を間違えたはずはないのだが、なかなか夏沢鉱泉らしき建物がみえてこない。すでに午後の遅い時刻になっていた。いまからでは、引き返すこともできない。途中で行き暮れて、野宿をしいられることになる。かすかな足跡らしきものを目印に、雪道をたどるだけだ。

時間がすぎるにつれて、天候はさらに悪化していった。もしも入るべき谷を間違えていたら、日没までに鉱泉に到着するのは無理だった。かといって、手持ちの装備だけで夜を越す自信もない。朝を待つことなく、雪に埋もれて凍死するのではないか。それが気になって、何度も地形をたしかめた。

付近では唯一の宿泊施設になる夏沢鉱泉は、ちょうど地形図の境目あたりに位置している。そのため地形との照合がやりにくく、現在位置を見失いそうになった。凍える指先に息を吐きかけては、二枚の地形図を重ねあわせるしかない。

谷は次第に深く、幅が狭くなっていく。それとともに、視野がかぎられていった。見通しがきかないものだから、雪をかぶった大岩や倒木までが人工の構造物にみえてくる。

それらしき建物は、唐突に姿をみせた。谷の屈曲部を、通りすぎたところだった。あきらかに人の手が入った形跡が、建物の周囲に残されている。ひなびた湯治場だった。いまは無人だが、近づくにつれて人の気配を濃厚に感じるようになった。時刻は午後四時になっていた。きわどい所だった。この天候では、日没のかなり以前に暗くなっていたはずだ。そのことに安堵して、建物の内外を検分した。山中の一軒家だが、山小屋のような簡素さはなかった。屋内には畳がしかれていて、蒲団も充分な量が用意されている。これなら、楽に夜を越せそうだ。外気温は日中でも氷点下になっているようだが、鉱泉の前を流れている小川は凍っていなかった。凍結に気をつけて飲料水を汲みおきすれば、必要量は確保できるのではないか。

ただし火はおこせなかった。暖をとるつもりで薪を用意したのだが、どうやっても火がつかない。寒気のせいで、薪の芯が凍みているのかもしれなかった。だがそれは、あまり大きな問題ではなさそうだ。流水があるのだから、雪をとかして水をつくる必要はなかった。焚火の暖かさは格別だが、蒲団にもぐり込めば寒気はしのげる。

なんとかなると思っていたら、食事の時点で思惑ははずれた。行動食のつもりで用意した蒲鉾は、すでに凍りついていた。火があれば炙《あぶ》ってとかすことも可能だが、いまの状態でそれは無理だった。腹に抱えこんでとかす気にもなれず、強引に嚙み砕いて嚥下した。魔法瓶に残っていた湯だけが、体を内側から温める唯一の熱源になった。

だがそれも、今夜でつきる。明日は冷えきった行動食と、川の水で食事をすませるしかなかった。早々に登山を終えて人里にくだる以外に、温かい食事をとる方法はなさそうだ。

天候の回復を期待したいところだが、そのきざしはなかった。風は激しく吹き荒れて、やむ気配もない。しかも時間がすぎるにつれて、飛雪がまじりはじめた。建物の窓に衝突して、乾いた音をたてている。

簡素な食事をすませて寝についたものだから、夜半すぎにはもう眼がさめていた。夜行列車のせいで睡眠は充分とはいえないはずなのに、眼がさえてそれ以上は眠れなかった。というより吹きつのる風の音が気になって、とても眠るどころではない。わずかに残っていた生ぬるい湯を飲んだら、いくらか腹がくちくなった。

風の音をきかないようにして、かたく眼をとじた。それでなんとか、眠気を感じることができた。とろとろとした浅い眠りと、半覚醒状態をくり返すうちに少しだけ明るくなった。加藤は眼を見開いた。屋内の薄闇が、窓の形に白く切り取られている。夜が明けたらしい。昭和四年の元旦だった。

といっても山中の一軒家だから、はなやいだ街の雰囲気とは縁がない。除夜の鐘は、遠い響きすら耳にしなかった。あいかわらず風の音が、騒がしく吹いているだけだ。ときおり飛雪が窓にたたきつけられて、かわいた音をたてている。外は吹雪らしい。この分では、今日は行動できないだろう。せいぜい主稜線までの偵察どまりだった。

おそらく頂上をねらえるのは、明日以降になるだろう。加藤にとっては、意気のあがらない状況だった。気分が落ちこんでいるものだから、蒲団から抜けだして空模様をたしかめることもできなかった。

ふと気がつくと、口の周囲に妙な違和感があった。石のようにかたく、冷たい塊を押しつけられている。わずかに姿勢をかえるだけで、刺すような痛みが顔面に走った。

違和感の正体は、すぐに知れた。顔までおおった蒲団が、凍りついているようだ。薄暗がりの中で、白い筋が規則的にあらわれては消えている。加藤自身の吐く白い息だった。その息が蒲団を湿らせて、氷の塊にかえているらしい。

ためしに少しずつ首を曲げて、塊の大きさをはかってみた。さして大きなものではないが、容易にはとけそうにない冷ややかさがあった。

同様のことは、昨年の氷ノ山でも経験していた。ただしそのときは屋外で、顔をおおっていたマフラーに氷が付着していた。当時は氷の塊をなめとって、喉のかわきを癒すだけの余裕があった。だが就寝中におなじことが起きると、さすがに気が滅入ってくる。このまま氷の塊が大きくなって、全身が氷づけになりそうな怖さがあった。

萎縮しては、ならなかった。この天候では、時間がすぎても気温が上昇するとは思えない。自然にとけるのは期待できないのだから、むしろ積極的になるべきだった。氷を体温でとかすくらいの意気込みでなければ、心までが萎縮してしまう。

蒲団にくるまったまま、小さな声で「明けまして、おめでとうございます」といってみた。だが、何も変化しなかった。室内は薄暗いままだし、沈んだ心が明るくなることもない。まして誰かの声が、返ってくることはなかった。当然だろう。雪道を何時間も歩かなければ、人里に近づくこともできないのだ。

そのことは、充分に承知していたつもりだった。ところが心の奥底では、非現実的なことを考えていた。遠く離れていても、存在を感じることができるかもしれない。声に出してつよく念じれば、ありえないことが起きるのではないか。

そう考えたときには、蒲団から抜け出していた。屋内の寒気は身を切るほどだったが、短時間なら耐えられるのではないか。畳の上に移動したあと、故郷の浜坂にむかって正座した。正月休みをスキーや登山にあてたものだから、このところ帰省の機会を失している。せめて気分だけでも、故郷の思い出に浸りたかった。

最初に一礼して、老父に新年の挨拶をした。老父は何もいわず、温厚な笑みを浮かべている。ひととおり家族と挨拶を交わすころには、雑煮の支度ができていた。加藤の大好きな餅が、いくつも入っている。部屋は暖かく、雑煮の椀からは湯気が立ちのぼっている。いいにおいがした。加藤は生唾をのみ込んで、椀に手をのばした。

うそ寒い風を感じたのは、そのときだった。同時に冷たいものが、背筋を通りぬけた。加藤は現実をとりもどした。故郷の老父や家族は、どこかに消え失せていた。加藤はあいかわらず安蒲団にくるまって、山中の一軒家にいた。

――これが……初夢か。

虚しさを感じて、加藤は嘆息した。一人でいることは思いのほか辛く、そして重かった。じっとしていると、その事実に押し流されそうになる。とにかく、何かを腹にいれようと思った。といっても、いますぐ食える物はかぎられている。蒲団から手をのばして、枕元の食糧袋を探った。

指先に触れたのは、またしても蒲鉾だった。昨日の味気なさを思いだして、侘しい気分になった。だが、他に適当なものはみあたらない。袋に蒲団をかぶせておけば多少はましだった可能性もあるが、いまからでは遅すぎた。

思い切りよく引っ張り出して、丸ごとかぶりついた。その途端に、するどい痛みが口の中を走った。昨日よりもかたく、蒲鉾は凍りついていた。無理に噛みくだいていたら、先ほどの記憶がもどってきた。情けなくて寂しくて、涙がこぼれた。いったい自分は、こんなところで何をやっているのか。

人気《ひとけ》のない山の中に、わざわざ一人でやってきて寒さに耐えている。ところが肝心の八ヶ岳には、登れる目処もたっていない。風雪が激しく、身動きがとれない状態だった。このままでは夏沢鉱泉から一歩も進めないまま、時間切れになるのではないか。なんとかしなければ、悪い方向に進むばかりだった。

ことさら大きな音をたてて、蒲鉾を咀嚼した。冷たさが歯にしみたが、無視して噛み砕いた。魔法瓶に汲んでおいた小川の水で、少しずつ腹に流しこんだ。硫黄くさい水だったが、乾いた喉にはありがたかった。意外なことに、凍えながら寝ているだけでも汗をかくらしい。あまり飲みすぎないよう注意しながら、残りの蒲鉾を平らげた。

それでいくらか、人心地がついた。凍った食い物でも、腹におさまると熱源に変化するらしい。少し元気が出てきて、甘いものがほしくなった。袋を物色すると、干し柿が手に触った。やはり凍りついていたが、水分が少ないだけ喉の通りがよさそうだ。端から嚙るうちに、濃密な甘みが口の中に広がった。

――この次は、水分の少ない甘味品を用意してみよう。

精神的な余裕が出てきたせいか、そんなことを考えていた。具体的な食品は、いまのところ思いつかない。飴のようなものか菓子類か、饅頭などが適しているのではないか。あるいは粒餡を乾燥させたものや、甘納豆でもよかった。山行のたびに少しずつ試して、最適な携行食糧を探すしかない。

結局、加藤は夏沢鉱泉に三泊した。天候はその後も回復のきざしをみせず、二日になっても激しく吹き荒れた。天候が安定しているはずの八ヶ岳にしては、珍しいほどの荒れ方だった。だが冬山のビギナーでしかない加藤としては、耐える以外になかった。大晦日から三日の早朝まで、登頂の機会をうかがいながら天候が回復するのを待った。

ただ、漫然と時間がすぎるのを待つ気はない。それに夏沢峠の周辺は、主稜線上でも森林限界をこえていなかった。なだらかで森林におおわれた北八ヶ岳と、岩と氷の南八ヶ岳の境界が夏沢峠だともいえる。

森林限界よりも下なら危険は少ないだろうと判断して、風雪をついて出発した。元日は夏沢峠までだった。二時間あまりかけて登りつめたが、風がつよく早々に立ち去ることになった。真冬の中級山岳やスキー行では充分だった防寒装備が、まるで役にたたない。追い立てられるようにして、鉱泉にもどるしかなかった。

正月二日も風雪が吹き荒れた。降雪量はいくらか落ちたものの、風がつよく霧をまきこんで峠をこしていく。峠にいたのは短い時間だったが、その間にも霧の塊がいくつも眼の前を通過していった。恐怖を感じさせるほどの光景だが、前日とおなじ地点で引き返す気はない。森林限界を脱するまでと考えて、主稜線を登っていった。

強力なリーダーにひきいられた隊なら、そのまま登高をつづけていたかもしれない。実際に霧の層をとおして、硫黄岳の頂上らしき影が垣間みえることもあった。ビギナーの加藤でも登れそうな気がしたが、大事をとって引き返すことにした。森林限界をこえて偃松《はいまつ》帯に入ったあたりだから、硫黄岳までの高度差は残り二百五十メートルほどだろう。

そして三日、ようやく天候は回復した。前夜には、きらめく星も視認できた。風はおさまり、雲も去っていた。

加藤は確信した。今日は八ヶ岳の山頂に、立てるのではないか。

5

夏沢鉱泉を出たのは、午前三時だった。

早すぎる出発であることは、承知していた。主稜線上の夏沢峠に登りつめても、まだ夜は明けていないはずだ。二度にわたる偵察で、峠までの地形は充分に把握できている。スキーの通過跡も残っているから、夜間であっても迷う心配はなかった。昨日までの所要時間を、さらに短縮できるのではないか。

何ごともなければ、峠に到着するのは五時前後になりそうだった。だが年明け早々のこの時期は、七時近くにならなければ明るくならない。夏なら迷わず硫黄岳に直進するところだが、冬山に関して加藤はビギナーでしかない。はじめて足を踏み入れる真冬の八ヶ岳で、夜間登山をやるのは無茶な気がした。

かといって、蒲団の中で夜明けを待つ気にもなれない。長くつづいた待機のせいで、睡眠時間は充分にとれている。夜半すぎに眼がさめたまま、眠れなくなってしまった。耳をすませると、風の音が遠くなっている。月も昇ったらしく、窓の外が薄明るい。

やはり天候は、回復しつつあるようだ。それを知ってしまうと、じっとしていられなくなった。峠から先の行動は状況をみて決めることにして、手ばやく身支度をととのえた。

そして凍てつく寒気の中を、夏沢峠にむけて歩きだした。

いそぐ理由もあった。予想外の停滞で、意外に体力を消耗しているかもしれない。大晦日に入山して以来、なかば凍りついた行動食しか口にしていないのだ。その貧しい食糧も、いまは底をつきかけている。もしも今日の行動が長引けば、空きっ腹をかかえたまま夜をこすことになりかねない。できることなら、それは避けたかった。

状況が許せば早々に行動を切りあげて、今日のうちに下山したいところだ。人里にたどり着けば、温かい食事をとることもできる。冷え切った飯や味噌汁でさえ、いまの加藤にとっては有難かった。凍っていないというだけで、大変な御馳走に思える。

ランタンの灯を頼りに、黙々と歩きつづけた。下弦の月は出ているものの、雪道を照らすほどの明るさはない。高層に薄雲が残っているのか、空の端には星も瞬いている。この分なら、今日一日は好天が期待できそうだった。昨日と一昨日の通過跡をたどりながら、ぐんぐん高度をあげていく。

加藤自身はそれほど意識していなかったが、下山をいそぐ理由は他にもあった。八ヶ岳の登山を無事に終えたら、次は乗鞍岳にむかう予定だった。例によって休暇を有効に使うための方策であり、登頂できれば加藤にとっては最初の厳冬期三千メートル峰になる。

山自体の魅力も当然あるが、それ以上にＲＣＣとの合流が楽しみだった。やはり正月休暇を利用したＲＣＣのスキー合宿が、乗鞍岳山麓の番所原《ばんどころはら》でおこなわれていたのだ。

まだ正式には入会していないが、ＲＣＣの会員には知人も多かった。たとえ面識がなくても、おなじ山の仲間として親しくなれそうな気がする。ただし問題がひとつあった。日程から逆算すると、加藤は今日中に下山しなければならない。さもなければ、合流は困難だった。番所原に到着するころには、彼らは合宿を終えて去っている。

人恋しかったのかもしれない。気のおけない仲間と、思いきり山の話をしたかった。惨めだった正月の記憶も、仲間がいれば笑い話にしてしまえる。面白おかしく話すことで、辛かった記憶を楽しい思い出にかえることもできた。無論、誰でもいいというわけではない。山の怖さや厳しさを知っている相手でなければ、話を理解できないだろう。

神戸に帰ってからでは遅かった。記憶が薄れてしまうし、きく側も身が入らない。間近に山をひかえたスキー宿や、山中の小屋だからこそ話に臨場感が生まれる。仲間との一体感があるから、共感もえやすい。なによりも、山の話は山でしたかった。生活の場である町にもどってまで、山の話を引きずりたくない。

矛盾するようだが、それが加藤の本音だった。雪に閉ざされた無人の宿で、さらに泊りを重ねる気にはなれなかった。同行者がえられず単独行をしているが、別に加藤は人間嫌いではない。機会があれば、パーティ登山の誘いにも応じた。ただし誘われることは、あまりなかった。加藤の足の速さに辟易した仲間が、同行に二の足を踏んでいたからだ。

予想通り夏沢峠には、五時ごろ到着した。昨日の踏み跡が、闇の奥にのびている。それをたどっていけば、硫黄岳の途中までは迷わずにいける。もっとも踏み跡の先端まで登りつめても、夜明けまでにはまだ間がありそうだ。順調に登高をつづければ、硫黄岳の山頂で御来光を待つことになるだろう。

それなのに、足が前に出ていかない。寒さのせいばかりではなく、膝がふるえていた。怖かったのだ。行動中はあまり感じなかったが、夜明け前の冷えこみは予想外にきつかった。しかも稜線の上部では、かなり強い風が吹いているようだ。悲鳴のような風切り音が、途切れることはなかった。

この分では雪面のクラストが、予想以上に進んでいる可能性がある。アイゼンの爪もたたないほど、かたく凍りついているのではないか。吹きすさぶ風も無視できなかった。峠の周辺ではそれほど強くはないが、森林限界をこえると遮るものがなくなる。もしも強風にあおられて吹きたおされれば、停止する余裕もないまま斜面を滑落しそうだった。

かといって、ここで夜明けを待っても意味はなかった。登路は硫黄岳の北側斜面になるから、朝になってもすぐには気温が上昇しそうにない。かなり遅い時刻にならなければ、陽光は射しこまないだろう。それ以前に体が冷えきって、行動できなくなるかもしれない。動きをとめて間がないのに、もう寒気が全身を締めつけていた。

引き返すべきなのかと、加藤は思いはじめていた。登頂を断念したわけではない。いったん夏沢鉱泉にもどり、態勢を立て直して登高を再開するのだ。結果的に無駄足を踏んだことになるが、今後の参考にはなるはずだ。まだ時間はあるのだから、無理をするべきではなかった。

弱気になっていたのかもしれない。悪い結果ばかりが想像されて、登ろうとする意欲が削がれていた。夏沢鉱泉の湿った煎餅蒲団が、いまは懐かしく思い出される。逆にランタンの光に照らされた硫黄岳への踏み跡は、異界に通じる小径のように感じられた。不用意に足を踏み出せば、元の世界には二度ともどれないような気がする。

やはり引きかえそうと、加藤は結論を出した。不本意だが、他に選択の余地はなさそうだ。決して諦めたわけではないのだと、自分にいいきかせて峠をあとにしかけた。ところがそこで、気になるものをみつけた。雪に埋もれてわかりづらいが、かすかに踏み跡らしきものが残っている。佐久側に下降する峠道にそって、闇の奥にのびているようだ。

踏み跡は新しいものではなかった。少なくとも三日は過ぎているはずだが、昨日きたときには気づかなかった。あるいは単なるシュカブラ（雪上の風紋）か、吹きだまりの類かもしれない。積もった雪が風で吹き飛ばされて、古い踏み跡があらわれた可能性もある。

もし踏み跡だとしたら、本沢《ほんざわ》温泉から登ってきたのだろう。三年前の九月に八ヶ岳を縦走したとき、ここから本沢温泉に下降したことを思い出した。たしか峠からの道のりは、夏沢鉱泉と大差なかったように記憶している。今回は夏沢鉱泉を登山基地にしたが、峠をはさんで反対側に位置する本沢温泉から登ることもできた。

それに気づいたことで、加藤の心は揺れた。いっそのこと、本沢温泉に下ってみるかと思いはじめていた。おなじ道を引き返すよりは、よほど気がきいている。行き先が無人の夏沢鉱泉では、意気もあがらない。冷えきった部屋で、薄い蒲団をかぶって寝る以外にすることがないのだ。しかも乏しい食糧は、なかば凍りついている。

だが本沢温泉なら、かなり状況は違うのではないか。確証があるわけではないが、この時期には番人がいる可能性があった。頼めば温かい食事くらいは、用意してくれるはずだ。今日は正月の三日だから、餅のたっぷり入った雑煮が振る舞われるかもしれない。

想像するだけで、口の中に生唾が出てきた。胃が音をたてて収縮し、喉が鳴った。夏沢鉱泉に引き返す気は、すでに失せていた。本沢温泉なら、食事時間をふくめて三時間もあれば往復できる。遅くとも八時までには、峠にもどれると見当をつけた。

ターンをするのももどかしく、本沢温泉への道をたどった。予想どおり峠の反対側は、別の山のように傾斜が急だった。なだらかな山容の諏訪側とは対照的に、急峻な地形が連続している。樹林帯だから雪崩の心配はないものの、スキーの扱いには苦労させられた。油断すると速度が出すぎて、木々と衝突しそうになるのだ。

無論こうなることは、最初から予想していた。滑りどめのつもりで、スキーのシールをつけたまま滑降した。だが、制御が困難なことにかわりはない。あまり経験がないものだから、シールによる制動効果が把握できないのだ。目測を誤って速度超過のまま急斜面に突っこみ、あやうく崖から転落しかけたこともあった。

スキーをはじめて三年めになっていたが、加藤のフォームは我流のままだった。といっても体系的に技術を教えるスキー学校など、この時代はまだ一般的ではなかった。誰もが見様見真似で技術を習得していたのだが、単独行が多い加藤の場合は我流をとおすしかない。技術的な疑問が生じても、それを誰かに尋ねることはできなかった。

結果的に加藤のスキー技術は、我流ながら実戦的なものになった。決して華麗とはいえないが、それだけに安定感があって転倒することが少ない。少しくらい地形が悪くても、最短距離をとって突っこんでいく果敢さがあった。したがって所要時間は短縮され、疲労も最小限に抑えることができた。

その実用本位のスキー技術が、まるで役に立たない。悪戦苦闘をつづけながら、本沢温泉に下降していった。そしてようやく、記憶にある地形があらわれた。温泉宿の上部に広がる雪の斜面で、今の時期にはスキーの練習に適した地形になっている。

ところが予想に反して、スキーの通過跡がみあたらない。宿が近く登山基地としての条件も備えているのに、スキーの練習をした痕跡が残っていないのだ。不審に思って、耳をすませた。だが風の音ばかりで、人の気配は感じられなかった。

やがて闇の奥に、黒々とした影があらわれた。温泉宿の建物らしい。加藤は眉を寄せた。もうすぐ六時になるというのに、まだ灯りは点されていなかった。宿のあるあたりは、静まり返っている。いやな予感がした。そういえば峠でみかけた踏み跡も、その後は確認できなかった。

不安を感じながら、最後の斜面を下りきった。予感は的中した。温泉宿に人の気配はなかった。出入り口の周辺は除雪されているのだが、いまは誰もいないようだ。その事実がすぐには信じられないまま、未練たらしく周囲を歩きまわった。だが、結果にかわりはなかった。番人どころか、登山者の姿もみあたらない。

落胆すると同時に、馬鹿らしくなってきた。こんな真冬の山中で、いったい何を期待していたのか。温かい食事が欲しいのであれば、自分で準備するしかなかった。冬山で頼れるのは、自分一人だけなのだ。そんなことは最初から、わかりきっている。すべてを承知の上で、乗りこんできたはずだ。誰に強制されたわけでもなく、自分自身の意思で。

可笑しくなってきて、加藤はひとしきり笑った。空虚な笑いだった。気持を整理する方法を、他に思いつかなかったのだ。夜明け前の薄闇に、乾いた笑い声が吸いこまれていく。反応はなかった。当然だろう。山中にいるのは、加藤一人だけだった。どんなに可笑しくても、笑い声が返ってくることはない。

さすがに加藤は笑うのをやめた。表情が強張っていた。気のせいか、急に寒さがきつくなったようだ。なんとなく背筋が冷たい。じっとしていると、体全体が凍りつきそうだった。加藤は温泉宿に背をむけた。気が重かったが、とにかく夏沢峠に登り返すしかない。

だが、その先のことは加藤にもわからなかった。登りつづけるには、あきらかに気力が不足している。こんな状態で突っこめば、思わぬ事故を起こす可能性があった。それが気になって、ますます足どりが重くなった。

息を切らしながら、加藤は登りつづけた。下降するときは気にならなかったが、峠までの高度差は意外に大きかった。時間がすぎるばかりで、稜線がなかなか近づいてこない。やはり登高しようという強い意欲が、欠けているのかもしれない。自分では気持の整理をつけたつもりなのに、まだ迷いから脱していないようだ。

変化があらわれたのは、行程のなかば近くに達したころだった。すでにランタンが不要なほど、周囲は明るくなっていた。空にはまだ暗さが残っているが、八ヶ岳の主稜線は明瞭に見分けることができた。なかでも南端に位置する硫黄岳は、堂々たる山容で他を圧していた。その山頂あたりが、ふいに明るく輝いた。

朝焼け《モルゲンロート》の始まりだった。視野の中でもっとも高い硫黄岳が、真っ先に曙光を浴びているのだ。最初は山頂付近だけが輝いていた。だが光は次第に低く降りて、山塊全体を赤く染めあげた。すぐに天狗《てんぐ》岳が追随した。山稜全体が光に包まれるまで、それほど時間はかからなかった。積雪の白さと朝日の赤が混じりあって、絶妙な色彩を生み出している。

山々がみせた思いがけない変化に、加藤は興奮し胸をふるわせた。そして唐突に気づいた。これこそが、山で味わう最高級の料理ではないか。たとえ空腹でも寒さにふるえていても、この光景をみるだけで満足することができた。そして、これで終わりではなかった。登りつづければ、さらに素晴らしい景観が待っている。

それを自分の眼でみるために、昔から多くの人々が山に登りつづけた。どのような苦労もいとわず、心身の鍛錬をくり返して。加藤もその一人でありたかった。食事ごときで、不平をいっている場合ではない。

足をとめていたのは、わずかな時間だった。加藤は登高を再開した。自分でも驚くほど、足が軽くなっていた。僥倖《ぎょうこう》の重なりに、気づいたせいかもしれない。山々が朝焼けに輝くのは、ごく短い時間にすぎない。もっとも美しい色彩があらわれるのは、そのさらに一部——ほんの数分程度でしかなかった。

その最適の時間帯に、加藤は主稜線の東側にいた。もしも本沢温泉に下降していなければ、山々が輝く瞬間には立ちあえなかったはずだ。おなじ時間帯に夏沢鉱泉から登ってきたのでは、曙光を背負った硫黄岳は黒々とした塊にしかみえない。主稜線の西側一帯は、八ヶ岳の作る巨大な影に呑みこまれていたはずだ。

それを思うだけで、得をした気分になれた。だが、これで終わりではない。本格的な登高は、夏沢峠から始まるといっていい。すでに夏沢鉱泉を出てから、五時間近くがすぎている。体力の消耗が気になるところだが、歩度は落ちていなかった。むしろ先ほどよりも、加速しつつあるようだ。遅れを取りもどすつもりで、最後の急坂を登りきった。

夏沢峠には、午前八時ごろ到着した。年明けから通算すると、峠に立つのはこれで四度めになる。だが硫黄岳を眼にしたのは、今回がはじめてだった。最初の二度は霧に閉ざされていたし、今朝は暗くて何もみえなかった。

峠からみあげる硫黄岳は、どっしりとした安定感があった。いまのところ、天候は安定している。あいかわらず風は強そうだが、空に雲はみあたらなかった。山頂付近にあらわれた雪煙が、群青色の空を背景に際立ってみえる。

そのはるか下方に、踏み跡が視認できた。加藤は首をかしげた。昨日の偵察時に残した踏み跡のようだが、先端は意外なほど低い位置にあった。漠然と登路の中ほどまで登ったと考えていたのだが、実際はずっと低いところで引き返していたようだ。

6

踏み跡の先端には、呆気なく到着した。

すでに森林限界を抜け出していた。さすがに風は強かったが、歩けないほどではない。登高が困難な難所も、この先にはみあたらなかった。たしかに雪面はクラストしているが、アイゼンの爪もたたないほど手強くはなさそうだ。積雪量もそれほど多くはなく、頂上付近では地肌が露出しているところもあった。

これなら夜間登山も可能だったのではないか――数時間前の逡巡を思い出しながら、加藤は考えていた。夜明け前の寒気にさらされたところで、雪の斜面が蒼氷のスラブ（一枚岩）に変化するとも思えない。あのまま突っこんでいれば、難なく硫黄岳の頂上に立てた可能性が高かった。いったい何を、そんなに恐れていたのか。

たぶん山が、みえていなかったのだろう。比喩的な意味ばかりではない。悪条件が重なって、本当に山をみることができなかった。そのせいで全体像が把握できず、難易度の評価を誤った。実際よりも困難で、危険な山と思いこんでしまったのだ。

現実とは異なるそのような印象を、修正する機会はなかった。むしろ闇の奥から伝わってくる風の音や、体感温度の低さでさらに増幅された。経験のあるリーダーがいれば別だが、加藤の場合そのような人物はいない。やはり我流を、とおすしかなかった。その結果、夜間登山を避けて本沢温泉にむかうことを決めた。

遠まわりをしたものだが、後悔はしていなかった。判断を誤ったとも、思ってはいない。経験が不足しているのだから、慎重になるのは当然だった。冬山の基礎知識や登路の情報も、あの時点では充分とはいえなかった。つまり三時間前には、他に選択の余地はなかったといえる。場数を踏まなければ、みえてこない事実というものは存在するのだ。

気持を切りかえて、上部斜面の状況をたしかめた。この先は雪をかぶった偃松帯になっている。スキーを履いたままでも登高は可能だが、クラストを踏みぬくと厄介なことになる。偃松の下は、空洞になっていることが多い。スキーを絡めとられて、身動きがとれなくなるかもしれない。

それよりはアイゼンに切りかえて、偃松帯を乗り切った方がよさそうだ。そう考えて、スキーの締具をといた。夜明け前からの連続行動で、金具は冷え切っている。湿った手袋がはりついて、作業にかなり手間取った。流れどめの革紐は、凍りついて棒のようになっている。解除だけでも容易ではなかった。

アイゼンの装着には、さらに時間が必要だった。慣れない上に細かい作業だから、手袋が邪魔で仕方がない。脱ぎ捨てたくなったが、なんとかそれは思いとどまった。素手の作業が危険なことは、過去の経験からもわかっていた。面倒でも、手袋のまま作業するしかなかった。

ようやく装着を終えたときには、指先の感覚がなくなっていた。いまは冷たさよりも、疼くような痛みを感じる。放置してはおけなかった。凍える手先を擦りあわせて、血行をうながした。だが、あまり時間はかけられない。風のあたらない場所にスキーをデポ（残置）して、登高を再開した。

すぐに偃松帯はつきた。その先はクラストした雪の斜面が、頂上までつづいている。ほんの少し気後れがしたが、思い切って足を踏み出した。すぐに加藤は安堵の息をついた。心配していたことは起きなかった。アイゼンが小気味よくきいて、面白いほど高度を稼げる。重いスキーを履くよりも、よほど快適だった。

夏山なみの速度で、加藤は登高をつづけた。条件さえととのえば、さらに速度を上げることも可能だった。夏山と違って、冬は暑熱で消耗することがない。地形上の障害も、積雪で埋められていた。ルートの選択を誤ると危険だが、その点にさえ気をつければ所要時間は短縮できる。加藤はただ、最短距離を進むだけでよかった。

それが嬉しくて、つい加速しそうになった。斜面の先に広がる青い空をめざして、一気に駆け登っていこうとした。だが、ここで飛ばしすぎるのは危険だった。体力的には余裕があるのだが、まだアイゼン歩行に慣れたという実感はない。足に馴染むまでは自重して、着実さを心がけるべきだろう。

クラストした雪面に食いこむアイゼンの感触を、一歩ずつたしかめるようにして足をはこんだ。速度を抑え気味に歩いたつもりだったが、いつの間にか足の動きがはやくなっていたようだ。背後に広がる北八ヶ岳の山々が、次第に低い位置におりていく。もう頂上は近かった。一歩ごとに視野が広がり、傾斜が緩やかになっていった。

そしてついに、雪面から傾斜が消えうせた。そこが硫黄岳の頂上だった。意外に平坦で、広々とした山頂だった。加藤は足をとめなかった。山頂を横断するかのように、先へ先へと歩いていく。視野の端にケルンらしき影があらわれた。あれが最高点なのかもしれない。だが加藤がむかっているのは、そちらではなかった。

やがて加藤は足をとめた。山頂の南端だった。眼前には冬山の大観が広がっている。加藤は息をのんで、その光景に見入っていた。他のものは、眼に入らなかった。自分がどこにいるのかさえ、忘れかけていた。そのまま歩を進めて、空中に足を踏み出したい誘惑にかられた。それほど眼の前の山岳景観は美しく、圧倒的な迫力に満ちていた。

正面に鎮座しているのは赤岳だった。山群の盟主にふさわしく、ピラミダルな山容で他を圧している。これに対峙する阿弥陀《あみだ》岳は、八ヶ岳の主稜線から離れた位置で孤塁を守っていた。標高では主峰の赤岳におよばないが、存在感では負けていなかった。非対称で魁偉な山容は、みるものにつよい印象を与えていた。

特徴的な二つの山塊にくらべると、横《よこ》岳はいくらか地味に感じられる。阿弥陀岳と違って主稜線上にあるため、赤岳と重なりあってその前景とみなされてしまうのだ。だが山稜を子細にみていくと、決して一筋縄ではいかないことがわかる。乱杭のように蝟集《いしゅう》する岩峰のひとつひとつが、堅固に防御された城塞を思わせる構造になっていた。

間近にみえる山塊ばかりではなかった。赤岳と阿弥陀岳をむすぶ稜線ごしには、権現《ごんげん》岳をはじめとする南八ヶ岳の山々が垣間みえた。そのさらに後方には、南アルプスとおぼしき山嶺が遠望できた。それらの山々は、すべて岩と雪で鎧《よろ》われていた。容易に人を寄せつけない厳しさがあるものの、それだけに孤高の美しさをあわせ持っている。

その荘厳さに圧倒されて、加藤は立ちつくしていた。厳冬期の高山を間近から眺望するのは、これが初めてだった。無論、積雪期の登山は過去にも経験している。真冬の氷ノ山で眼にした但馬の山々や、霧氷の美しさはいまも忘れられない。五月の北アルプスでは、陽光を浴びて輝く雪山に眼を奪われた。

だが正月の八ヶ岳は、そのどれとも違っていた。ひとことでいえば、大気が格段に澄んでいるのだ。おそらく五月ごろにくらべて、水蒸気が少ないのだろう。気圧が低いせいもあって、遠くの山々まで明瞭に見渡せる。空の色は深い海を思わせる群青で、雪山の白さは眼にしみるほどだった。

寒気を感じて、加藤は身震いをした。夢からさめたような、頼りない気分だった。だがこれは、まぎれもない現実だった。加藤がいるのは硫黄岳の頂上で、烈風が間断なく吹きつのっている。強い風だった。油断すると、体ごと飛ばされそうになる。

しかも冷気と飛雪を、たっぷりと含んでいた。晴れてはいたが、風が積雪を削りとっているようだ。強く吹きすぎるたびに、乾いた砂のような雪片が飛んでくる。そして体温を容赦なく奪っていった。防風対策は充分にしてきたつもりだが、稜線上の烈風は予想をはるかに上まわっていた。特にピッケルを握る手の先と、露出した顔面をひどくやられた。

長居は無用だった。頂上付近は風の通り道になっているようだ。一秒でも早く立ち去るべきだが、加藤はまだ肝心なことを決めていなかった。硫黄岳の次に、どちらに向かうのか。ここで行動を打ち切って夏沢鉱泉に引き返すのか、それとも横岳を縦走して主峰の赤岳をめざすのか。

当初の予定では、赤岳までの往復登山と考えていた。それを前提に、計画を進めてきた。だがその一方で、硫黄岳をひとつの区切りとする考えもあった。ビギナーでしかない加藤にとって、厳冬期の硫黄岳登頂はそれだけで充分に価値がある。安全を優先するのであれば、ここで引き返すという選択肢もありえた。

そのことで加藤は、ほんの少し迷った。だが、深く考えるまでもなかった。結論はすでに出ていた。やはり赤岳まで、行くべきだろう。困難なことは承知していた。硫黄岳には意外にあっさり登れたが、この先はそう簡単ではない。ことに横岳が問題だった。林立する岩峰群の通過には、かなり苦労させられそうだ。

それでも、臆する気持はなかった。前に六甲山中で、竹橋にいわれたことを思い出したせいだ。竹橋は加藤に「遠くの、大きな目標」として、ヒマラヤの名を伝えた。そのときは荒唐無稽な話だと思ったが、このところ妙に現実味を帯びて感じられる。眼前に広がる八ヶ岳の風景に、ヒマラヤを重ねあわせていたのかもしれない。

――また少し、ヒマラヤが近くなった。

そんなことを、ふと思った。はじめて真冬の氷ノ山に登ってから、まだ一年もすぎていなかった。一年間の成果としては上出来だが、まだ先は長かった。登るべき山や習得すべき技術は、多く残っている。赤岳の登頂で、二の足を踏んでいる余裕はなかった。

加藤は時計に眼を落とした。すでに時刻は九時をすぎている。時間を無駄にはできなかった。赤岳の往復には、少なくとも四時間はみておくべきだった。難所の通過に手間どれば、帰着時刻が大幅に遅れる可能性もある。最悪の場合、途中で日が暮れるかもしれない。それを避けるには、早めの行動を心がけるしかなかった。

そう考えて、足を踏み出しかけた。あいかわらず風は強く、間断なく吹きつのっている。突風にあおられて、体勢が崩れることもあった。暗雲に気づいたのは、正面からの風を受けたときだった。肩越しに背後をふり返った加藤は、眼を見張った。北西の空だった。かなり広い範囲にわたって、空の底が黒い雲でおおわれている。

ただし距離は遠かった。八ヶ岳の周辺で、天候が崩れそうな気配はない。たぶん北アルプスだろうと見当をつけた。晴れているのに、それらしき山嶺がみあたらない。墨を流したような黒い雲に、すっぽりと包みこまれている。

荒れているのかと、加藤は思った。この強風が冬型の気圧配置によるものなら、日本海側では大荒れの天候になっている可能性が高い。大陸に居座った高気圧から吹きだした季節風は、大量の水蒸気を吸収しながら日本海を押し渡ってくる。そして日本海側の山稜に衝突して上昇気流となり、雪雲となって吸収した水分をふるい落とす。

これが降雪の原因となるのだが、加藤が目撃したのはこのときの雪雲ではないか。雪を降らせた季節風は日本列島を横断し、太平洋側の山々を強風となって吹き過ぎていく。このため日本海に近い北アルプスが暴風雪に見舞われているのに、太平洋側の八ヶ岳や南アルプスでは晴天――ただし強風という状況もありうる。

――RCCのスキー隊は無事だろうか。

加藤にとっては、気になる状況だった。RCCがスキー合宿をしている乗鞍岳は、北アルプスの中でも最南端に位置している。したがって冬型の気圧配置でも、天候はあまり崩れないとされていた。だからといって、八ヶ岳なみの晴天がつづくとは思えない。空の暗さからすると、天候は崩れつつあるのではないか。

加藤の感じた不安は、別の形で現実のものとなった。

この日、加藤は無事に赤岳の登頂を果たした。予想どおり横岳の通過には手こずったが、危険を感じるほどの難所は少なかった。硫黄岳から二時間あまりで赤岳に達したのだから、夏山の縦走と大差ない速度で通過したことになる。むしろ速いほどだった。飛ばしたつもりはないのだが、手足が自然に動いていた印象はある。

加藤にとっては、自信を深める結果になった。自分でも意識しないうちに、雪稜の踏破技術を習得してしまったようだ。そのことに満足して、夏沢鉱泉に帰着した。ただちに荷物をまとめて、三日間すごした宿をあとにした。

番所原のスキー宿でRCCの一行と合流したのは、翌四日の夕方だった。この日、彼らは乗鞍岳に登頂していた。杞憂だったかと、加藤は思った。彼らの話をきくかぎり、天候は多少崩れたものの登高に支障はなかったらしい。北アルプスでも日本海に近い山域――立山や劔のことはわからないが、入山者がいるかどうかも不明だった。

いずれにしろ、心配は空振りに終わったようだ。そのことに加藤は、ひそかに安堵した。そして夜が更けるのも忘れて、彼らと語りあった。話題はつきなかった。乗鞍岳のことや八ヶ岳のこと、そして岩登りやスキーのことなど。

予想外のことが起きたのは、翌日の昼だった。RCCの一行と別れて、加藤は冷泉《れいせん》小屋に移動した。乗鞍岳に登るためだ。ところがここで、遭難騒ぎのことを知らされた。前代議士を含む一行四人が、乗鞍岳にむかったまま行方不明になっているのだという。捜索は現在もつづいているが、まだ消息はわかっていないらしい。

その話をしてくれたのは、早稲田大学の学生だった。案内もつれず一人で登ってきた加藤をみて、学生はいった。この時期の乗鞍岳に、一人で登るのは危険すぎる。我々はこれから下山するから、あなたも一緒に下ってはどうか。

無遠慮な申し出に加藤は戸惑い、言葉を失っていた。黙りこんだ加藤をみて、学生はさらにいった。一人で登ったのでは、また遭難するかもしれない。皆に迷惑をかけてはいけないから、早々に下山するべきだ。我々の後をついてきても、かまわないから。

またかと思った。一年前の出来事は、いまも苦い記憶となって残っている。それなのに、返す言葉が出てこない。唐突すぎて、思考が停止してしまったようだ。

加藤は無言のまま、学生と向きあっていた。

7

意外なことに早稲田大学の学生たちは、案内人をともなっていなかった。冷泉小屋を出た彼らは、番所原につづく雪道を一列になって下っていった。

加藤は釈然としない思いで、その後ろ姿を見送っていた。気になって記憶をたしかめたが、それらしい人物はいなかった。てっきり案内人だと思っていた初老の男は、下山することなく小屋にとどまっている。おそらく小屋の番人だろう。到着したばかりで事情がわからないが、切れ切れに伝わってきた会話からそう判断した。

これは奇妙な話だった。学生たちは初対面の加藤に対し、登山を中止して下山するようすすめた。一人では危険だから、というのがその理由だった。まるで案内人を雇わない加藤に非があるかのような口ぶりだったが、彼ら自身がガイドレスでは論理的にも道義的にも矛盾している。

その点が気になったが、すぐに加藤は答をみつけた。なんらかの理由で、案内人だけが別行動をとっているのではないか。行方のわからなくなった四人の捜索に、動員されたのかもしれない。遭難者の中には前代議士もいたというから、地元住民としても無視できないはずだ。学生たちの案内よりも、捜索を優先したのだろう。

事情がわかってしまうと、それまで感じていた苛立ちが倍加した。学生たちの独善的な言動も腹立たしかったが、それ以上に自分の不甲斐なさが口惜しかった。反発を感じながら言葉を返せず、結果的に黙りこんでしまった。相手に悪気はないのだという心の動きが、反発する気持を封じこめてしまったようだ。

だが、実際には遠慮する必要などなかった。学生たちは既成の価値観を拠り所にして、加藤の行為を無謀だと断じていた。無論それは間違っている。これまでの経験からして、冬山の単独行は決して非難されるべき行為ではない。むしろ真摯に山とむきあうのであれば、ガイドレスの単独行は避けて通れないだろう。

ところが学生たちは、既成の価値観から一歩も踏みだそうとしなかった。しかもそれを、加藤にも押しつけようとした。真意は不明だが、親切心からではなさそうだ。意地の悪い見方をすれば、加藤の行動を認めたくなかったのかもしれない。もしも認めてしまうと、自分たちが実践してきた登山自体が否定されてしまうからだ。

つまり彼らが加藤の行動に口出しをしたのは、自分たちの正当性を確認するためだったのではないか。それなら加藤も、遠慮するべきではなかった。自分の思うところを、堂々と主張すればよかった。論破するのではない。加藤の登山経験を話した上で、別の価値観が存在しうることを伝えるのだ。

思考の柔軟な学生のことだから、何人かは理解を示すかもしれない。その場では反発しても、心の片隅に記憶が残る可能性はある。いそぐ必要はなかった。何年か先に、思い出してくれればよかった。何もせず押し黙っているよりは、数段ましだといえる。

だが学生たちとの間に、会話らしきものは成立しなかった。加藤は口ごもりながら、天候が安定しているから乗鞍岳には今日のうちに登るつもりだと告げた。それが精一杯だった。昨年のように、嘘をついて誤魔化すのだけは避けたかった。なによりも、自分自身に正直でありたかった。

その一心で重い口を開いたのだが、学生たちの反応は鈍かった。加藤に同行する意思がないことを知ると、そそくさと下山の支度をはじめた。あからさまに無視する態度をとったわけではないが、いまの言葉で関心を失ったようだ。中の一人が生返事をしただけで、言葉を返すものはいなかった。誰も顔をあげようとせず、忙しそうに手を動かしている。

拍子抜けすると同時に、落胆した。話のきっかけを作るつもりで天候の話題を持ち出したのだが、誰も興味を示さないのでは意味がない。なぜ天候が持つと思うのか問われれば、納得のいくまで説明するつもりでいた。一人で山に入ることが多いものだから、天候の変化には敏感にならざるをえない。自分なりの予測方法も摑みかけていた。

そういった話をすれば、彼らも認識を改めるのではないか。今日これから頂上を往復すると話したのも、おなじ理由によるものだ。すでに時刻は午後一時に近い。常人なら二の足を踏むところだ。かなり急がないと、帰路の途中で日が暮れるかもしれない。だが加藤には、充分な成算があった。よほどのことがなければ、三時間で頂上を往復できる。

あるいはその点をつかれて、先ほどの話を蒸し返される可能性もある。そう考えたのだが、期待は外れた。荷をまとめた学生の一人が、足ごしらえを確認しながら「お気をつけて」とだけいった。それで終わりだった。学生たちの集団は、次々に小屋を出ていった。加藤はむなしい思いで、それをみていた。

小屋の外で彼らを見送るうちに、口惜しさが後悔にかわった。なぜ自分は、黙りこんでしまったのか。質問されるのを待たずに、こちらから話しかければよかったのだ。そうすれば彼らも、興味を持っていたはずだ。そう思ったが、もう遅かった。すでに一行の姿は、樹林の奥に消えている。

気持を切り替えるつもりで、加藤も出発の準備を整えた。そして学生たちと反対方向に歩きはじめた。内心の苛立ちを抑え込むかのように、力強くスキーを押しだしていく。だが、昨日までの高揚感は消えていた。八ヶ岳で手にした成功の記憶も、いまは色あせて感じられる。

いくらも先へ進まないうちに、視野が開けた。樹林帯を抜けだして、位《くらい》ヶ原にさしかかったらしい。広大な雪原だった。晴れていてもルートを見失いそうなほどだが、めざす乗鞍岳はさらに巨大だった。最高峰の剣《けん》ヶ峰をはじめ、二十をこえる峰がつらなっている。

中腹の位ヶ原から見上げると、登るべき峰さえ容易には判別できなかった。

雄大な景色を眼にしたせいか、先ほどまでの苛立ちは消えていた。少しだけ冷静になって、小屋での出来事を客観的にふり返る余裕が生まれていた。それから、急に気がついた。もしかすると学生たちの本音は、他にあったのかもしれない。単に自分たちの踏み跡を、利用されたくなかっただけではないか。

幾筋も残されたスキーの通過跡をたどりながら、そんなことを考えていた。これほど明瞭な痕跡が残っていれば、案内人など必要なかった。踏み跡をたどっていけば、いやでも最高峰に到達する。ラッセルの苦労は軽減されるし、ルートの選択を誤る心配もなかった。だが踏み跡を残した側からみれば、あまり気分のいいものではないはずだ。

ことに雪が深い場合は、踏み跡の有無によって所要時間は大きく変化する。当然のことながら、かける労力にも相当な差が生じる。所有権があるわけではないが、他人が踏み跡をたどるのには抵抗があるはずだ。経済的な負担や労力の提供もなしに、踏み跡を利用されたくないというのが本音ではないか。

だから彼らが加藤に下山をすすめたというのは、少しばかり考えすぎかもしれない。だが、それだけに問題の根は深かった。赤の他人に本音を話すことは、通常ありえない。誰もが認める一般論を口にして、本音を表に出さない工夫をするのではないか。彼らの場合は「単独行は無謀」というのが、その一般論だったのかもしれない。

「そういう……ことなのか」

歩行をつづけながら、思わず声をあげていた。ようやく腑に落ちたというか、事情がのみ込めた気がする。会話が成りたたないはずだ。前提条件が違うのだから、話がかみ合うわけもなかった。

彼らにとって加藤は、社会的な規範を守らない厄介者でしかない。価値観が違うどころではなかった。ある意味で無法者のような存在なのだから、彼らもあえて関わりを持とうとはしない。一応は注意するが、従わなければそれで終わりだった。

気づいてしまうと、あとは徒労感しか残らなかった。だが、このままで終わらせるつもりはない。自分一人の問題ではなかった。ここで対応を誤れば、いつまでたっても単独行者は肩身の狭い思いをする。案内人を同行しない単独行は、悪という価値観が根づくだけではない。登山が一部のかぎられた上流階級のスポーツと化してしまう。

そんな状況を、なんとか打開したかった。だが、学生たちが聞く耳をもたないのでは意味がない。説き伏せる自信もなかった。それよりは、実績を残すべきだった。ビギナーと大差ない加藤の言葉に、耳を貸すものがいるとは思えない。だが充分な実績を残していれば、自然と言葉に重みが出てくる。

要するに一年前と、おなじ結論が出たことになる。氷ノ山の時と、状況はかわっていないのだ。学生たちには話さなかったが、真冬の八ヶ岳だけでは実績として不充分に思える。

早急に次の登山計画を立てて、遅滞なく実現しなければならない。実績のためだけに登るつもりはないが、いまの段階では配慮も必要だろう。

そう考えれば、登るべき山も自然に絞りこまれてくる。無名だが困難な山よりは、誰もが知っている山の方が有利だった。いくつか心づもりもあった。いずれも無雪期や残雪期に登っているから、地形の概念は把握できている。資料も集めていたが、まだ具体的な日程等はつめていなかった。登山を終えて神戸にもどったら、作業に着手したいところだ。

登高をつづけるにつれて、次第に風景が変化した。遠くにみえていた乗鞍岳が、いつの間にか頭上にのしかかりそうなほど大きくなっている。いくつもの峰が重なりあって、地形の把握すら困難になっていた。めざす肩の小屋は、その狭間にあるはずだった。先ほど屋根らしきものが垣間みえたのだが、近づきすぎたせいか視認できなくなっていた。

太陽はまだ高い位置にあった。ただ乗鞍岳の東斜面は、最上部のあたりが暗く沈んでいた。頂上直下のそのあたりでは、すでに太陽が稜線の背後に隠れているのだろう。山肌からは陰影が消えて、立体感も失われていた。現実味を欠いた雪の斜面が、のっぺりと広がっているだけだ。

その斜面の端を、黒い点が移動していた。加藤はわずかに緊張した。遠すぎる上に角度が悪くて識別は困難だが、動きからして人のようだ。野生の動物が、あんな高い位置まで登りつめることはない。先行する登山者はいないはずだから、捜索隊か遭難者のどちらかということになる。

気にはなるものの、いまは確かめる方法がなかった。山かげに入りこんだのか、すぐに黒い点はみえなくなった。消えた位置と角度からして、肩の小屋にむかっているらしい。それなら小屋で会えるだろうと考えて、先をいそいだ。

肩の小屋には、意外に早く到着した。ここから先はアイゼンの領域になる。予想どおり天候は安定しているから、頂上まで一時間とかからないはずだ。冷泉小屋に帰着するのは、やはり四時前後になるのではないか。日没までには、充分な余裕がある。

そう見当をつけて、スキーを外していたときだった。足音に気づいて、加藤はふり返った。乗鞍岳につづく斜面の上部から、人かげが二つ下降してくる。先ほどの黒い点らしい。遭難者にはみえなかった。外見からして土地の案内人か、荷担夫のようだ。普段から山仕事をしているのか、日に焼けた肌には深い皺がきざまれていた。

二人のうち年かさの男が、加藤をみるなり性急にたずねた。他の登山者を探しているらしく、姿をみかけなかったかと問いただしている。やはり二人は土地の者らしい。行方がわからない四人の足跡を追って山頂付近まで登ってみたが、手がかりがつかめないまま引き返してきたのだろう。

記憶をたどるまでもなかった。それらしい人かげは、加藤もみていない。そのことを伝えたあと、加藤は遠慮がちに何か進展はあったのかたずねた。年かさの男は力なく首をふった。肩の小屋に四人が立ち寄った形跡はあるのだが、その後の行動がつかめないと話している。

ただ、状況からして飛騨側に迷いこんだ可能性は高かった。小屋まで明瞭に残っていた踏み跡が、すぐ先で途切れていたようだ。加藤は眉を寄せた。この時期の乗鞍岳に、飛騨側から登ってくる者は滅多にいない。ルートが長大で途中に山小屋も存在しないから、雪中露営の技術と装備がなければ踏破は不可能だった。

そんなところに軽装のスキー客が迷いこめば、容易には抜け出せないだろう。深雪で身動きがとれないまま、全員が凍死するしかなかった。大がかりな捜索隊を編成すれば救出の見込みもあるが、そんな動きはなさそうだった。だが二人だけでは、できることも限られている。足どりをたどるだけで、精一杯なのではないか。

——あの学生たちは、協力を申し出なかったのか。

その点が、どうにも不可解だった。まるで逃げるようにして、彼らは小屋から去っていった。何らかの事情があって、協力できないのであれば仕方がない。それは理解できるし、加藤自身もそうだった。休暇が残り少なくなっているから、できるだけ早く下山したかった。だからといって、彼らのように大急ぎで下山することはない。

状況によっては、依頼を断れない場合もあるからだ。そんなときには、できる範囲で手伝うことになるだろう。だが学生たちは、それすらも拒否しているかにみえた。いったい何をそんなに、急いでいたのか。

事情がつかめないまま、年かさの男にたずねてみた。人手が必要であれば協力するが、あまり長くは山中にいられない。遅くとも明日の夕暮れまでには下山していたいと伝えた上で、今後の予定はどうなっているのか確認した。

男の返事はそっけなかった。即座に「人手なら足りている」と答えたあと、わずかに間をおいて「半日だけでは――」と言葉をにごした。いったん捜索を打ち切って里に下るらしく、太陽の位置を眼で測って「早くしないと日が暮れる」などとつぶやいている。

これからの捜索方針については、説明がなかった。おそらく、まだ決まっていないのだろう。遭難の第一報が入った直後に、二人は行動を開始した。あるいは学生たちの案内人として、冷泉小屋にいたのかもしれない。非常事態だというので、情報不足のまま飛び出してきた。

ところが四人の足どりは、肩の小屋あたりでつかめなくなった。飛騨側に迷いこんだ可能性が高いものの、二人だけで乗鞍岳の西面に踏みこむのは無理だった。本格的に捜索するのであれば、人数をそろえる必要がある。装備や食糧も準備しなければならないから、あとのことは今日の結果を持ち帰った上で協議するしかなかった。

土地の案内人といっても、他に本業を持っていることが多い。別の仕事で、山に入っているものもいる。緊急時の非常呼集に応じられるものは、それほど多くないはずだ。たまたま居合わせた二人が初動を担当したものの、下山して村に帰り着くころには人手がそろっているのだろう。

断片的な言葉の端々から、そう見当をつけた。つまり学生たちが、協力する必要はなかったことになる。ただしそれは、疑問の答にはなっていない。それどころか、さらに不都合な点がでてきた。捜索隊の二人が冷泉小屋を出たときには、まだ状況は判明していなかった。行方のわからない四人が、肩の小屋で救援を待っていたかもしれないのだ。

もしもそういった状況なら、何をおいても救助活動に加わらなければならない。小屋には彼ら以外に客はいなかったし、下山して救援隊を編成するのでは時間がかかりすぎる。少なくとも二人がもどってくるまでは、小屋で待機しているべきだった。

ところが彼らは、状況を確認することもなく下山していった。しかも初対面の加藤にまで、同行を持ちかけた。結果的に協力は必要なかったが、状況次第では最悪の事態に陥っていたかもしれない。それ以前に、彼らの行動は不人情すぎる。何をそんなに、急いでいたのか。

その点を問いただしたかったが、あまり時間的な余裕はなさそうだ。二人は脇眼もふらずに、下山の準備を整えている。冷泉小屋泊まりではなく、番所原かさらに下の村までいくつもりのようだ。ここで時間を取られると、本当に途中で日が暮れてしまうのだろう。

やがて二人はスキーの装着を終えた。アイゼンを片付けながら、年かさの男がたずねた。

「これから……登りか？」

無意識のうちに、加藤は身構えていた。男の探るような眼が怖かった。だが、逃げる気はない。登山の中止を勧告されても、従わないつもりでいた。ことさら肩肘を張って、そうだと答えた。男の反応は淡泊だった。頂上をふり返ると、小さく息をついていった。

「風が強いから気をつけろ。稜線の風下側を伝っていけば、多少はましになる。ただし最後の部分はやせているから、稜線どおしに行くしかない」

いわれたことを理解するのに、一瞬の間があった。そのせいで、礼をいうのが遅れた。しまったと思ったときには、二人は身を翻していた。位ヶ原の斜面を、風を切って滑降していく。たちまち姿が遠くなった。

二人を見送りながら、加藤は最敬礼していた。それから頂上にむけて、足を踏みだした。

8

乗鞍岳の頂上には、三時ごろ到着した。

三千メートルをこえる高所からの眺望は、さすがに素晴らしかった。雪におおわれた支峰群のすべてが、眼下に低くみえる。おなじ山系の峰ばかりではなかった。大気がすんでいるものだから、遠くの山まで明瞭に見渡せる。

最初に八ヶ岳を探した。簡単にみつけることができた。硫黄岳から横岳をへて赤岳にいたる稜線が、陽光を浴びて白く輝いている。諏訪盆地をはさんで対峙するため、視野を遮るものがほとんどない。前山のない八ヶ岳の山容が、すっきりと浮かびあがっている。

南側の正面には、記憶にある山塊が横たわっていた。地形図を確認するまでもなく、御嶽だとわかった。夏に登ったときは人の多さに辟易したが、いまの時期には別世界のように静謐さが期待できそうだ。この距離から遠望してさえ、人を寄せつけない厳しさと美しさが感じられる。積雪期に再登したい山のひとつだが、優先順位はそれほど高くない。

強風に抗しながら、加藤は背後をふり返った。明るさを感じさせる八ヶ岳や御嶽とくらべて、北方の山々はどことなく暗い印象を受ける。一昨日ほど顕著な黒雲はあらわれていないが、その名残はあった。空の底が重苦しくよどんで、遠くの山々を呑みこんでいる。薄墨のように広がる雲の層が背景となって、穂高岳周辺の山稜を際立たせていた。

低くみえる焼岳ごしに、西穂高岳と奥穂高岳をつなぐ主稜線がつらなっている。その右手に屹立している前穂高岳と、ゆるやかな曲線の吊り尾根も確認できた。厳冬期だというのに、どの岩稜にもあまり雪がついていない。むき出しになった岩壁や岩峰が、凶器のような鈍い光を放っている。

加藤は眼をこらした。前穂あたりであれほど明瞭にみえるのだから、さらに遠くの山々も充分に見分けられるのではないか。そう考えて、記憶を頼りに視線を左右にふった。風は激しく吹きつのっている。あまり長い時間は無理だった。強風にさらされ続けると、筋肉が強張って動けなくなるかもしれない。

加藤の視線が一点で停止した。奥穂の左側だった。特徴のある山容からして、槍ヶ岳に間違いなかった。鋭角的な槍の穂先が、天にむかって突きあげている。それをみた瞬間、加藤の心は決まった。次の目標は、あの山とする。もちろん単独で、寒気が最も厳しい二月ごろの登頂を目指す。

なぜ槍ヶ岳なのか、自分でもよくわかっていなかった。それでも、確信だけはあった。他の山では、目標として不充分なのだ。積雪期の御嶽や穂高岳も、たしかに避けては通れない。いずれは足を踏み入れるつもりだが、それは「次の山」ではない。この次に登るのは、真冬の槍ヶ岳以外にはありえなかった。

無茶なことは承知していた。槍ヶ岳が厳冬期に初登頂されたのは、いまから五年前のことだ。積雪期全般に範囲を広げると、初登時期はさらに二年ほど前になる。無論いずれの場合も、よりすぐった精鋭たちでパーティを編成していた。それ以来、厳冬期に単独で登攀したという記録は残っていない。そんなことを、考えつくものさえいなかったのだ。

あえて単独で登ろうとすれば、それはパイオニアワークの領域になる。加藤がいま目標とするには、分不相応なほど高難度の山といえた。強力なリーダーにひきいられたパーティに加わるのであれば別だが、単独では加藤一人が大きな負担を背負わなければならない。

それだけの実績を、重ねてきたのかどうか。

加藤が経験した純然たる冬山——厳冬期の高所登山は、二日前の八ヶ岳が最初だった。今回の乗鞍岳が二度めだから、冬山に関していえば加藤はまだビギナーでしかない。昨年は二月の氷ノ山や五月の立山に登っているが、真冬の槍ヶ岳にくらべるのはさすがに無理があった。常識的に考えれば、経験不足は明らかだった。

それにもかかわらず、加藤の決心に揺らぎはなかった。充分な成算があったからだ。今回の八ヶ岳と乗鞍岳でたしかな手ごたえを感じていたし、昨年までの登山経験も決して無駄にはならないはずだ。入手可能な資料にも眼を通していたから、備えは万全といえる。あとは実現にむけて、具体的な計画をたてるだけだ。

神戸にもどった加藤は、休む間もなく準備作業に着手した。

登高計画自体も重要だが、食糧や衣類の改良にも気を配った。正月の反省を次に生かすのだ。最優先で取り組んだのは防寒対策だった。はじめて経験した高所の冷えこみは、予想以上に深刻だった。日中の屋内でも気温は氷点下だから、油断すると何でもよく凍った。

汲み置きの水が凍るくらいは覚悟していたが、持ちこんだ食糧が片端から凍みていったのには閉口した。だが、この問題に根本的な対策はなさそうだ。夏沢鉱泉で考えたように、試行錯誤をくり返すしかなかった。さまざまな品物を持ちこんで、時間をかけて少しずつ試していくのだ。

装備品も同様で、湿ったものは必ず凍りついた。手袋やマフラーはもとより、本来は乾燥しているはずの財布や小物入れまでが凍っていた。ほんの少し濡れただけの手ぬぐいが、短時間で氷の板と化していたこともあった。しかも一度そんな状態になると、元にもどすのは容易ではない。下山して自然にとけるまでは、使い物にならないと考えた方がいい。

屋内でさえその有様だから、行動中はさらに条件が悪くなる。ことに稜線上の強風は、想像をはるかにこえていた。それまでの積雪期登山やスキー行で使っていた防寒装備が、まるで役にたたない。手袋やマフラーに飛雪が付着し、体温でとけかけたところを烈風が直撃した。ひどいときは呼気の水分と混じりあって、氷の塊ができることもあった。

だが長時間の連続行動が予想される槍ヶ岳で、そんなやり方が通用するとは思えない。ことに弱点となる手袋と防寒頭巾は、早急に上質なものを入手する必要があった。あまり時間的な余裕はなかった。もしも市販品で満足できなければ、自分で改造せざるをえないからだ。できれば槍ヶ岳の本番前に、近場の山で使い心地を試しておきたいところだ。

あわただしく日々がすぎていった。そして二月になった。出発する日が近づいてきたが、準備作業は進展していなかった。休暇の前に片づけておくべき仕事が多く、時間が取れなかったこともある。だが実際には、根拠のない思いこみが原因だった。以前から使っていた道具を補強すれば、槍ヶ岳でも使えると考えてしまったのだ。

下山してから間をおいたせいか、少しばかり楽観的になっていたのかもしれない。危機感がうすれて、正月の教訓が次に生かされなかった。忙しいとはいっても、スキーを駆使した週末登山は予定どおりこなしている。二度のスキー行を一度に減らすなどすれば、そのための時間は確保できたはずだ。

ところが現実は逆で、甘い見通しを助長する結果に終わった。スキー行の伊吹山や妙見山では、古い道具が問題なく使えたせいだ。そのときの使い勝手から、わずかな改良で槍ヶ岳も乗り切れると判断した。それが間違っていたことは、身ぶるいするほどの恐怖とともに思い知らされた。

槍ヶ岳の頂稜から吹きおろしてくる風の凄さは、伊吹山や妙見山の比ではなかった。八ヶ岳や乗鞍岳でも、これほどの風は経験していない。耳を聾せんばかりの大音響とともに、風の塊が次から次へと押し寄せてくる。登路にとった槍沢は、風の通り道になっているようだ。あまりの強風で大地が鳴動し、沢全体が不気味なうなりをあげている。

――北アルプスの核心部に吹く風は、密度が違っているのか。

強風に抗して登高をつづけながら、加藤は考えていた。八ヶ岳や乗鞍岳とは、風の質が違うような気がする。体に感じる風圧には、歴然とした差があった。以前の感覚で受け流そうとすると、体ごと飛ばされそうになる。ことに狭隘な地形では、注意が必要だった。気流が乱れて不規則に変化するものだから、油断すると足元をすくわれかねない。

風圧だけが問題なのではなかった。風はクラストした雪面を削りとり、地吹雪となって渦を巻いている。正面から吹きつけてくると、呼吸さえ困難になった。天候は決して悪くないのだが、飛雪のせいで行程ははかどらない。顔面をおおったマフラーには、びっしりと氷が付着している。防寒装備の充実を怠ったことが、いまさらながら悔やまれた。

それでも加藤は、登高を断念しなかった。何度も吹き倒されそうになりながら、じりじりと高度をあげていく。確信があったからだ。槍沢から抜けだしてしまえば、この風はおさまる。完全に停止することはないが、風速はかなり落ちるのではないか。槍の肩から穂先にいたる最後の行程は、風を気にせず登攀に専念できそうだ。

厳冬期は今回がはじめてだが、槍ヶ岳にはこれまで何度も登っている。残雪期や初冬にも、意識して入山をくり返していた。だから未体験の真冬でも、風の流れを読むことができる。確信も持てた。沢筋の風が強大な破壊力を有するのは、狭隘な地形が流れを制御しているからだ。遮るもののない高所では、流れは散漫になっているはずだ。

それを期待して、一歩ずつ足を前に出しつづけた。こんな風が何日も途切れることなく吹くとは思えないが、天候が安定するのを待っている余裕はない。休暇がもう残っておらず、明日に登頂を延期することはできなかった。ようやく頂上の間近に迫ったものの、登頂の機会は今日一日だけだった。

こんな状況にそなえて、休暇は一週間とっておいた。予想外のことが起きても充分に対処できるはずだし、日数に余裕があれば涸沢《からさわ》周辺や穂高岳を偵察してもいい。そんな思惑で乗りこんできたのだが、実際にはアプローチだけで日程の半分以上を使ってしまった。最短距離をとって槍ヶ岳に肉薄しようとして、常念岳《じょうねん》東面の一ノ沢を遡行したのが間違いだった。深雪のせいで予想外に時間を取られ、常念越えを断念して沢渡《さわんど》方面に転進した。これで貴重な休暇が、丸二日つぶれた。厳冬期の積雪状況を確認できたのだから、一ノ沢の遡行は決して無駄ではなかった——そう考えるしかなかった。

とはいえ、失われた時間は取りもどせない。以前とくらべて、最近は休暇を取りにくくなっている。上司は温厚な人物だったが、近ごろは休暇届を手にした加藤をみると渋い顔をするようになった。だから一日たりとも、無駄にしたくなかった。少ない休暇を有効に使って、効率のいい登山をしたいところだ。

そんな思いが、加藤を駆り立てていた。マフラーに付着した氷をかみ砕き、わずかな水分を舐めとって登高をつづけた。予想通り槍の肩が近づくころから、風が弱まりだした。その事実に勇気づけられて、大槍に取りついた。雪壁の登攀も岩登りも不得手だったが、なんとかルートをみつけて攀じていった。

すぐに眼下の槍沢が、雪煙に呑みこまれた。この日は降雪をみなかったが、霧で視野は閉ざされている。高度をあげるにつれて、槍の肩周辺の地形も見分けられなくなった。風はかなり弱くなっている。槍沢の登高時には風にたたかれていた両手が、次第に熱を持ちはじめている。それとともに、疼痛を感じるようになった。

凍傷の初期症状に似ているが、手袋をとって確かめることはできない。痛みを無視して、さらに高く登っていった。そして唐突に視界が開けた。そこが頂上だった。意外に積雪は少なく、祠全体が露出していた。十月ごろと大差ない風景だが、展望はえられなかった。四囲の山すべてが、霧で隠されている。わずかに小槍らしき影が、低くみえるだけだった。

そのせいか、感慨はなかった。この冬三つめの成功にもかかわらず、素直に喜ぶ気になれない。視界の悪さだけが、原因とは思えなかった。本当の理由は他にあった。四日前に沢渡の宿で耳にした話が、心に影を落としているようだ。

常念越えを断念して梓川ぞいに上高地を目指した加藤は、沢渡の近くで意外な人物と再会した。一カ月前に乗鞍岳で出会った捜索隊の一人——年かさの男だった。すでに日は暮れかけていた。あいかわらず無愛想だったが、男は親切だった。加藤を自宅に泊めた上で、その後の状況を話してくれた。

遭難した四人が自力で下山したことは、新聞報道で知っていた。予想通り飛騨側に迷いこんで、そのまま谷を下降したらしい。信州側からの捜索は空ぶりに終わった格好だが、加藤が興味をひかれたのは別の話だった。あのときの推測に反して、捜索隊の二人は学生たちの案内人ではなかった。男は淡々と事実を告げた。

「早稲田の学生たちは……以前から無案内主義だからな。ガイドは雇っていなかった」

意外さを感じて、加藤は男を見返した。だが、それは事実だった。男によれば卒業生の中に、ガイドレス登山の提唱者がいるらしい。五年前の一月に槍ヶ岳が厳冬期初登頂されたときも、早稲田大学山岳部はこの方針を貫いたという。一人の案内人も雇わず、荷をすべて自分たちで背負って真冬の槍ヶ岳を登っていた。

驚くと同時に、自分の無知を恥じる結果になった。知らないことばかりだった。学生登山家たちの動向は把握しているつもりだったが、それは表面的な事実に限られていたようだ。記録として残る事実の裏側には、さまざまな動きが隠されていた。

加藤はさらに訊ねた。あのとき学生たちが下山を急いだ理由について、何か知っているかと。男は即答を避けたが、事情は察しているようだ。加藤は待った。そして長い沈黙のあと、男はようやく重い口を開いた。伝えられた事実は、充分に納得のいくものだった。ただ理解はできても、同意する気にはなれなかった。

——それとも間違っていたのは、自分の方なのだろうか。

加藤にはわからなかった。だが他の誰かに訊ねても、明確な答が返ってくるとは思えない。それは自分でみつけだすしかなかった。

第四話　一月の思い出——昭和五年一月

1

稜線に抜けだしたところで、さわやかな涼気を感じた。木々の間を抜けて、気持のいい風が吹きすぎていく。

うっすらと浮きだした汗が、たちまち乾いていくのがわかった。その感触が心地よくて、風上に眼をむけた。新緑が眼にまぶしい季節になっていた。昨夜のうちに降った雨が、木々の枝葉をしっとりと濡らしている。まだ梅雨のはじまりには間があった。水平に射しこむ朝日をうけて、新緑がさらに鮮やかさをましたようだ。

加藤文太郎は足をとめることなく、稜線を駆け抜けていった。通いなれた道だった。どこに何があるのか、どのあたりで何がみえるか知りつくしていた。それにもかかわらず、いつも何かしら新しい発見がある。うつりかわる季節に応じて、あるいは気象状況によって風景はさまざまに変化する。

それが楽しみで、登りつづけていた。時間さえとれれば、週に二度は登ることにしていた。ときには遠出をして、ひとつ先の山まで縦走することもあった。日没の遅い季節には、終業の後に登ったりもした。加藤にとって高取山は、そんな山だった。最初は鍛錬が目的だったが、いまでは日常生活に無理なく入りこんでいる。

すぐに木立が途切れた。開けた谷の先に、神戸の市街地が遠望できた。昨夜の雨で大気中の塵が洗い流されたらしい。展望は素晴らしく、沖合に横たわる島の地形まで明瞭に見分けられた。だが足をとめてまで、眺望を楽しむ気はない。それはもう少しあとに、とっておきたかった。

山頂までは一投足だった。山頂標識の周囲をひとまわりして、息もつかずにもとの道を引き返した。とっておきの場所は、稜線からやや外れた道端にあった。昔からある茶屋のひとつで、店の裏側に回りこむと展望が開ける。めだたない位置にあるため、休日でもそれほど客は多くない。それが気に入って、時間をつくっては立ち寄ることが多かった。

ところが最近は、めっきり足が遠のいていた。昨年の暮れから春先にかけては、長期の山行を何度もくり返していた。神戸にいる間も忙しくて、早朝登山自体を休みがちだった。その上に冬の間は夜明けが遅く、行動時間がどうしても短くなる。無理をして出かけてきても、寄り道するだけの余裕はなかった。

だが本当のところは、それを口実にしていたのかもしれない。意図的に避けていたわけではないが、なんとなく足がむかなかった。そしていつの間にか、初夏といっていい季節になっていた。三千メートル級の高山でも、遅い春を迎えようとしている。雪山の季節は終わり、加藤は以前の生活をとりもどしつつあった。

予想どおり竹橋は、いつもの席でコーヒーを楽しんでいた。ほんの少し気後れがしたが、竹橋は頓着しなかった。加藤に気づくと自然な動作で会釈をして、おなじテーブルの席をすすめてくれた。加藤は口の中で礼をいって、その席に腰をおろした。動きがぎこちないことは、自分でもわかっていた。心に抱えこんだ鬱屈は、意外に大きいのかもしれない。

「いい季節になりましたな……。天気もいいし、こんな日には遠出をしたいものです。仕事をするのが、もったいないほどだ」

いつものように竹橋は、笑みを絶やすことなく切りだした。無意識のうちに、加藤は視線をそらしていた。はこばれてきたコーヒーに眼を落として、あたりさわりのない言葉を返しただけだった。

こうなることは、なんとなく予想していた。竹橋の顔がみたくて立ち寄ったのに、実際に会ってみると言葉が出てこない。話題がないわけではなかった。竹橋に聞かせたい話は、山ほどあった。そのつもりで、あらかじめ考えを整理しておいた。かぎられた時間を、有効に使うためだ。

それにもかかわらず、思っていることを口にできない。迷惑になることを、恐れたせいだ。相談するつもりはないし、悩みごとを打ち明ける気もなかった。雑談に応じてくれる相手が欲しかっただけだが、人のいい竹橋はそう受け取らないのではないか。かえって精神的な負担を、しいることになりかねない。それが怖くて、ますます口が重くなった。

ところが当の竹橋は、加藤の不自然な態度を気にする様子もなかった。こんなことには慣れているのか、とりとめのない話をつづけている。他愛のない話題が多かった。ときおりカップを口に運びながら、山の自然や風景のことなどを話している。一方的に喋っているわけではなかった。加藤の反応をうかがいながら、微妙に話題をかえているようだ。

その心づかいがうれしくて、加藤は少しずつ言葉を返しはじめた。最初は簡単な相づちだけだった。それからすぐに、自分の方から話題をふるようになった。本当に話したいことには触れず、竹橋の興味を引きそうな話題ばかりを選んだ。それでも加藤は楽しかった。自然に笑みがこぼれて、コーヒーを味わう余裕も出てきた。

竹橋は満足そうな様子で、そんな加藤をみている。そして、おもむろに切り出した。

「読みましたよ、新聞。ご活躍のようで、なによりです」

ほんの一瞬、加藤の胸に痛みが走った。忘れかけていた痛みだった。竹橋が口にしたのは、二月の槍ヶ岳に関する記事のことだろう。加藤が成功させた槍ヶ岳の厳冬期単独初登頂は、複数の新聞で大々的に報じられていた。加藤自身も手記を寄稿しているから、詳細は竹橋も知っているはずだ。

槍ヶ岳ばかりではなかった。この冬に加藤が残した記録は、めざましいものだった。三月なかばには実質二日で立山に登り、その二週間後には穂高岳に転進している。二月の槍ヶ岳で果たせなかった常念越えを再度こころみて成功させ、中山峠《なかやま》を越える最短ルートで梓川上流部に達したのだ。

失敗してもあきらめない加藤の粘り強さが結果につながったともいえるが、無論これで終わりではない。一ノ俣の小屋に入った加藤は、ここを基地に奥穂高岳をめざした。そして技術不足から一度は断念したものの、下山途中に出会った登山者の同行をえて翌日ようやく頂上に立った。

すさまじいばかりの登高意欲だが、登りたいという気持は冬がすぎても衰えなかった。四月は天長節（現昭和の日）が日曜と連休になっている。これを利用して、白馬岳に足を踏み入れた。このときは入山したその日のうちに頂上を往復し、猿倉《さるくら》に帰着するという慌ただしいものだった。

ひと冬の実績としては、これだけでも多すぎるほどだった。正月の八ヶ岳から数えて、わずか四カ月しかすぎていないのだ。長期山行の合間には、伊吹山や妙見山など近郊の山にも登っている。最盛期の二月ごろには、毎週どこかの山に出かけていた。

だが加藤の「冬」は、まだ終わっていなかった。山から残雪が消える前に、あと一度くらいは登るつもりでいた。三日の休みがとれれば、御嶽と木曽駒ヶ岳を一度にやれるのではないか。日が長くなっているから、登山自体はどちらも一日で終わるはずだ。

焦燥感にかられていたのかもしれない。早急に実績を残さなければ、また同じことがくり返される。冬山の単独行は無謀かつ危険であり、他の迷惑をかえりみない身勝手な行為である——そのような考え方は根強いものがあった。議論の余地もないまま、加藤に下山を勧告した登山者もいた。認識を改めさせるには、加藤自身が頑張るしかない。

さいわい加藤の周辺では、少しずつ変化が生じていた。最初に実績を認めたのは、RCCの山仲間たちだった。四月に神戸でおこなわれた会員総会で、加藤は「山と私」と題する短い講演をしている。正月からの山行について手短に報告したあと、冬山の単独行は決して無謀ではないし危険とはかぎらないことを訴えた。

反響は大きかった。そして加藤の主張は、おおむね受け入れられた。五十人ほどの内輪の会で、論客と呼ばれる会員の数も多かった。手ひどく論破されることも覚悟していたが、異議をとなえるものはいなかった。

加藤が矢継ぎ早に単独行を成功させたことは、すでに会員たちの多くが知っていた。その健脚ぶりも知れ渡っていたから、主張には充分な説得力があった。驚異的な記録に疑念を持つものはいたようだが、表立って反論されることはなかった。

それと前後して、職場の雰囲気も変化していた。ことに槍ヶ岳の新聞記事が掲載されてからは、以前よりも休暇がとりやすくなった。あいかわらず上司は渋い顔をしていたが、最終的には加藤の休暇願を受理してくれた。年次休暇の範囲内だったし、普段は病欠などもなく真面目に勤務していたせいもある。だが新聞記事の影響は、無視できなかった。

記事を眼にした同僚が、加藤の抜けた穴を埋めてくれたのだ。これは大きかった。少なくとも職場内では、加藤の行動は認知されたといっていい。上司はいつも「危険なことは、しないのだろうな」と念を押していたが、あまり心配はしていないようだった。やはり加藤の実績が、信頼につながっているらしい。

それにもかかわらず、加藤の心は晴れなかった。新聞記事が掲載されたのは阪神間だけで、東京には配信されていなかったようなのだ。つまり正月の乗鞍岳で出会った早稲田の学生や卒業生たちが、記事を眼にした可能性はかなり低いといわざるをえない。だが加藤としては、なんとかしてこの冬の成果を彼らに知らせたかった。

可能性があるとすれば、RCCの報告書くらいのものだった。会員総会では「R．C．C．報告」の刊行についても、話しあいが持たれていた。加藤も「山と私」で話したことなどを、文章にまとめて寄稿する予定でいた。それを彼らが、眼にする機会はあるかもしれない。

ただし本の形になるのは、今年の秋以降になるらしい。気の長い話だが、次の冬までに間にあえばいいと考えるしかなかった。彼らのなかに研究熱心なものがいれば、加藤のことだと気づくのではないか。むしろ新聞よりも、確実な方法といえる。

加藤自身も彼らの報告書「リュックサック」には眼を通している。RCCの会員には大学山岳部に籍を置くものもいるから、以前にくらべて彼らの動向は把握しやすくなっていた。沢渡の宿で明かされた事実も、最新の「リュックサック」で裏付けられた。あのときは理解できなかったが、彼らの不可解な行動には明確な根拠があったのだ。

一年ほど前に起きた雪崩事故の記憶が、慌ただしい下山につながったらしい。登山の続行は問題外だが、部外者が捜索の協力を申し出ても現場は混乱するばかりだ。小屋の収容能力にも限界があるから、早々に下山するのが最善の選択だと考えたようだ。

早稲田大学山岳部の一行十一人が北アルプスの針ノ木岳で雪崩に遭遇したのは、昭和二年が終わろうとするころだった。一行のうち七人は自力で脱出あるいは救助されたが、残る四人は行方がわからず悪天候のため捜索は難航した。生存者も消耗が激しく、個人装備や防寒具を失ったものが多かった。

捜索の続行はもとより自力下山も困難な状況のため、登山根拠地の大沢小屋にとどまって救助を待つことになった。このとき大町には、遅れて入山する予定だった部員がいた。遭難の事実を知った部員は各方面に急を知らせる一方で、地元関係者に協力を要請した。ただちに登山人夫が集められ、物資が集積されて救援隊が組織された。

救援隊の第一陣が現場ちかくの大沢小屋に到着したのは、大晦日の夜遅い時刻だった。すでに事故の発生から、丸一日半がすぎていた。実質的な捜索活動は、年が明けた元日の朝から開始された。午後には救援隊の第二陣が到着し、行方不明者の捜索は本格化した。だが装備の不足もあって作業は進展せず、この日は成果が得られなかった。

捜索は翌日以降に持ち越されたが、ここで問題が出てきた。さして広くもない大沢小屋に、生存者と救援隊あわせて六十人が宿泊することになったのだ。これは小屋の収容能力を、大きくこえた数字だった。短期間ならともかく、捜索活動が長期化すれば支障が出てくるのは眼にみえていた。

かといって、人数を減らすこともできない。救援隊には山岳部員や登山人夫ばかりではなく、動員された消防組員や警察署員も加わっていた。物資の輸送や連絡などの支援要員が、大量に必要だったからだ。現場付近では雪が降りつづいており、大町からの登山道を保守整備するだけで膨大な手間がかかる。

十数人が最前線で効率的に捜索活動を実施しようとすれば、それに数倍する人数を後方に配置しなければならない。とはいえ、ある程度の制限は必要だった。六十人もの宿泊者がいると、食糧品や燃料の消費量も増大する。協議の結果、宿泊者の総数は五十人までとした。それを上まわる場合は、大町よりにある別の小屋に移動するしかない。

乗鞍岳で早稲田大学の一行が下山をいそいだのは、そのような事情があったからだ。さらに救援活動が開始された当初は、情報不足と連絡の不徹底から指揮系統の混乱が起こりがちだった。ときには責任の所在が曖昧なまま、場当たり的な指示が連続することもあるらしい。部外者がかかわるのは、危険でさえあった。

そこまでは、理解できた。早稲田の一行は十人ちかい大人数だったから、冷泉小屋にとどまれば救援活動に支障が出る可能性がある。あるいは小屋番に、立ち退くよう要請されたのかもしれない。だからといって番所原から登ってきたばかりの加藤にまで、下山をうながすのは納得できなかった。

厄介なことに彼らは、純粋な親切心から加藤に声をかけていた。単独行は危険だとする思いこみがあるものだから、パーティ登山よりも遭難の可能性が高いことを疑っていない。だから加藤に登山の中止を求めたのは、行儀の悪い子供をしかるのと同じ自然な行為だった。決して自分たちの踏み跡を、利用されたくなかったからではない。

積雪期登山における踏み跡の有無は、登高にかける労力を大きく左右する。踏み跡をたどれば格段に楽だし、時間も短縮できた。したがって他人の踏み跡を無断で利用する行為は「ラッセル泥棒」と呼んで嫌われた。だから早稲田隊が加藤を警戒しても不思議ではないのだが、下山を勧告したのはそれが理由ではなさそうだ。

そのことは、加藤より一日はやく登頂したRCC会員の話からも裏づけられた。早稲田大学隊は自分たちが残した踏み跡の利用を認めた上で、偵察によって得られたルート情報を提供してくれた。両隊は一列になって登高をつづけ、同時に登頂を果たした。風雪の頂上では双方を紹介しあったというから、想像していたような狭量さはなかったらしい。

――それほど単独行は、危険なのだろうか。

加藤は自問した。何度もくり返された疑問だった。だが、結論はまだ出ていない。針ノ木岳の遭難について知るうちに、だんだん自信が持てなくなってきたのだ。もしも単独のとき雪崩に遭遇したら、他のものによる救助は期待できない。自力脱出が不可能なら、雪に埋められたまま死ぬしかなかった。

その一方で単独行の場合は、仲間を救助する必要がない。パーティを組めば安全だと考えがちだが、実はふえた仲間の分だけ危険が増大するのではないか。もしも仲間の足が遅ければ、危険地帯の通過にも手間どる。その上に単独行者は、臆病ともいえるほど慎重だった。少しでも危険だと感じたら、即座に引き返す身軽さもあった。

難問だった。いくら考えても、答をみつけ出せない。迷いから脱しきれないまま、高取山に足をむけていた。なんとなく、竹橋の顔をみたくなったからだ。ところが実際に会ってみると、思い通りに言葉が出てこない。内心の焦りを抑えるうちに、時間だけが過ぎていった。そして竹橋が、時計に眼をむけた。意外そうな顔になって、表示を確かめている。

それが潮時だった。加藤は腰を浮かせた。やや遅れて、竹橋も立ちあがった。加藤は動きをとめた。真顔になった竹橋が、じっと加藤をみていた。

「信じる道を、突き進むべきです。迷っているのは、加藤さんらしくない」

えっと思った。驚いて竹橋の顔を直視したが、すでに緊張感は失われていた。竹橋は元の穏やかな笑みを浮かべている。そして加藤に会釈すると、背を向けて去っていった。加藤は無言のまま、その後ろ姿をみていた。

2

五月末から六月はじめにかけての山行が、最後になった。

予定どおり御嶽と木曽駒ヶ岳を、あわせて二日半で登ることができた。まだ残雪は多くアイゼンが必要だったが、雲間から射しこむ陽光は真夏のように眩しかった。日照時間も長く、午前四時ごろから夕方七時すぎまで行動できた。ときおり降雪をみたものの、感覚的には夏山とそうかわらない。

充実した山行だったが、物足りなさも感じた。厳冬期の峻烈な風雪を経験しているものだから、残雪期の山では達成感が得られないのだ。これ以後、加藤は残雪期の山に登っていない。初冬期の山も同様で、翌年十一月の常念岳が最後になった。長期山行のほとんどは、一月から三月までに集中している。

もったいなくて、真冬以外に休暇を使えなかったのだ。どのみち春がくるまでに、年次休暇は使いきっていた。年末の仕事納めが、加藤にとって冬山の解禁日になった。したがって昭和四年の山行も、御嶽と木曽駒ヶ岳で終わりだった。あとの半年あまりは、冬を待ちながら準備をととのえるしかない。

加藤が次に狙っているのは、正月の剱岳だった。他にめぼしい山は、残っていなかったといっていい。単独で登れそうな山は、最初の年に登りつくしてしまった。かといって、バリエーションルートを開拓するほどの自信はない。真冬の南アルプスは手つかずだったが、入山者が少なく情報も入手しづらかった。

そう考えると、剱岳以外に適地はみあたらなかった。正月なら他の登山者も入山しているから、ルート情報を現地で入手することもできる。四月の奥穂高岳でやったように、他の登山者のあとをついて登れるかもしれない。

あざといやり方であり、身の丈にあった登山ともいいがたかった。だが、そうやって経験を重ねなければ技術は向上しない。パーティを組まない単独行者には、見習うべき山の先輩が身近にいないのだ。迷惑をかけないように、あとをついて歩くしかなかった。

そんな心づもりをしながら、冬がくるのを待った。

富山県営鉄道の千垣駅に降りたったのは、十二月三十日の朝だった。その足で芦峅寺《あしくらじ》にむかって、山小屋の所有者宅をたずねた。山の様子と小屋の状況を、たしかめるためだ。だが本当に知りたいことは、他にあった。先に入山した登山者がいるかどうか、いるとすれば大雑把な日程を知っておきたかった。

心細かったからだ。積雪期の単独行は何度もくり返しているが、いくら経験しても慣れることはなかった。まして厳冬期の立山や剱岳は、これが初めてだった。胸が押しつぶされそうな不安からは、どうやっても逃れられない。他の登山者がいるのであれば、これほど心強いことはなかった。できるかぎり近くにいて、人恋しさをまぎらわせたかった。

結果は予想どおりだった。東京からきた四人のパーティが、案内人兼人夫を二人ともなって入山しているらしい。昨夜は藤橋に宿をとって、今日の早朝から登りはじめているはずだった。何ごともなければ、今夜は弘法《こうぼう》茶屋泊まりの予定だという。

思わず安堵の息をついていた。芦峅寺から藤橋までは、二時間とかからない。夜行列車で到着した加藤は出遅れた格好だが、いそげば今日中に追いつけるのではないか。そう考えて、先をいそいだ。さいわい積雪量は少なく、スキーはあまり沈まなかった。藤橋をすぎた直後の急坂では、スキーが邪魔になるほどだった。

そのような状態は、坂を登りきったあともつづいた。かなり高度をあげたのに、何度もスキーを脱いで担ぐことになった。それでも時間がすぎるにつれて、雪は次第に深くなっていった。先行する六人の踏み跡をたどりながら、黙々とスキーを滑らせていく。飛雪で埋められていた踏み跡が、少しずつ新しくなっていった。

先行するパーティとの距離は、着実に縮まっているようだ。その事実に勇気づけられて、休息もとらずに先へすすんだ。最初のころは重かった雪が、乾いた砂のように軽くなっていた。この日は雪が降っていなかったが、風に飛ばされた粉雪が容赦なく吹きつけてくる。吹きだまりでは踏み跡が埋められて、通過にかなり手間どった。

ブナ坂をこえて一時間あまりで、周囲が薄暗くなった。まだ日没には間があるはずだが、空を埋めつくした密雲が風景から光を失わせていた。そしていくらも進まないうちに、周囲は完全に暗くなった。弘法茶屋までは、あと二時間はかかるはずだ。だが、引き返す気はない。踏み跡を目印に、闇の雪原を強引に歩きつづけた。

通いなれた道だった。そのせいで、真夏からはじめて残雪期から早春、そして厳冬期へと季節をかえながら通った。そのせいで、ランタンは使わずにすんだ。闇に眼がなれているものだから、なんとか地形はみわけられる。ときおり記憶にない風景があらわれるのは、踏み跡を忠実にたどっているせいだろう。

そのことに加藤は、ほんの少し不安を感じた。自分のたどっているのがスキーの通過跡ではなく、獣の足跡に思えてしまうのだ。ときおり不安に抗しきれず、足をとめて踏み跡を検分した。間違いなかった。シールを使っているらしく、ストックの跡はそれほど深くなかった。

たぶん雪道になれた案内人が、パーティを先導しているのだろう。だから加藤が普段たどる道筋とは、違っているのではないか。そう考えて、風景の違いは気にしないことにした。どのみち深くたれ込めた雪雲のせいで、遠くの山なみは隠されている。おなじ風景を眼にしても、違った印象を受ける可能性があった。

だから遠くの灯りを視認したときは、心底ほっとした。自然に頬がゆるんで、笑みをもらしていた。あの灯りの下には、人がいる。時刻は六時半に近かった。到着時刻としては遅かったが、まだ寝につくほどではない。いまごろは火を囲んで、談笑しているのだろう。それを思うだけで、温かい気分になれた。

部外者の自分が、会話に加われないことはわかっていた。見知らぬ人々を相手に、世間話ができるほど器用でもない。かりに相手が話しかけてきても、最小限の受けこたえしかできないはずだ。それでもやはり、人の存在はうれしかった。言葉をかわさなくてもいい。無視されてもよかった。おなじ屋根の下に人がいるというだけで、充分に満足できた。

そこまで考えたときだった。ふいに加藤は、ひとつの可能性に気づいた。もしかすると彼らは、自分の名前を知っているかもしれない。ひとつ前の冬に加藤が残した単独行の記録は、先月の二十日に刊行された「R.C.C.報告」の最新号に掲載されている。自分から口にする気はないものの、名乗れば相手は気づいてくれるのではないか。

考えすぎかもしれないが、可能性は否定できなかった。少なくともRCCの会員は、大学山岳部の報告書集に眼を通している。会ったことのない学生登山家の名や、登攀記録に精通しているものも多かった。みな研究熱心だから、無視することはできないのだ。それと同様のことが、自分の周辺でおきているかもしれない。

それを思うだけで、加藤の胸は高鳴った。興奮をおさえきれずに、ストックを握る手にも力が入った。地形の影に見え隠れしていた灯りが、次第に近づいてくる。さすがにこのあたりまで来ると、積雪は深かった。雪原の状況からして、二メートルを大きくこえているようだ。この分だと小屋は、軒まで埋められているのではないか。

一人なら入り口を掘り起こすだけで苦労するところだが、今日は先客がいる。人夫を二人もともなっているのだから、すでに小屋の整備は終わっているはずだ。そんな計算をしながら、最後の滑走を終えた。予想どおり除雪は終わっていた。出入り口の周辺に、雪の塊が積みあげてある。

四組のスキーとストックが、その横に突きたてられている。やや離れた位置にある二組は、人夫が使っていたものだろう。気のせいか客のものらしい四組にくらべると、どことなく安っぽい印象を受けた。偏見ではない。四組のスキーが高級品すぎるのだ。屋内からもれだしてくる淡い光でみてさえ、芸術品のような美しさが感じられる。

加藤もスキーを脱いだ。ほんの少し迷ったあと、二組ならんだスキーの横に立てた。別に加藤のスキーが、安物だったわけではない。スキーに限らず山の装備には、出費をいとわなかった。ただなんとなく、気後れがしただけだ。技術的な未熟さのせいで、加藤のスキーは傷だらけだった。とてもではないが、芸術品の横にならべる気にはなれない。

衣服についた雪を簡単に払ったあと、ひとつ深呼吸をした。屋内からは、絶え間なく話し声がきこえてくる。よほど話が弾んでいるのか、何度も大きな笑い声が重なった。そのせいで、中に入るきっかけを失ってしまった。話が途切れないものだから、扉が開けられないのだ。

だが、いつまでも待っていられない。意を決して、扉を引き開いた。その途端に、室内が静かになった。加藤は戸惑って動きをとめた。ランタンの光に幻惑されて、室内の様子がよくわからない。人の気配は感じるのだが、どこに何人いるのか把握できなかった。雪眼鏡もなしに歩きつづけたものだから、眼をやられたのかもしれない。

判断がつかないまま、ランタンの光を手でさえぎった。それをきっかけに、中断していた会話が再開された。だが室内の雰囲気は、先ほどとは一変していた。声をひそめて「人夫なのか」とか「いや、違うだろう。登山者ではないのかな」などといっている。いくらか間をおいて、誰かが「案内もつれずに？　一人でか」と問い返した。

どうやら自分のことを、話しているらしい。だが彼らの疑問に、こたえている余裕はなかった。加藤は眼を瞬いた。痛みは感じず、涙も出てこない。ランタンを直視していないかぎり、視力が低下することもなかった。どうやら眼は大丈夫らしい。そのことに安堵して、あらためて声のした方に向き直った。その矢先に、声をかけられた。

「そんなところに立ってないで、中に入ったらどうだ」

苛立ったような大声だった。事情がわからず、加藤は声の主をさがした。この部屋にいるのは、四人だけだった。ストーブの周囲に椅子がわりの木箱をならべて、談笑していたらしい。四人はそろって加藤を注視している。とげとげしい視線だった。その視線に射すくめられて、言葉を返せずにいた。四人のうち、最年長らしい男がくり返した。

「早くしてくれないかな。風が入ってきて寒いんだよ」

胸をつかれた思いがした。彼らが不機嫌になるわけだ。部屋の内部は、ほどよく暖まっている。そんなところへ寒気とともに、いきなり闖入してきたのだ。怒鳴られても、文句はいえないところだ。

出端をくじかれた格好だが、ここは素直に従うしかない。いそいで不調法を詫びたが、寒さのせいで舌がうまくまわらなかった。緊張しているせいもあって、口の中で意味不明の言葉をつぶやいただけだった。四人は無言のまま、加藤をみている。

それ以上、彼らと向きあっていることはできなかった。視線をそらして、引き戸に手をかけた。ところが雪が入りこんだのか、うまく閉じられない。どうやっても隙間ができてしまう。勢いをつけて閉めようとしたら、戸板が外れそうになった。いまにも叱声が飛んできそうで、気が気ではなかった。

悪戦苦闘の末に、ようやく閉じることができた。息をついてふり返ったら、誰も加藤の方をみていなかった。四人とも話に夢中で、ふり返ろうともしない。加藤のことなど忘れてしまったかのように、何度も笑い声をはじけさせている。

居心地の悪い思いで、加藤は立ちつくしていた。他にいく場所がなかったのだ。いまさら別の小屋にはいけないし、雪の中で野宿する気力もない。かといって、彼らの話に割って入ることもできなかった。上質の道具を使っているだけあって、彼らはスキーの熟達者らしかった。かりに招じ入れられたとしても、加藤は話題についていけないだろう。

そんなことを考えたせいか、自分の風体がいかにもみすぼらしく感じられた。くたびれた上着に、使い古しのマフラーなどで間にあわせている。衣服にまで、金をかけたくなかったからだ。ところが東京から来た四人は、いかにも高級そうな登山服を身につけている。舶来の生地で特別に仕立てさせたのか、皺などひとつもみあたらない。

学士登山家かと、加藤は思った。年格好と断片的に伝わってくる話題からして、大学山岳部の卒業生らしかった。おなじ登山家ではあるが、加藤とは出自も住む世界も違っている。そんな彼らと、親しく話などできるわけがなかった。

——迷惑をかけないように、少し離れてついていくか。

それが結論だった。さしあたり今夜は、小屋の隅で小さくなって寝るしかない。適当な場所がないか物色していたら、間仕切りの向こうで人の気配がした。奥の部屋に誰かがいるらしい。そういえば人夫の姿を、まだみていなかった。別室にいるのなら、自分もそちらに移動した方がよさそうだ。

そう考えて、一度おろした荷を担ぎなおした。間仕切りの扉が開いたのは、その直後だった。半開きになった扉から、誰かが顔を突き出している。それをみた加藤は、思わず声をあげそうになった。佐伯福松だった。顔見知りの人夫で、力自慢の大男だった。もう四十に近いはずだが、いまも山仕事が多く山中で何度か顔をあわせていた。

もう一人の佐伯兵次は、加藤と同年齢だった。案内人としては若い方だが、実力は抜きんでている。こちらの方は福松ほど親しくないものの、名前だけはよく知っていた。将来を有望視されるだけあって、登山技術ばかりではなく指導力も優れているようだ。

——あの四人の経験と実力は、かなりのものらしい。

直感だった。さもなければ、福松と兵次を同時に雇用することなど思いつかないはずだ。

3

四人のうち二人が東京帝国大学スキー山岳部の卒業生であることは、福松たちとの会話で明らかになった。年長の方が大学院生の窪田、眼鏡をかけた人物が内務省官僚の田部とのことだった。

二人は四高（第四高等学校。現在の金沢大学）時代から山とスキーに親しんでいたというから、日本ではトップクラスの登山家といえる。我流で積雪期登山をはじめただけの加藤とは、実力や経験に大きな差があった。おなじ登山家ではあっても、毛並みの良さは歴然としている。住む世界が最初から違っているのだ。

あとの二人も東京帝大の卒業生や現役の慶応大生だから、将来を約束されたエリート集団といえる。高等小学校を出てすぐに就職した加藤とは、生まれ育った環境に大きな差があった。加藤も夜間部ながら工業高等専修学校（現在の大学工学部に相当）を卒業しているが、出自の違いは埋められることがなかった。

そのことは、山小屋の生活でも感じられた。彼らは何度も人夫たちを呼びたてては、細々とした用事をいいつけていた。人夫たちが間近にいるわけではない。二人とも別室の炊事場で手仕事をしていたが、誰も遠慮などしなかった。しかも態度が驚くほど自然だった。決して横柄にはならず、かといって頼みこむような卑屈さもない。

おそらく彼らは小さいときから、人を使うことに慣れていたのだろう。いつも身近に使用人がいて、日常的な雑事を片づけてくれる。普段からそんな生活をしているから、言動に嫌味が感じられない。まだ若いのに、命令口調が堂に入っていた。そして仕事を終えた福松や兵次には、さりげなくねぎらいの言葉をかけている。

ひとつ間違えると鼻持ちならない俗物にしかならないが、四人の場合は違っていた。育ちのよさが、洗練された物腰にもあらわれている。それなのに、ひ弱さや繊細さは感じられない。断片的に伝わってくる会話からは、剛胆で些事にこだわらない彼らの登山スタイルが想像できた。これまでの多彩な登山経験が、いかにも楽しそうに語られている。

ときおり加藤が登った山のことも話題になったが、会話に加わりたいとは思わなかった。加藤は所詮「街の登山家」でしかない。英国紳士を連想させる彼らとは、登山のスタイルが根本的に違っているのではないか。そんなところへ無理をして入りこむよりは、炊事場で人夫たちと途切れがちな会話を重ねている方が性にあっていた。

結局、炊事場を出ることがないまま就寝時刻になった。人夫たちにならって囲炉裏端に毛布を広げ、川の字になって寝る用意をした。そのときになって、急に四人のことが気になりだした。自分がこちらで寝ることを、彼らは知らないのではないか。ひとこと断らなければ、灯りを消さずに起きているかもしれない。

そう考えて、それとなく隣室の様子をうかがった。四人は部屋の奥に天幕を張って、その中に入りこんでいた。まだ話がつづいているのか、ときおり大きな声で笑いをはじけさせている。そしてみている前で、灯りが消えた。天幕の中は暗くなったが、それでもまだ会話は途切れなかった。楽しそうな笑い声が、加藤のところにまで伝わってくる。

安心すると同時に、少しばかり寂しい気分にさせられた。加藤のことを、彼らは忘れてしまったかのようだ。あからさまに無視されたわけではないが、それに近い扱いを受けた気がした。むしろ悪気がないだけに、かえって生々しい印象を受けた。明日の行動が思いやられるが、いまから心配してもはじまらない。

一晩だけの辛抱だと、考えるしかなかった。明日になれば雰囲気も変化する。たとえ状況にかわりはなくても、気にしなければすむことだ。加藤は楽観していた。四月には自力で登れなかった奥穂高岳に、山中で出会った登山家の力をかりて登頂できた。

四人がそこまで親切だとは限らないが、彼らの残した踏み跡をたどることくらいは許されるだろう。あとをついていけば、劔岳にも登れるのではないか。そう結論を出して、頭から毛布をかぶった。

翌朝はまだ暗いうちに眼がさめた。

明るくなるのを待って寝床を抜けだし、空模様をたしかめようとした。ところが外は一面の霧で、視界は白く閉ざされていた。小雪が降っているらしく、昨日の踏み跡は消えかけている。この程度の降雪なら行動できないことはないが、広大な弥陀《みだ》ヶ原で迷うと進むべき方角がわからなくなる可能性があった。

さしあたり出発準備をととのえて、様子をみるしかなかった。天候が極端に悪化しなければ、途中まで登ってみてもよかった。無理なら引き返すしかないが、可能性があれば上部の小屋に移動したいところだ。

明日からの行動を考えれば、今日中に劔沢の小屋に入るのが理想だった。それが駄目なら、せめて室堂まではいきたかった。

そう見当をつけて、囲炉裏端に引き返した。福松が毛布から顔だけを出して「どうだった」と訊ねた。加藤はみたままを伝えた。霧がたちこめている上に、少しだが雪も降っている。そう説明したあと、加藤の考えを話そうとした。天候は思わしくないが、行動できないことはないと口にしかけた。ところが、その矢先に福松がいった。

「そうか。それなら今日は無理だな」

えっと思った。福松は今日の行動を中止して、ここにもう一泊するつもりでいるらしい。加藤にとっては、納得のいかない話だった。福松自身は空模様を確認していなかった。寝床から外に出ることもなく、なぜそんなことが決められるのか。

不審に思って、加藤は問いただした。

「あの……今日は無理と?」

思っていることを、強く口にできないのがもどかしかった。思惑では福松や兵次がいれば、安心して弥陀ヶ原を通過できるはずだった。だが彼らが停滞するのであれば、加藤も行動を中止せざるをえない。かりに上部の小屋に入れたところで、彼らを追い越してしまったのでは意味がなかった。踏み跡が利用できないのでは、登路の見当もつかない。すがるような思いで、福松の返答を待った。風邪をひいているのか、起きあがった福松は何度か咳こんだ。囲炉裏の火を熾しながら、福松はいった。

「三月ごろなら頑張ってみるが、いまごろは登らない方がいい。このあたりでは大丈夫そうにみえても、上にいくと強風が吹き荒れている。今日は一日、休養することだな」

風邪をひいて弱気になっているのか――そんなことを思ったが、もちろん口には出さなかった。リュックを引き寄せて、風邪薬を出すだけにとどめた。

そのころには、兵次も起きだしてきた。わずかな期待をかけたが、兵次もおなじ意見だった。こんな日には、登るべきではないといっている。一応は空模様をたしかめていたものの、結論はすでに出ていたようだ。細めに開けた戸の隙間から、ちらりと外をみただけで引きあげてきた。そのまま天幕の四人に声をかけて、今日の停滞を伝えた。

意外なことに、四人は反対しなかった。自分の眼で天候をたしかめる様子もない。天幕から一歩も足を踏み出すことなく、眠そうな声を返しただけだった。また眠りこんでしまったのか、もう話し声もきこえてこなかった。

――これが彼らの登山スタイルなのか。

驚くと同時に、拍子抜けする思いがした。積雪期の山に停滞はつきものだが、これは少しばかり安易にすぎるのではないか。停滞するかどうかは、登山全体の成否を決めかねない重大事だった。いまはまだ日程に余裕があるが、登山の最終段階では一日の差が大きな意味を持つこともある。それを彼らは、人まかせにしていた。

別に停滞自体が悪いわけではない。何日も連続して動けずにいた経験は、加藤にもあった。だがその場合でも、行動だけはしていた。翌日からの登高にそなえて、登路を偵察することが多かった。一日を無為にすごしても、担ぎあげた食糧は――そして休暇も消えていく。それを思うと、もったいなくて行動せずにはいられなかった。

それで予定より早く登山を終えれば、次の山へ転進すればよかった。これまでは、実際にそうやっていた。休暇がつづくかぎり、いくつもの山を次々に登っていた。貧乏性といえばそれまでだが、鷹揚すぎる彼らの決断には違和感が残った。

だがこれは、仕方のないことかもしれない。彼らは荷担ぎの人夫を雇うだけではなく、小屋に備蓄された食糧や燃料まで計画に組みいれている。すべての荷を自分一人で背負うしかない加藤とは、感覚が最初から違っているはずだ。登山スタイル自体が違うのだから、一方が他方にあわせるのは無理があった。

——別行動をとった方が、いいのかもしれない。

そのことは、充分に承知していた。それなのに、一人で登る踏ん切りもつかなかった。真冬の剱岳が、恐ろしかったこともある。だがそれ以上に、誰もいない小屋で夜を越すのが辛かった。しめつけるような冷気のせいで眠れず、朝を待つだけの夜は長い。たとえ言葉をかわすことがなくても、同宿者がいるというだけで温もりを感じることはできた。

四人が起き出してきたのは、かなり遅い時刻だった。それまで加藤は何度も天候をたしかめたが、あいかわらず霧が深く視界は回復しなかった。どうするのかと思っていたら、一人が身支度をととのえて外に出ていった。サブザックも持たない軽装だった。登路の偵察にいくのではなく、小屋の近くでスキーの練習をするらしい。

やや間をおいて、他のものもそれにつづいた。当然のことながら、誰も加藤に声をかけようとしなかった。そして片づけを終えた兵次が、あわただしく出ていった。小屋に残っているのは風邪気味の福松と、何か作業をしているらしい田部だけだった。

他にすることもないまま、加藤も彼らのあとを追った。いくらも踏み跡をたどらないうちに、スキーの練習をする一行がみえてきた。小屋からそう遠くない斜面だった。上等の用具を使っているだけあって、彼らのスキー技術はかなりのものだった。緩斜面では優雅に滑降しているが、急斜面になると果敢に飛びこんでいく。

実用一点張りの加藤のスキーとは、技術的に大きな差があった。普段なら素直に感心するところだが、今朝のことがあるものだからつい批判的な眼でみてしまう。彼らの目的はスキーであって、登山はそのついでなのかと考えたせいだ。この時点で彼らに対する信頼感は、少しずつ失われていた。

一行は飽きる様子もなく、練習をつづけている。だが加藤自身は、その中に入りこんでいけなかった。ほとんどの時間を、彼らの滑降をみるだけですごした。下手糞な自分のスキーを、みられたくなかったせいもある。だが本当の理由は他にあった。スキーを楽しむ余裕が、なかったのだ。

——こんなことをするために、自分はここへ来たのではない。

一度そう考えてしまうと、容易には抜けだせなくなった。焦燥感ばかりが先にたって、とても楽しむどころではなかった。血のにじむ思いで手にした休暇を、一日たりとも無駄にしたくない。早く天候が回復しないものかと、何度も空をあおぐことになった。

光明は正午ちかくになってあらわれた。ようやく霧が途切れて、視野が大きく開けたのだ。わずかな時間だが、上部の鏡石も視認できた。加藤は愁眉を開いた。午後一番で出発すれば、今日中に室堂の小屋までは入れる。少しばかり強行軍になるが、明日一日かけて室堂から剱岳を往復することは不可能ではない。

そう考えて、彼らの反応を待った。だが加藤の期待は、今度もはずれた。霧が晴れたのをみた一行は、集まって何ごとか相談をはじめた。午後の行動を決めているようだが、ただちに荷をまとめて出発する様子はなかった。話がまとまったあと何人かは小屋にもどったが、そのままスキーの練習をつづけるものもいた。

どうやら昼食のあと、近場に出かけるだけらしい。このあたりには見晴らしのいい場所が多いから、そのうちのひとつを往復するつもりのようだ。そのことに加藤は落胆したものの、一人で出発しようとまでは思わなかった。同宿者がいることに慣れてしまったものだから、気持の切りかえができないのだ。

いずれは元の単独行にもどるしかないが、それはもう少し先でもよかった。さしあたり午後は、彼らのあとをついていこうと考えた。期待もあった。これを機会に、彼らと親しくなれるかもしれない。スキーの練習と違って、集団行動だから会話も生まれやすい。他所者が一人くらい混じっても、受け入れてくれるのではないか。

小屋にもどった加藤は、あわただしく昼食をとって出発にそなえた。といっても持ちこんだ食糧は、例によって簡易な携行食ばかりだった。足ごしらえも終わっているから、準備の完了まで数分とかからなかった。彼らはにぎやかに談笑しながら、時間をかけて食事をしている。間が持てずに外へ出た。

だが目的地がどこなのか、まだ加藤は知らなかった。それどころか、同行することさえ伝えていない。小屋の中では、まだ食事がつづいていた。しばらく時間がかかるだろうと考えて、午前中の斜面に移動した。別にスキーの練習をやる気はなかった。斜面を前に、突っ立っているだけだ。

間の抜けた惨めな待機になった。午前中にくらべて気温は上昇しているが、冷たい風が間断なく吹きつけてくる。じっとしていると凍えそうだったが、体を動かすことができない。どこにもいかずに、待ちつづけるしかなかった。親に叱られて家から締めだされた子供のようだと思ったが、心が寒々しくて笑う気にもなれない。

ようやく彼らが姿をみせたときには、手足の先から感覚が失われていた。霧は晴れていたが、遠くて顔ぶれまでは識別できない。あらわれた人かげは、五つだけだった。福松一人が留守番をして、あとの全員が出かけるようだ。

一行は隊列を組んで出発していった。方角からして、室堂か立山温泉に向かっているようだ。だが、どちらも半日で往復するのは無理だった。かといって、鏡石まで登ってしまったのでは天候が悪化する。すると行き先は、松尾《まつお》峠なのかもしれない。

そういえば昨夜、松尾峠で遭難した板倉勝宣氏のことが話題になっていた。日本における積雪期登山のパイオニア的な存在で、大正十二年一月に立山のスキー登山を試みたあと下山途中に凍死している。学習院の卒業生だから四人と直接のかかわりはなさそうだが、慰霊のために半日のスキー行を計画した可能性はある。

目的地がわかったことで、精神的な余裕が生まれていた。膝を屈伸して体を温めた加藤は、力強くスキーを推進させていった。斜面の滑降は不得意だが、シールをきかせた登高なら自信があった。体力にまかせて滑走させるだけだから、長時間の登高でも苦にならなかった。残された通過跡をたどるうちに、先行した彼らの姿が大きくなった。

ところが彼らの反応は、期待に反してよそよそしいものだった。最初に列の後尾を歩いていた一人がふり返って、近づいてくる加藤をみつけた。それが、きっかけになった。全員が次々にふり返って、無言のまま加藤をみている。顔を覆った頭巾や黒眼鏡のせいで、表情はわからない。言葉をかわすものもなかった。

加藤も足をとめた。片方のストックを、頭上で大きく左右に振ってみた。反応はなかった。あいかわらず全員が動きをとめたまま、加藤を注視している。声をかけるには、まだ遠かった。合流するつもりで、スキーの推進滑走にもどった。登りの斜面だった。足もとに眼を落として、スキーを前に出すことに専念した。

だが、追いつくことはなかった。ふたたび顔をあげたとき、彼らの姿は小さくなっていた。斜面を登高する加藤を待たず、先にいってしまったらしい。

4

奇妙な追跡になった。時間がすぎても、先行する五人の姿が一向に近づいてこない。深雪を踏みながら進む彼らは足どりが重く、その気になれば容易に追いつけるはずだった。ところが実際には、一定の距離を保ったままあとを追うことになった。

気後れがして、それ以上は近づけなかったのだ。ある程度まで接近すると、決まって中の一人がふり返る。反応はさまざまだった。他のものと何ごとか言葉をかわすこともあったし、無言のまま射るような視線をむけてくるものもいた。追いつくつもりだった加藤は気勢をそがれ、無意識のうちに速度を落としていた。

それでも加藤は、引き返す気になれなかった。何かの誤解が原因なら、それを解いておきたかった。機会は今しかなかった。ここで別れてしまうと、二度と関係を修復できなくなる。そんな思いにとらわれて、黙々と足を運んだ。

機会は唐突にやってきた。地形のかげを、まわり込んだときだった。風を避けて休息していた一行に、思いがけず追いついてしまったのだ。気づいたときには、眼と鼻の先に彼らがいた。

ぎくりとしたが、なんとか平静さを保つことができた。逃げる気もない。そのままスキーを滑らせて、一行の間近で停止した。ただしスキーは外さなかった。ラッセルの交代を、申し出るつもりだったからだ。

深雪帯では先行するものの踏み跡が利用できるか否かで、かける労力や移動速度が格段に違ってくる。だから先行するパーティに追いついたら、後続のものは協力することとされていた。ここまで加藤は五人の踏み跡をたどってきたのだから、今度は交代して先頭に立つべきだった。

あらかじめ決めていたのだが、いざとなると言葉が口から出てこない。とっさのことで、誰を相手にするべきか判断できなかったのだ。常識的に考えれば、一行のリーダー格である窪田に話すべきだった。ところが先ほどから様子をみていると、ラッセルは兵次が一人でこなしていた。ルートの選定や休息の場所決めなども、兵次がやっているようだ。

つまり実質的なリーダーは、ガイドの兵次といってよかった。だが部外者の加藤が、いきなり兵次に声をかけるのはまずい気がした。やはり窪田なのかと考えて、視線をそちらに向けた。ところが当の窪田は、加藤の意図に気づいていなかった。前かがみになって、スキーの締具を点検している。

戸惑っていたら、声をひそめて誰かがいった。

「失敬な奴だな。こんなところまで、追いかけてきて——」

あとの言葉は、ききとれなかった。それでも加藤に対する敵意だけは、明瞭に伝わってくる。その声を背中でききながら、加藤は立ちつくしていた。ラッセルのことなど、口に出せる雰囲気ではなかった。窪田は怪訝そうな顔で、加藤を見上げている。

引き返すしかなかった。こんな状態で松尾峠にいったところで、彼らとの間に生じた溝は埋まりそうにない。それくらいなら、迷惑をかける前に別れた方がよかった。そして明日の朝はやく、皆が起き出す前に出発しようと考えた。それからの行動は、明日になってから考えればいい。

ぎこちない仕草で、加藤は窪田に一礼した。感謝の意を伝えようとしたのだが、それよりも先に背後で声がした。先ほどと、おなじ声だった。狼狽した様子で「田部さん、それは――」といっている。すぐに別の声が重なった。たしなめるような口調で「僕らは慰霊のために来たのだ。それを忘れるべきではない」と断じた。

加藤はふり返った。田部と眼があった。田部は視線をそらすことなくいった。

「僕らは松尾峠まで行く予定ですが……君はどちらまで？　やはり松尾峠ですか？」

加藤は「はい」とだけ答えた。田部は重ねていった。自分たちの主たる目的は板倉氏の追悼だが、峠の周辺で写真の撮影もおこなうつもりだ。ついては画面の構成上、あなたの行動を制限することもありうる。立ち入りを遠慮してもらう場所もあるかと思うので、その点はご承知おきいただきたい。

要するに「ついてくるのは勝手だが、写真撮影の邪魔をしないでくれ」といっているのだ。無論、加藤に異存はない。応諾のつもりで「はあ」とこたえた。それで終わりだった。黙って様子をみていた兵次が、さっと立ちあがった。すでにスキーは装着されていた。そのまま踏み跡に乗り入れて、ラッセルを再開した。

「あ……」

しまったと思った。だがラッセルの交代を、申し出る余裕はなかった。すでに全員が兵次にしたがって、踏み跡に入りこんでいる。いまから順番を入れかえたのでは、混乱するばかりだった。

仕方なく加藤は、隊列の最後尾についた。だが彼らの態度は、依然としてよそよそしかった。誰も加藤に話しかけようとせず、ふり返るものもいなかった。全員が加藤に背をむけたまま、黙々とスキーを滑らせている。要するに加藤は、ここに居ないものとして扱われていたようだ。

いつの間にか加藤の足どりは重くなり、隊列から遅れはじめた。意図的に別行動をとったわけではない。彼らのあとをついて歩くのが苦痛で、自然に速度が落ちてしまうのだ。その結果、加藤一人が離れて歩くことになった。これでは先ほどと、実質的に変わらない。形の上では同行を許されたものの、彼らに受け入れられたわけではなかった。

松尾峠に着いたときには、心身ともに疲れはてていた。精神的な重圧感のせいで、思うように体が動かなかったのだ。特に難路というわけでもないのに、一行から大きく遅れてしまった。だが、加藤を気づかうものはいなかった。くつろいだ様子で、思い思いに時間を過ごしている。

とりあえず、黙禱をしておこうと思った。板倉氏の霊に、敬意を示すためだ。先行した五人に、声をかける気はなかった。かなり遅れて到着したから、すでに自分たちですませてしまった可能性もある。そう考えて、立山温泉の方に向き直った。大げさなことをする気はない。スキーを装着したまま、両手でストックをついて眼を閉じただけだ。

そのせいで、誰も黙禱だとは思わなかったようだ。立ったまま休息しているとしか、みえなかったらしい。はじめてすぐに、田部が遠慮がちな声でいった。

「疲れているところをすまないが……少しいいですか」

声はきこえていたが、自分に対する言葉だとは思わなかった。田部はいくらか大きな声で、おなじ言葉をくり返した。加藤は眼を瞬いた。間近にいた田部と、眼があった。ほんの少し苛立った様子で、田部はつづけた。

「――すまないが君は先に帰ってくれませんか」

自分のことだと気づくのに、一瞬の間があった。疲労していることもあって、田部の話が耳に入ってこなかった。それでもなんとなく、言葉の意味は理解できた。自分たちだけでスキーの写真を撮りたいから、加藤にはいてほしくないようだ。部外者の加藤が、画面に入るのは好ましくないのだろう。

加藤の返事は先ほどとおなじだった。相手の眼をみたまま「はあ」とこたえただけだ。長居をする気はなかった。田部は遠まわしにいったが、彼らにとって自分は邪魔者でしかないらしい。ただ、峠からの下りをどうするかで迷った。ルートは二通り考えられた。踏み跡を忠実にたどって引き返すか、あるいは尾根づたいに西へ直進するか。

踏み跡を逆にたどる自信はなかった。往路は登りだったが、逆方向だと急斜面を滑降しなければならない。もしも転倒すれば、かなり危険なことになりそうだ。そう考えれば、進むべき方角は西以外にない。

それ以上、峠にとどまっている理由はなかった。休息している彼らに背をむけて、一人で小屋へもどった。その時になって、口惜しさがこみ上げてきた。他の誰かではなく、自分自身に対する口惜しさだった。みずから望んだ単独行なのに、なぜそれに徹することができないのか。人恋しさに負けて、他の登山者に近づこうとするのか。

自分の弱さが不甲斐なくて、腹立たしかった。強くなれと、自分にいいきかせた。それなのに、彼らと別れたことが哀しかった。気がつくと、視野が涙でにじんでいた。正面から吹きつける風のせいで、流れ落ちる間もなく涙が凍りついた。

だが、拭う気はなかった。不用意にこすると、眼球を痛めるかもしれない。彼らに気取られるのも嫌だった。ふり返りもせずに滑走をつづけたのだが、それが新たな齟齬を生じさせた。だが加藤がそのことを知ったのは、夜になってからだった。

その日は大晦日だった。正月を祝うには早かったが、彼らは惜しげもなく持参の餅を炊いている。雑煮のいいにおいが、加藤のところにまで漂ってきた。囲炉裏端にいた加藤は、無意識のうちに背をむけていた。空腹のままでいると、さもしい気分になりかねない。早いめに食事をすませるつもりで、リュックを引きよせた。

取りだした揚げ饅頭は、冷えきっている上に形が崩れていた。押しつぶされて平たくなったのを、端の方から齧った。冷たさが歯にしみたが、気にせず呑みこんだ。経験を重ねたせいで多少はましになったが、それでも加藤の食事は貧しいものだった。みられると恥ずかしいので、大いそぎで片づけた。間仕切りの扉が開いたのは、その直後だった。

姿をみせたのは兵次だった。湯気のたつ椀を、手に持っている。先ほどのにおいが、急に強くなった。椀を加藤に差し出して、兵次はいった。

「あちらの方たちからだ。晩飯はまだなんだろう?」

もうすませたとは、いい出せなかった。食欲もあった。揚げ饅頭を食べたばかりなのに、もう空腹を感じていた。決して大食漢ではないが、体質的に食いだめは可能だった。それに山小屋ではこの種のお裾分けは、別に珍しいことではない。遠慮して断ったのでは、かえって角が立つ。

口の中で礼をいって、加藤は椀を受け取った。だが箸をつける前に、やるべきことがある。椀をおいて、加藤は腰を浮かせた。先に彼らと会って、礼をいっておくつもりだった。

だが兵次は、それを制していった。

「いま行ってもだめだ。あの人たちも、食事をはじめたばかりだから。それよりも、先に話しておくことがある。食べながらでいいから、きいてくれないかな」

深刻そうな口調が気になった。うながされるまま、加藤は腰をおろした。兵次は少し迷う様子をみせたが、やがて意を決したように切り出した。

「単刀直入にいうが……みんな不愉快に思っているよ。特に松尾峠のあれはまずかった。血の気の多い学生の集団が相手なら、問答無用で殴られていたかもしれない」

意外すぎる言葉に、加藤は戸惑っていた。記憶をたどっても、何が原因なのかわからない。彼らを不愉快にした「あれ」とは、いったい何のことなのか。

要領をえない顔でいたら、兵次がもどかしそうにいった。

「わからないのか？　田部さんは、ちゃんと説明したはずだ。西側の斜面でスキーの写真を撮るから、そちらには踏みこまないでくれと。そのつもりで逆方向から峠に近づいたのに、君がシュプールを残して台無しにしてしまった。あの温厚な田部さんが、あんなに怒るのは初めてだ――」

加藤は上の空で、その言葉をきいていた。記憶は徐々にもどってきた。そういえば、たしかにそんな説明を受けた気がする。兵次によれば山岳写真にかける彼らの意気込みは、相当なものであるらしい。持ちこんだ機材や写真乾板は、質量ともに趣味の域を大きく超えていたという。片手間に撮るスナップや、記念写真などとは意味が違っていた。

兵次はさらに言葉をついだ。

「他にもある。挨拶もせずに、黙ってついていくのは非常識だった。ラッセル泥棒といわれても、文句はいえない。いまだからいうが、殴りつけて追い返せと息巻く者もいたくらいだ。だが田部さんは反対だった。板倉さんの霊前で悶着を起こすわけにもいかないから、穏便にすませようとした。その結果があれだから、田部さんが怒るのももっともだ」

あの若い男なのかと、加藤は思った。四人の中で最年少らしく、兵次のいう「血の気の多い学生」なのかもしれない。いつも睨みつけるような眼で、加藤をみていた。

そんな記憶があるせいか、兵次の言葉は納得がいかなかった。断りなしについていったのは、たしかに非礼だった。だからといって、殴られる筋合いはない。穏便に済ませたことを、感謝する必要もないはずだ。なによりも、この山は彼らの所有物ではない。相手の方が大勢だからといって、遠慮することはなかった。

そう思ったが、あらためて口にする気はない。まして彼らの前で、反論しようとも思わなかった。そんな勇気が少しでもあれば、黙ってついていったりしない。

加藤は無言のまま、手の中の椀に眼を落とした。気づかないうちに、時間がすぎていたようだ。すでに雑煮は冷え切っていた。気のせいか、先ほどより重みが増したようだ。兵次は性急にいった。

「いまからでも遅くはないから、きちんと挨拶したらどうかな。そのときに、今日のことを謝ればいい。気のいい連中だから、案外あっさり許してくれるかもしれない」

加藤は生返事でそれにこたえた。一方的に詫びを入れるかのようで、釈然としなかったのだ。

5

天候は翌朝になっても回復しなかった。

深くたちこめた霧の奥から、音もなく雪片が落ちてくる。行動には不向きだが、その気になれば登れない天候ではなかった。だが二人の人夫がだした結論は、昨日とおなじだった。こんな日には、登るべきではないと断言している。上部の雪原では激しく吹き荒れているらしく、ときおり遠くの空がごうごうと鳴っていた。

加藤は憂鬱な気分で、空模様を眺めていた。昭和五年の元旦だった。だが、心は晴れなかった。天候と同様に、いまも暗く沈んでいる。一行との関係はぎくしゃくしたままで、気詰まりな状況がつづいていた。今日も停滞と決まれば、また昨日とおなじ一日がくり返されることになる。

——挨拶する意味が、本当にあったのか。

そのことを、考えずにはいられなかった。たしかに昨日と比べると、険悪な雰囲気は払拭されている。睨みつけるような視線を、感じることもなくなった。だがそれは、表面上の変化でしかなかった。あいかわらず加藤は、小屋の中で孤立していた。無視されているわけではないが、親しげに声をかけられることもない。

こんなことなら、意にそわない挨拶などするべきではなかった——そう加藤は考えるようになっていた。兵次に促されて足を運んだとき、四人はすでに夕食を終えていた。怪訝そうな顔で見返すものだから、加藤はすぐに用件が切りだせずにいた。口ごもっていたら、兵次がみかねた様子で「何か話があるそうです」といってくれた。

それでようやく、踏ん切りがついた。近くにいた田部に、用意しておいた紙片を差しだした。手帳の空白ページを利用して作った即席の名刺で、名前とRCCの所属であることが記されている。山中で出会った相手と、名刺を交換することは普通ない。ただし登頂を記念して、山頂などに名刺を置いてくる習慣はあった。

だから名刺がわりの紙片を手渡しても、不自然ではないと考えたのだ。加藤としては、最大限の敬意を払ったつもりだった。多少の期待もあった。加藤の名を知らなくても、RCCの活動には関心があるかもしれない。もしも質問されれば、なんでも答えるつもりだった。一礼して、加藤はいった。

「あいにく名刺を切らしておりまして——」

自分でも驚くほど、なめらかに言葉が出てきた。そのはずで、勤務時の名刺交換そのままだった。技術職のため機会はそれほど多くないが、やり方に慣れる程度には経験があった。手渡すと同時に、そつなく「どうかよろしく」とつけ加えた。

型通りに挨拶したせいか、田部の対応も手慣れたものだった。紙片の文字を小声で読みあげたあと、視線を加藤にもどして「田部です。よろしく」といった。内務官僚だけあって、態度は堂々としていた。腰をおろしたまま、立ちあがろうともしない。加藤の方は突っ立ったままだから、役所に出入りする業者と大差なかった。

田部は加藤から視線をそらして、かたわらの窪田に紙片を手渡した。こちらの方は、名乗りもしなかった。加藤の顔を直視して、大きくうなずいてみせただけだった。こうなると出入りの業者というより、教官と学生の関係に近かった。さりげなく田部が窪田を紹介したときには、紙片は次の二人の手にうつっていた。

それからは、おなじことのくり返しだった。一人が紙片に眼を通している間に、田部がその人物を紹介していく。期待ははずれた。加藤の山歴どころか、RCCについて質問されることもなかった。そして紙片は一巡し、田部の手にもどった。田部は紙片を加藤に差し出しながら、先ほどよりも少し丁寧な挨拶をした。

「これも何かの縁ですね。今後とも、よろしく」

いいながら、いくらか腰を浮かせた。それがお辞儀のかわりらしい。加藤は口の中で礼をいって、手の中の紙片に眼を落とした。違和感に気づいたのは、その直後だった。紙片には、加藤の名前しか記されていない。しかも筆跡は、加藤自身のものだった。それも当然で、手渡したはずの紙片がもどってきただけだった。

不快感は、やや遅れてやってきた。加藤が差しだしたのは紙片だが、感覚的には名刺とおなじだった。つまり名刺をつき返されたのに等しい。常識では考えられない無礼な行為だった。それなのに、腹立ちを表に出せない。彼らの行為に悪気が感じられないものだから、こちらに非があるのかと思ってしまうのだ。

結局、不満を口にできないまま紙片をポケットにしまった。田部はまだ何か用か、というように加藤を見返している。質問を口にする様子はなかった。かといって、加藤の方から説明するのも憚られた。応対しているのは田部だけで、他の三人はすでに加藤に対する興味を失っていた。口ごもっていたら、兵次が割りこんでいった。

「それでは、我々はこれで——」

その言葉が、きっかけになった。田部は視線をそらし、仲間が作る談笑の輪に加わった。兵次も炊事場に引きあげていった。加藤一人が、行き場のないまま立ちつくしている。だが、もう話は終わっていた。不本意だが本来の居場所——炊事場にもどって、人夫たちと時をすごすしかない。

それが昨夜のことだ。

逡巡から抜けだせないまま、加藤は何度も空を見上げていた。いまは降雪がつづいているが、午後には天候が回復しそうなきざしはあった。これから準備をととのえて出発すれば、難所にさしかかる時間帯には晴れそうな気がした。ところが彼らは、一向に動き出す気配がなかった。早々と停滞することを決めて、小屋に閉じこもっている。

昨日とおなじだった。見切りをつけて出発すればいいのだが、その決断がつかない。最後の瞬間に、迷ってしまうのだ。昨日よりは状況が好転している、との思いがあるからだ。ここで短気を起こせば、いままでの苦労は無駄になる。もう少しだけ辛抱してみよう——そんなことを考えていた。

さんざん悩んだ結果、加藤も停滞と決めた。そして一日を無駄にすごした。加藤にとっては、悔いの残る一日になった。午前中は例によってスキーの練習に終始し、天候が少し持ち直したところで遠出をした。要するに前の日と、おなじ行動をとっただけだ。その間ずっと加藤は行動をともにしたが、彼らとの間に生じた溝は埋まらなかった。

加藤の方には親しくなりたいという思いがあるのに、それをうまく表現できずにいた。彼らの真意は不明だが、なんとなく敬遠されていたようだ。そのことは、スキー練習のときから感じていた。加藤が初心者向きの緩斜面で練習していると、あとからきた一行は離れた位置にある急斜面で飛ばしはじめた。これでは会話が生まれるわけもない。

おなじことは、小屋を離れて遠出をするときにもあった。なりゆきで加藤も同行したが、一人だけ浮いた存在だった。誰も加藤に話しかけず、自分たちだけで楽しんでいる。前日のように同行を拒否されることはなかったものの、実質的に違いはなかった。彼らの歓声や笑い声にあわせて、意味のない追従をくり返していただけだ。

内心の苛立ちは、午後に入ったところで頂点に達した。天候はさらに回復し、晴れ間がみえるまでになった。それなのに、誰も出発しようとは言い出さなかった。夢中になって、写真や映画の撮影をおこなっている。

さすがにそれ以上は、つきあいきれなかった。日没までに残された時間を利用して、同志社大学山岳部の児島氏を迎えにいくことにした。氏はRCCの会員ではないが、集会などで会ったことはある。加藤の山歴についても、知っているはずだった。正月休みを利用して剱岳に登る計画だときいていたから、可能なら同行を願いでるつもりだった。

ところが案に相違して、氏は姿をみせなかった。かなり先までいって何度もコールをくり返したが、結果にかわりはなかった。とはいえ、正確な日程を知っていたわけではない。思惑どおりに入山するとは限らないのだが、やはり落胆は大きかった。夕暮れの中を、一人で引き返すしかなかった。

重い足取りで小屋にもどった加藤は、そそくさと食事をすませた。昨日とおなじ揚げ饅頭だった。福松がみかねた様子で、炊きたての飯と汁をふるまってくれた。加藤は礼をいって、椀を受け取った。このころには食事の提供が、なかば慣例化していた。四人からの好意なのか、それとも人夫が自分たちの分をわけてくれたのか加藤も知らなかった。

どのみち四人とは、言葉をかわす機会もなくなっていた。人夫を通じて、間接的に意思が伝えられるだけだ。直に礼をいうことはできないし、遠慮して断るのも億劫だった。感謝の気持を口にして、ご馳走になるしかなかった。

——こんなことは、今日かぎりにしよう。

それが加藤の出した結論だった。三晩めになる夜をすごしながら、加藤は考えていた。よほどの悪天候でない限り、明日は出発するつもりだった。他人の力をあてにせず、身の丈にあった登山をするべきだった。今年もし剱岳に登れなければ、来年またくればいい。何度もくり返せば、そのうち実力がともなってくるのではないか。

そう心に決めて、その夜は寝についた。就寝前にたしかめたところ、高い位置にある星々がいずれも瞬いていた。前線が通過しつつあるようだ。午後には晴れ間がみえていたが、あまり長つづきするとは思えなかった。朝までに天候は崩れるものと予想して、単独行にもどることを決意したのだ。

ところが皮肉なことに、翌朝は快晴で明けた。昨日までの停滞が嘘のように、群青色の空が広がっている。登高意欲をかきたてる好天だった。前山が邪魔をして立山自体はよく見えないが、稜線の一部は垣間みえた。

——この天候が午後まで保てば、今日中に剱岳登頂を果たせるかもしれない。

思いがけず好天に恵まれたことで、軽い興奮状態にあったようだ。昨夜の決意は、どこかに消えうせていた。今夜の泊まりを剱沢小屋と考えれば、遅くとも明日の午前中には登頂できるのではないか。それを思うだけで、胸が高鳴った。

彼らもおなじらしく、まだ暗いうちから準備をはじめていた。誰もが荷の整理や後片づけに忙しく、人夫たちも加藤に声をかけようとしなかった。そして夜が明けきるころには、次々に小屋を出ていった。残置する荷の整理に手間取っていた田部が、最後の一人だった。戸口で足をとめた田部が、加藤に眼を向けて「あと頼むよ」とだけいった。

それで終わりだった。田部はそそくさと出ていった。返事をする余裕もなかった。一人だけあとに残された加藤は、なんとなく小屋の内部を見渡した。一度に六人も出発したものだから、手狭だった小屋が広々としてみえる。その事実が、妙に生々しく感じられた。火の気のない小屋は寒々しく、殺風景だった。

突然、締めつけられるような寂しさを感じて加藤は身ぶるいした。いまなら、まだ間に合うと思った。彼らのあとを追って、合流するのだ。行き先が剱沢小屋であることは、昨夜の話でわかっていた。盗み聞きするつもりはなかったが、小屋が狭いものだから自然に伝わってきた。今日一日を移動日と考えて、明日からの登頂にそなえるつもりらしい。

そう考えると、いてもたってもいられなくなった。手ばやく寝具を片づけて、火の気が残っていないのを確認した。小屋の外に出たときには、彼らはすでに出発していた。地形のかげに隠れて姿はみえないが、慌てることはない。踏み跡をたどっていけば、すぐに追いつけるはずだ。そんな計算をしながら、念入りに戸締まりをした。

小屋を離れていくらも進まないうちに、一行の後ろ姿が視野に入った。不要な物は残してきたようだが、それでもやはり荷は重そうだった。身軽な加藤にくらべると、明らかに足の運びが遅かった。

加藤は張り切った。彼らに追いついたら、最初にラッセルの肩代わりを申し出ようと思った。この間はきっかけがつかめず、結果的に彼らの心証を悪くしてしまった。おなじ轍は、二度と踏みたくなかった。あらかじめ口にすべき言葉を考えながら、急速に距離をつめていった。

ところが彼らの反応は、冷ややかなものだった。息を切らして追いついたとき、全員が立ちどまって加藤を注視していた。誰も言葉を口にしなかった。困惑したように息をついているか、敵意のこもった眼で睨みつけている。最後尾にいた田部が、うんざりした様子で問いただした。

「君はどこへ行くんですか」

その時になって、はじめて気がついた。剱岳の登頂をめざしていることは、誰にも話していなかった。そのせいで、気後れがした。本当のことを、口にできる雰囲気ではなかった。自分も登りたいので同行させてくれ、などといったら言下に断られそうな怖さがあった。返事を口にできないまま黙りこんでいたら、みかねた様子で福松がいった。

「室堂に行くんでしょう」

それは違うと、加藤はいいかけた。室堂は立山登山の基地で、劒岳とは方角が違っている。だが、言葉にはならなかった。福松はそっぽを向いたまま、とりつく島もない。加藤の本心に気づいているのかもしれないが、無視するつもりのようだ。田部が息をついていった。

「そうか、それなら鏡石まではいっしょですね」

突き放されたような気がした。だが、加藤は言葉を返さなかった。わずかだが、猶予を与えられた思いがしたからだ。分岐点である鏡石までの間に、本心を伝えればいいのだ。先頭に立ってラッセルをすれば、彼らの加藤をみる眼が変化するかもしれない。その上で同行を願い出れば、無下には断らないのではないか。

ところが加藤の思惑は、今度もはずれた。次の休息時から加藤はラッセルを交代し、その後ずっと先頭に立ちつづけた。交代を申し出る者はいなかった。加藤一人が深雪を踏んで、一行を先導していった。彼らは言葉をかけるでもなく、黙々と後をついてくる。加藤は高揚した気分で、足を前に出しつづけた。ようやく彼らに、受け入れられた気がした。

だがそれは、加藤の思い違いだった。終わりは意外な形でやってきた。そのとき加藤は、夏道にそってラッセルをつづけていた。福松の指示だった。といっても、夏道自体は雪に埋もれている。地形を読み取りながら、進むべき方角を見定める必要があった。少しでも歩きやすいルートを設定したつもりだったが、選択肢はいくつもある。

話し声に気づいて、加藤はふり返った。そして眉を寄せた。後続するものは、一人もいなかった。やや離れた位置で、全員がひとかたまりになっている。その中から、窪田が抜けだした。加藤の残した踏み跡とは、別のルートを進みはじめた。他のものは、迷う様子もみせずそれに従った。

福松がストックを頭上で振りまわして、加藤に合図を送っている。それから「こちらだ」というように、窪田のすすんだ方角を指し示した。それだけだった。他の誰も、加藤のことを気にかけていなかった。ねぎらいの言葉ひとつ残さず、窪田の踏み跡に乗りかえていった。

それをみながら、加藤は茫然と立ちつくしていた。

6

彼らとは、鏡石の先で別れた。

呆気ない別れだった。たがいに声をかけ合うこともなく、それぞれの方角に進んでいくだけだ。それでも加藤には、名残を惜しむ気持があった。すでに森林限界をこえているため、しばらくの間は彼らの姿がみえるはずだった。

だがそれも、長くはつづかなかった。時間がすぎるにつれて、少しずつ雲がわき出してきた。風に乗って流れだした霧が、視界を閉ざすこともあった。あまり時間的な余裕はなかった。できれば天候が崩れる前に、立山に登っておきたかった。そうすれば、明日からの行動がやりやすくなる。場合によっては、剱岳に転進することも考えられた。

この期におよんでも、加藤はまだあきらめていなかった。彼らのことだ。今日は剱沢の小屋に移動するだけで、行動を終えるのではないか。剱岳に登るとすれば、明日以降になるはずだ。それなら加藤が、同行を願いでる機会は残っている。予定していた立山に早々と登頂してしまったので、剱岳に転進したことにすれば辻褄はあうと考えていた。

ただしそのためには、今日のうちに立山を登らなければならない。明日では遅かった。多少の無理をしてでも、今日中に片づけておくべきだった。容易ではないが、成算はあった。残雪期の立山なら、過去に経験していた。一《いち》ノ越《こし》から先は岩稜が連続するが、剱岳に比べれば難易度は落ちる。いまの季節であっても、加藤一人で登頂できるはずだ。

室堂には午前十一時ごろ到着した。ただちに荷を置いて、一ノ越にむかった。その間にも天候は、次第に悪化しつつあった。一ノ越に登りつめたときには、飛雪まじりの強風が吹き荒れていた。普通なら登頂を断念するところだが、ここで引き返せば今後の行動に影響する。剱岳に登りたい一心で、岩稜に取りついた。

高度をあげれば、風が弱くなるとの読みもあった。地形からして、一ノ越は風の通り道になっているようだ。岩稜伝いに登っていけば、そのうち風はおさまるのではないか。ここがもっとも風の強い場所だと考えて、積雪でおおわれた岩稜を攀じていった。

ところが期待に反して、思ったほど風は弱くならなかった。たしかに風速は落ちているのだが、それ以上に天候は悪化しつつあった。時間がすぎるにつれて、風雪に霧が混じりはじめた。視界は白く閉ざされて、遠くの山が視認できなくなった。午前中は遠望できた剱岳が、少しずつ霧にのみこまれていく。

午後一時をすぎるころ、ようやく頂上に到着した。加藤は深々と息をついた。厳冬期の立山に登頂したのは、これが初めてだった。それにもかかわらず、充実感はえられなかった。本来の目的は剱岳であり、登頂の困難さは立山の比ではない——その事実が威圧感となって、心に重くのしかかっていたからだ。

その剱岳は、霧に隠れてみえなかった。霧が流れる瞬間をとらえて、別山乗越《べつさんのつこし》にいたる斜面に眼をむけた。時間的にいって、いまごろ彼らはそのあたりにいるはずだった。もしも引き返してきたら、出迎えようと考えていた。だが霧は次第に深くなるばかりで、彼らの姿は確認できなかった。そしてついに、周囲の山々すべてがかき消えた。

それが限界だった。強風の吹き荒れる中へ、加藤は下降していった。登高時に比べると、風はさらに強くなっていた。吹き飛ばされそうになりながら、一歩ずつ足場をたしかめていくしかない。すぐに手足の感覚がなくなった。思うように動かないものだから、危険地帯の通過には神経をすり減らした。

ようやく一ノ越に降り立ったときには、いまにも倒れそうなほど疲労していた。だが、こんなところで休息はできない。風に乗って押し寄せてくる飛雪が、加藤の周囲で渦を巻いていた。じっとしていると、体力を消耗するばかりだった。押し倒されて動けなくなる前に、引きあげなければならない。

姿勢を低くして、強風地帯をあとにした。室堂に近づくにつれて、少しずつ風が弱くなった。そのかわり、飛雪の量がました。室堂に帰着するころには、本格的な吹雪になりかけていた。時間がすぎれば、さらに降雪量はますはずだ。そうなる前に、小屋へ入らなければならない。さもなければ、凍えて動けなくなる可能性があった。

時間が惜しかった。室堂を離れていたのは三時間ほどだが、屋外に置いてきたリュックは飛雪で真っ白になっていた。ぐずぐずしていたのでは、加藤自身が雪だるまになってしまう。リュックに付着した雪を、大急ぎで払って担ぎあげた。

積雪期にこの小屋を利用するのは、これが最初ではなかった。小屋の内部構造や使い勝手は、わかっているつもりだった。ところが加藤はすぐに当惑することになった。三月ごろなら出入り口として使える窓が、手も届かないほど高い位置にあった。そちら側の積雪量が少なく、足場として利用できないのが原因だった。

反対側の窓なら手が届くのだが、そちらの方は厳重に閉鎖されていた。とはいえ、背に腹はかえられない。手間取っている間にも、風雪は激しさをますばかりだった。思いあまって、閉鎖されていた窓をこじ開けた。雪まみれになりながら、なんとか小屋の中に入りこむことができた。

物足りなさを感じたのは、荷物の整理を終えたときだった。昨日までとは、すべてが違っていた。人の気配は感じられず、小屋の内部は静まり返っている。ときおり壁ごしに、風の音が伝わってくるだけだ。暗くて寒々しい小屋だった。壁や床までが、氷のように冷えきっている。じっとしていると、体の芯まで凍りつきそうだった。

長い夜になりそうだと思った。時計を確認すると、まだ午後三時にもなっていなかった。それなのに、やるべきことが何もない。腹は減っていないし、簡素すぎる夕食は数分で終わってしまう。この天候では、山道具の手入れもできない。毛布にくるまって、体力を温存するだけだ。

いまさらながら、人の話し声が懐かしかった。話の輪に加わらなくても、自分とは無縁の話題でもよかった。談笑の声を耳にしているだけで、温かい気分になれた。誰もいない山小屋では、ことのほか寂しさが身にしみる。初めての経験ではないのに、夜を迎えるのが怖かった。寂しさに耐えきれず、精神が破綻してしまいそうな気がするのだ。

できることなら、吹雪をついて彼らのあとを追いかけたかった。だが、それは許されない。いまから出発したのでは、別山乗越に到着する前に日が暮れる。この雪では、踏み跡が埋もれている可能性もあった。とにかく朝を待つしかないと、自分にいいきかせた。

予想通り、長い一夜になった。宵の口で少し眠ったものだから、深夜をすぎても眠気を感じなかった。朝を待つだけの時間が、延々とつづいた。それなのに、身動きすることができない。わずかでも姿勢をずらすと、毛布の隙間から寒気が入りこんでくる。自分の吐き出す白い息をみながら、まんじりともせず一晩中すごした。

それでも明け方近くには、わずかだが微睡《まどろ》んでいた。夢をみていたのかもしれない。小屋の中には、あの六人がいた。いずれも青ざめた顔で、無言のまま立ちつくしている。怪我をしたのか、額から血を流しているものもいた。かと思うと別の一人は、大きく裂けた衣服をぐっしょりと濡らしていた。

何があったのかは、わからない。彼らは何も語らなかった。加藤一人が、熱心に何ごとか話しかけているだけだ。返事はなかった。彼らは無表情に加藤を見返している。そして一人が、背後をふり返った。その直後に、姿がかき消えた。どこかに立ち去ったわけではない。蠟燭を吹き消すように、人かげが消失してしまったのだ。

それが最初の一人だった。残された五人も、次々に姿を消した。最後に残っていた一人が、何かをいいたそうに唇をふるわせた。だが、声にはならなかった。そしてその人物も、姿を消した。待ってくれと、叫びかけた。だが、その寸前で思いとどまった。理由はわからない。呼びとめてはいけないと、感じただけだ。

そこで夢は、唐突に終わった。加藤は瞬きをくり返した。すでに小屋の内部は、明るくなっていた。当然のことながら、他には誰もいなかった。加藤一人が毛布にくるまって、小屋の片隅で横になっている。

天候が気になった。屋内の明るさからして、晴れているような気がする。ところが外に出てみても、まだ霧は消えていなかった。ただ昨日に比べると、空が格段に明るい。霧の層は、それほど厚くないらしい。上空は晴れているか、薄い雲の層が広がっているだけではないか。この分なら、今日も行動できそうだ。

大急ぎで小屋にもどって、支度をととのえた。夢のことを、気にしていたわけではない。それどころか、記憶自体が薄れかけていた。夢をみたことは憶えているのだが、具体的なことは思いだせなかった。いずれにしても、彼らとは今日また会える。それを思うだけで、うれしくて仕方がなかった。

出発したのは、午前八時だった。別山乗越までは踏み跡が期待できないが、迷う心配はなかった。残雪期には、このあたりにも足を踏み入れている。天候が大きく崩れなければ、三時間もあれば到着できるのではないか。そこから先は、彼らのいる小屋までひと滑りだった。正午すぎには、小屋に入れるはずだった。

スキーの通過跡は、別山乗越の間近でみつけた。降雪でなかば埋もれかけていたが、一行が残したものに間違いなかった。幾筋もの通過跡が交差しながら、剱沢の方にのびている。加藤は勇躍して、そのあとを追った。通過跡の先端には彼らがいる、間もなく彼らと再会できる、そう思うだけで胸が高鳴った。

いくらも滑降しないうちに、剱沢小屋が視野に入った。すでに霧は消えて、晴れ間が広がっていた。風は強かったが、行動できない天候ではない。だが剱岳の登路に、人かげはなかった。踏み跡もみあたらない。剱沢小屋の周辺に、スキーの練習をした痕跡が残っているだけだった。古いものではなかった。今日の午前中に残したもののようだ。

――昼食をとるために、小屋へ引きあげたのか。

そう考えるのが妥当な気がした。彼らは弘法の小屋にいるときも、おなじ時間帯に昼食をとっていた。六人もいるのだから、他のやり方では収拾がつかなくなるのだろう。そう思ってよくみると、小屋から煙らしきものが流れだしていた。

加藤の推測は正しかった。小屋の外にいるときから、談笑の声が伝わってきた。耳にしなかったのは一晩だけなのに、懐かしさで胸が熱くなった。あれは誰の声だとか、あの話し方をするのは誰々などと考えてしまうのだ。話し方に付随する癖までが、眼に浮かぶような気がした。

その談笑が、ふいに途切れた。加藤が戸口に手をかけたときだった。わずかな沈黙のあと、一人が抑えた声で「おい、あれは――」といった。別の一人が「まさか……」とだけいって、言葉を途切れさせた。屋内に入りこんできた加藤を、驚いた様子でみている。加藤はみじかく挨拶した。

「RCCの加藤文太郎です。どうかよろしく」

誰も言葉を返さなかった。薄気味悪そうな顔で、加藤を見返しているだけだ。かなり間をおいてから、田部が全員を代表する形でたずねた。

「君はたしか……室堂にいったのでは――」

「立山には登ってしまったので、こちらに来ました」

即座に加藤は返した。用意しておいた返答だった。田部は沈黙した。他のものも、言葉を口にしなかった。加藤の真意をつかみかねているのか、探るような眼で見返している。福松がことさら陽気な声でいった。

「みんな心配したんだぞ。下でみていて、はらはらした。あんなに荒れた天気の中を、たった一人で登るなんて……」

口調は穏やかだが、その裏に苛立ちが見え隠れしていた。悪天候をついて登山を強行したことより、案内人《ガイド》をつれずに登った無謀さを批判しているのかもしれない。だが加藤は、福松の内心に気づいていなかった。勢いこんで、その言葉を口にした。

「皆さんは……もう劒岳には登られたのでしょうか。もしまだのようでしたら、ご一緒させていただけませんか。よければ、今日これからでも――」

「今日はだめだ。風が強すぎる」

即座に兵次が割りこんだ。こちらの方は、苛立ちを隠そうとしなかった。だが加藤は引かなかった。執拗に食い下がった。

「天気なら大丈夫ですよ。今日これから登りませんか」

「登れるものなら、登ってみたまえ。僕はやめておく。君の案内じゃないんだから」

兵次が言い放った。冷水をかけられたような気がした。だが加藤は、まだあきらめる気になれなかった。他のものに向き直っていった。

「今晩ここへ泊めて下さいませんか」

泊めてほしいというのは方便で、実際には明日以降の登山に同行させてくれといっているのだ。だがその程度のことは、彼らも見通していた。それまで黙っていた窪田が、神経質そうな眼を加藤にむけていった。

「泊めてあげたいのは山々だが、もし天候が悪化すれば一人では身動きがとれなくなる。我々としても、とてもそこまでの面倒はみきれません。悪いことはいわないから、今日のうちに帰ったらどうですか」

「それでは……すみませんが、貴下のパーティに入れて下さいませんか」

思わずそんな言葉を口にしていた。同じパーティの一員であれば、何の問題もないような気がしたのだ。無論、応分の責任は負うつもりだった。労力や金銭的な負担にも、応じる用意があった。

それほどまでして剱岳に登りたかったのだが、彼らの反応は冷ややかだった。窪田は呆気にとられたような顔をしていたが、やがて小さく息をついていった。

「君は一人だからパーティということがわからぬでしょうが、見知らぬ人が一人でも加わると不愉快なんです。遭難の原因になることさえある。現に先年の乗鞍岳では――」

そこまで話したときだった。ふいに誰かが興奮気味に声をあげた。

「僕がいいます。こんなことは、はっきりいってやった方がいいんだ」

全員の視線が、その人物に集まった。あの若い男だった。制止の声をふり切って、男は前に進み出た。そして加藤を睨みつけていった。

「この小屋に泊まりたいのであれば、案内者をつれてきたまえ。そもそも無案内では、小屋は使えないことになっている。案内者を雇う金が惜しいなら、山に登らないことだな」

一気にいった。その言葉で、場の空気が凍りついた。興奮をおさえきれないのか、男は肩を小さく上下させている。さすがに加藤も気まずさを感じていた。口には出さないものの、全員が男とおなじ考えらしい。加藤の味方をする者はいなかった。消えいりそうな声で、加藤はいった。

「ご迷惑をおかけしました……。少し登って写真をとったら、室堂に帰ります」

張りつめていた緊張が、ふっと緩んだ。それでもあの男だけは、じっと加藤を睨みつけていた。

7

軍隊剱《ぐんたい》（前剱）までは、なんとか登ることができた。

だが、それが限界だった。加藤の技量と経験では、その先に登るのは無理だった。剱岳の主峰は間近にみえているのだが、ピークまでの間にはいくつもの難所が連続する。無雪期でさえ通過には苦労させられる岩場に、いまは雪と氷がびっしりと張りついていた。我流の登高技術しか持たない加藤には、あまりにも手強すぎる。

ためしに稜線上を少し歩いてみた。軍隊剱は剱岳の前衛峰で、主峰にいたる稜線はすぐ先で切れ落ちている。そのギャップを前にしたところで、もう立ち往生してしまった。だが、無理をする気はない。時刻はすでに午後三時をすぎている。

このあたりが潮時だった。あまり長居をすると、小屋への帰着が遅くなる。剱沢の小屋に泊まる気はないのだから、それは避けたかった。夜道を歩くのは厭わないが、彼らに煙たがられるのは嫌だった。できることなら、明るいうちに小屋を離れたいところだ。

最後にもう一度、剱岳の雄姿を眼に焼きつけた。長い時間は必要なかった。名残を惜しむ気もない。ほんのひと呼吸で、剱岳に背を向けた。それから思い切りよく下山を開始した。剱沢の小屋へ向けて、一気に下降していく。心残りはなかった。念願の厳冬期登頂は果たせなかったが、できる限りのことはやったという充実感はあった。

よくわからないが、何か吹っ切れた気がする。あの若い男の言葉が、きっかけになったのかもしれない。彼らの力を借りて登ったのでは、たとえ登頂できても悔いが残るのではないか。それは純然たる単独行ではないし、加藤の登り方でもない。そんな単純な事実に、ようやく気づいたのだ。

あの若い男は「案内者を雇う金が惜しいなら、山に登らないことだ」といった。明らかな事実誤認だが、実は本質に近いところを突いている。加藤が惜しんだのはガイド料金ではなく、無案内かつ単独行という自分の登山スタイルだった。案内者を雇用することで、そのスタイルが崩れることを嫌ったのではないか。

だからあの男は、こういうべきだった。「無案内主義の実績を失うのが嫌なら、山に登らないことだ」と。実際には見当違いな指摘になったが、加藤の胸には響いた。そして決意させた。これからは、もう少し単独行というスタイルにこだわってみよう。他人の助けを借りず、身の丈にあった登り方をするのだ。

最初は格別な思い入れなどなかったが、いまでは単独行以外の登山スタイルは考えられなくなっていた。ただ、スタイルが完成されたという実感はない。何かがたりない気がするのだが、どうすればいいのか自分でもよくわかっていなかった。しばらくの間は、試行錯誤をくり返すことになりそうだ。

下降をはじめて間もなく、小屋がみえてきた。一行は周辺の斜面で、スキーの練習をしていた。加藤の帰着と前後して、彼らも小屋に引きあげていった。すでにあたりは、薄暗くなりかけている。今夜は宵の口に月明が期待できるものの、あまり遅くない時刻に沈んでしまう。急がなければ、途中で踏み跡を見失うかもしれない。

すぐにでも出発したいところだが、それも不人情な気がした。別れの挨拶と、礼を伝えたくて小屋に入った。話し声が途切れた。加藤に気づいた者たちが、申し合わせたように口を閉ざしたのだ。予想できない反応ではなかった。この数日間、何度も同じことがくり返された。だから加藤も、気にとめなかった。無視されることには、慣れていた。

ただ加藤に対する彼らの接し方は、いつもとは少し違っていた。最初に声をかけたのは、あの若い男だった。場違いなほど陽気な声で、男はたずねた。

「あの……もう行かれるのですか」

その言葉が、きっかけになった。それまで視線をそらしていた者たちも、手をとめて二人に眼をむけた。加藤が次に何をいうのか、気になるようだ。なかには非難するような眼で、若い男をみているものもいた。加藤を追い出すために、いまの言葉を口にしたと思ったらしい。だが若い男に、悪意は感じられなかった。屈託のない様子で、男はつづけた。

「先ほどは申し訳ありませんでした。生意気をいってしまって……」

意外さは感じなかった。むしろ素直な気持で、謝罪を受け入れることができた。悪びれることのない男の態度には、わだかまりを押し流すかのような闊達さがあった。おそらく育ちがいいのだろう。相手の感情を気づかう繊細さは持ちあわせていないが、逆に嫌味も感じなかった。加藤は言葉を返した。

「こちらこそ、ご迷惑をおかけしました。準備が終わり次第、出発するつもりです」

なりゆきを見守っていた者たちが、かすかに息を漏らした。安堵の息だった。張りつめていた緊張感が、急速に緩んでいくのがわかる。そのことを実感した加藤は、全員の顔を順にみながらいった。

「本当に、有難うございました。いろいろご厄介になりました」

打算はなかった。いつもと違って、あらかじめ話すことを決めていたわけでもない。気がついたときには、言葉が口をついていた。これほど自然な態度で話せたのは、彼らと出会って以来はじめてだった。

田部がしきりに時計を気にしながらいった。

「もうすぐ飯が炊けるから、食べてからいきませんか。それが無理なら、せめて握り飯にして――」

「有難うございます。ですが、お気づかいはご無用に願います。あまり遅くなると、月が沈んでしまいますので」

即座に加藤はいった。本音だった。昨日までなら、断れなかったところだ。厚意を無にするのが怖かったからだが、いまは違う。心の枷がはずれたかのように、思っていることが口をついて出てくる。かえって彼らの方が、加藤に対して気をつかっていた。まるで腫れ物にさわるかのように、やさしい言葉をかけてくれた。

後ろめたさがあったのかもしれない。これから出発したのでは、別山乗越にも達しないうちに暗くなる。その先は淡い月の光と、午前中の踏み跡だけが頼りだった。天候の安定した日中にしか行動しない彼らにとっては、それだけで恐怖を感じさせる過酷な行程であるはずだ。

そんなところへ、加藤を追いたてようとしている。無論この時代の常識では、彼らに責任はない。出発が遅れた原因は加藤の側にあるのだし、小屋に宿泊できないことは最初にいってある。それでもやはり、平静ではいられないのだろう。加藤に対する思いがけない親切の裏には、そんな心情が見え隠れしていた。

そのくせ加藤を引きとめる者はいなかった。菓子類や茶をすすめるだけで、小屋に泊まれとまではいいださない。加藤も期待していなかった。厚意をすべて断って、水を少しだけもらって飲んだ。皮肉なことに別れる直前になって、ようやく対等の立場で会話ができた気がする。

異様な光景を眼にしたのは、そんなときだった。最初は一人だけだった。見知らぬ人物が、小屋の片隅に突っ立っていた。青ざめた顔で、じっと加藤をみている。衣服はぐっしょりと濡れて、足元に滴を落としていた。それなのに、他の五人は気づいていなかった。何ごともなかったかのように、加藤と向かいあっている。

加藤を首をかしげた。一人たりなかった。小屋の中には加藤のほかに、六人の男たちがいるはずだ。ところがいまは、全部あわせても六人しかいない。あとの一人は、どこに消えたのか。不審に思って、もう一度かぞえ直した。同じだった。見知らぬ人物は二人に増えていたが、やはり全部で六人しかいない。

事情に気づいたのは、見知らぬ人物が三人になったときだった。増えたのではなかった。単に姿をかえただけのようだ。そう思ってよくみると、面影は残っていた。ただ、最初の一人は顔が崩れていた。何かで殴られたかのように、顎の部分が陥没している。二人めは額から血を流していた。そのせいで、別人だと思いこんだらしい。

すぐに四人めと五人めがあらわれた。最後に残った一人も、異常には気づいていた。居心地の悪そうな顔で、左右に視線を走らせている。その眼が加藤に据えられた。すがるような眼をしている。ここにいてくれ、泊まっていけと、その眼はいっていた。だが加藤に、その気はなかった。リュックを担いで、その人物に一礼した。

「お世話になりました。それでは私はこれで――」

そういった途端に、相手の表情は一変した。恨みがましい眼で、加藤を睨《ね》めつけている。

ぞっとした。それから、これ以上ここにいるべきではないと思った。次の瞬間、異様な光景は消えうせた。六人は元の姿を取りもどし、加藤に別れの言葉を告げている。

なおも茶菓をすすめる者がいたが、加藤は固辞した。不用意に親切を受け入れると、決意が揺らぎかねない。結局は小屋に泊まることになって、身動きがとれなくなる可能性があった。それだけは避けたくて、逃げるように小屋を出た。スキーを装着している間も、彼らの動きが気になって仕方がなかった。

だが小屋の外に出てまで、見送る者はいなかった。足ごしらえを確認して、そそくさと出発した。風はなかった。剱沢全体が、不気味なほど静まりかえっている。追いたてられるようにして、先をいそいだ。すぐに日が暮れたが、加藤は足をとめなかった。灯りを用意する時間も惜しくて、ひたすらスキーを前に出しつづけた。

結局、一度もふり返ることなく別山乗越に登りつめた。すでに沢筋は、闇に閉ざされている。剱沢小屋が視野に入っていたとしても、この距離では灯りを視認できないだろう。息もつかずに、雷鳥沢《らいちょうさわ》を下降した。左手の尾根に、今朝の踏み跡が残っていた。飛雪でなかば埋められているが、見分けることは困難ではない。忠実にたどって室堂をめざした。

室堂に帰着したのは、午後八時ごろだった。ここを出たのが朝の八時だから、約十二時間にわたって行動していたことになる。加藤にとっては長い方ではないが、意外に疲労は大きかった。例によって簡素な食事をとると、もう眼をあけているのが辛くなった。この小屋では二晩めになるせいか、いくぶん寒気がしのぎやすくなったようだ。

眼を閉じて間もなく、深い眠りに落ちていた。夢もみなかった。明け方近くになって、あの奇妙な出来事を思いだしただけだ。まだ覚醒しきらない意識の底で、とりとめもなく考えていた。剱沢の小屋で眼にした異様な光景は、いったい何の意味があるのか。夢のつづきをみていたような気もするが、記憶が曖昧で関連がわからない。

それなのに既視感だけは、強く印象に残っている。だがそれも、長くはつづかなかった。時間がすぎるにつれて、記憶は遠く不確かなものになっていく。やがて経験したこと自体を、思いだせなくなった。自分は何をみたのか、そしてそれが現実とどうつながるのか。

考えがまとまらないまま、また寝入ってしまったようだ。次に気づいたときには、朝になっていた。加藤は思い切りよく起きあがった。まだ頭の芯がすっきりせず、自分の居場所もすぐにはわからなかった。何か大事なことを忘れているような気もするが、起床と同時にその感覚はうすれた。それよりも、今日の行動を決めるのが先だった。

すでに三が日は明けて、一月四日になっていた。だが今日は土曜日だから、いそいで下山することもない。遅くとも明日の夜行列車に乗れば、仕事はじめには間にあう。今日は写真でも撮りながら、のんびり下っていけばいい。数日前はあわただしく往復するしかなかったが、時間が許せば松尾峠も再訪したかった。

そう考えて、空模様をたしかめた。加藤は表情をくもらせた。意外に雲が厚かった。低くたれ込めて、薄れる気配もない。むしろ本格的に崩れそうな予感があった。早ければ昼過ぎには、雪が降りはじめるのではないか。元日の午後から穏やかな天候がつづいていたから、ここで崩れると当分は回復しそうになかった。

手ばやく戸締まりをして、室堂をあとにした。予想通り雲の動きは早く、夕暮れ時のように空全体が暗く沈んでいる。この分では、かなり荒れるのではないか。六人のことが気がかりだったが、加藤にできることは何もなかった。山小屋には相当量の物資が集積されているから、長期間の籠城も可能だと考えるしかない。

案の定、午後に入って間もなく雪が降ってきた。次第に激しさを増して、視界は白く閉ざされた。ときおり進むべき方角を見失ったが、それほど深刻な事態にはならなかった。すでに高度は千五百メートルを下まわっている。尾根を外さないように注意していけば、材木坂《ざいもくざか》への下降路を見逃すことはない。

上部では風が強く吹いているらしく、ときおり遠くの空が轟々と鳴った。雪は霏々《ひひ》として降りしきり、やむ気配もない。日没のかなり前なのに、あたりは薄暗くなっていた。さすがに心細さを感じたが、すぐに加藤は愁眉を開いた。一条の踏み跡が、樹林をぬって先へのびている。これをたどっていけば、迷うことはない。

安心すると同時に、首をひねることになった。踏み跡の主は二人以上で、いずれもスキーを使っていた。通過したのは、雪が降りはじめる前らしい。弘法茶屋にむけて登高したようだが、下降した形跡はなかった。つまり踏み跡の主とは、どこかですれ違っていることになる。だが今日は、人かげをみた記憶がない。

暗くなってからも、加藤は歩きつづけた。材木坂を下って藤橋に到着したときには、午後六時半になっていた。富山地方鉄道の千垣駅までは、あと二時間の道のりだった。普段なら夜道を歩き通すところだが、連日の強行軍で体力を使い果たしていた。いそいで神戸に帰る理由もないので、ここに宿をとって最後の晩を過ごすことにした。

踏み跡の正体は、その夜にわかった。前後の状況からして、同志社大学の児島氏一行が残したものらしい。なんのことはない、加藤が合流を望んでいた知人だった。だが入山時期がこれほど遅いとわかっていれば、最初から期待することもなかったはずだ。その点が少しばかり残念だが、結果的にはこれでよかったのだと思い直した。

あの六人と出会ったことで、今後の方向性がわかりかけたような気がするからだ。今はまだ明確ではないが、いずれ何かがつかめるだろう。その意味では、彼らに感謝すべきかもしれない。もしも早い時期に児島氏と合流していたら、今回の山行はかなり違ったものになっていたはずだ。毎日が楽しく、剱岳に登頂できた可能性もある。

そのかわり、進展もなかっただろう。まだ三度しか冬山の季節を経験していないのに、もう頭打ちが始まっていた。これまでの登り方をくり返すだけでは、いずれ登るべき山がなくなってしまう。そして単独行とは名ばかりの、他人の踏み跡を追うだけの登山しかできなくなるのではないか。

いずれにしても、この冬で最初の登山は終わった。悔いは残るものの、ある意味で転機になりそうな気がした。あとは記録をまとめて、次の計画に生かすだけだ。

そのときは、そう思っていた。だが加藤の登山は、まだ終わっていなかった。十日後の一月十四日、新聞各紙は一斉に六人の遭難を報じた。紙面には彼らの顔写真とともに「大雪崩」や「絶望」の見出しが掲載されていた。

会社の寮で新聞を手にした加藤は、驚きのあまり言葉を失った。記事によれば彼らが宿泊していた剱沢小屋は、雪崩によって圧壊したらしい。まだ死体は発見されていないが、生存の可能性はほとんどないとのことだった。

8

遭難に関する報道は、すでに五日前の一月九日から流れていた。

金沢市に本拠をおく北國新聞が、この件を大きく取りあげたのが発端だった。ただしこの時点では、まだ事実関係は確認されていなかった。予定をすぎても一行が下山しないことから、遭難の可能性を報じた程度だった。記事を掲載したのが地方紙ということもあって、関係者の眼に触れる機会は少なかった。

それにもかかわらず、影響は大きかった。新聞が配達される前から情報が流れ、留守家族や地元警察署に対する照会が相次いだ。波紋は徐々に広がっていったが、その一方で楽観的な見方も根強かった。厳冬期の北アルプスでは、悪天候が何日もつづくことは珍しくない。吹雪に降りこめられて、身動きがとれなくなった可能性は捨てきれなかった。

松尾峠で起きた遭難事故をきっかけに、立山と劔岳の周辺では四カ所に避難小屋が新設されていた。これに既設の小屋を加えると、緊急時の宿泊場所にはこと欠かない。多くの小屋には食糧や燃料が備蓄され、長期間の滞在を可能にしていた。そのうちの一カ所で、彼らは籠城しているのではないか。

その上に六人はいずれも冬山とスキーの経験が豊富で、予想外の事態にも柔軟に対応できるはずだった。かりに自力で歩けない傷病者が発生した場合でも、心配することはない。同行している二人の芦峅ガイドが、急を知らせる飛脚として下山してくるはずだ。彼らには、それを可能にするだけの実力があった。

したがって今の段階では、遭難と断定する根拠はなかった。だが事態は予想外の速度で進展し、在京の全国紙記者が取材をはじめるまでになった。記事にはならなかったものの、留守家族宅を訪れて事実関係をたしかめている。事情を知らない家族は驚き、しかるべき筋を通して地元警察署に問い合わせた。

連絡を受けた警察署では、即座に捜索隊の派遣を決めた。屈強な三人の芦峅ガイドからなる最初の捜索隊は、翌十日の未明に出発した。立山と剱岳の周辺を捜索して、一行の消息を確認するのが目的だった。

このとき六人の足取りは、ある程度わかっていた。藤橋に宿泊した翌日、加藤は芦峅寺の佐伯暉光氏宅に立ち寄っている。小屋の使用料金を支払うためだが、一行の動向についても話していた。情報は遅滞なく関係者に伝えられた。三日の夜に彼らが剱沢小屋にいたことまでは、捜索隊も把握していたのだ。

さらに捜索隊は材木坂にさしかかったところで、下山してくる一隊と遭遇した。これは四日に加藤とすれ違った児島氏の隊だった。捜索隊はその場で状況を確認したが、新たな情報は入手できなかった。児島氏は弘法の小屋に入ったものの、連日の悪天候で身動きがとれずその先へは行けなかったらしい。

児島氏らと別れた捜索隊は、剱沢をめざして前進をつづけた。だが悪天候と深雪のため行程ははかどらず、ようやく室堂に入ったのは三日めの十二日だった。その間にブナ坂避難小屋から弘法茶屋へ泊まりを重ねたが、六人の姿はなかった。わずかに弘法の小屋で、彼らの残置装備を確認しただけだった。

翌十三日は未明に行動を開始した。晴れてはいたが深雪に悩まされ、別山乗越に到達したのは五時間後だった。三人はただちに剱沢小屋へ下降を開始した。ところがそこで、妙なことに気づいた。あるべきはずの場所に、小屋がみあたらなかった。だが、積雪で埋められたとは思えない。跡形もなく、剱沢小屋は消えうせていた。

接近するにつれて、状況が明らかになった。雪崩だった。鶴《つる》ヶ御前《ごぜん》（剱御前）の東側斜面で発生した雪崩が剱沢に達し、方向を転じて小屋のある台地を乗り越えていったようだ。直撃を受けた小屋は倒壊し、残骸は下流に押し流された。小屋のあった場所には、柱と壁の一部が残っているだけだった。

積雪で埋もれた跡地を前に、三人は茫然としていた。状況からして一行は小屋に滞在しているとき、雪崩に遭遇したものと思われる。すると堆積したデブリの下に、死体が埋没しているのかもしれない。しかし三人だけでは、発掘も容易ではなかった。小屋の跡地に残っていればいいが、雪崩に押し流されていたら捜索範囲は広大なものになる。

いずれにしても、三人ができることは限られていた。かりに死体が発見できたところで、搬送できないのでは意味がなかった。一体について六人から七人は配置しなければ、別山乗越まで担ぎあげるのは困難ではないか。本格的な作業隊を編成した上で、出直してくるのが現実的な選択だった。

天候も思わしくなかった。作業に手間取って長居をすれば、二重遭難の危険をおかすことになる。それよりは、一刻も早く急を知らせるべきだった。そう判断した彼らは、現場には手をつけずに引き返した。その日のうちに弘法茶屋まで下降し、そこで夜を越した。そして翌朝はやく下山して、関係機関に遭難の事実を伝えた。

加藤が遭難の事実を知ったのは、この日――十四日の夜だった。

夕刊と前後して、ラジオでもニュースが報じられた。だが新聞やラジオでは、具体的な状況がよくわからない。一行の人数を間違えるなど、明らかに事実と反する点もあった。翌日の朝刊を待つ気はなかった。じっとしているのが苦痛で、山仲間のたまり場になっている登山道具店に足を運んだ。

何か新しい情報が入手できるかと思ったのだが、期待ははずれた。報道された以上の事実は出てこなかった。誰もが推測を重ねるばかりで、たしかなことは何ひとつわからない。だが、それも当然だった。現場にいた加藤でさえ、遭難時の状況を知らないのだ。部外者でしかない彼らが、情報に通じているわけがなかった。

加藤自身もその点は承知していたが、可能性は皆無ではない。児島氏が籍をおく同志社大学山岳部の関係者が、店に顔を出すこともあったからだ。ところが結果は無駄足に終わった。かえって加藤の方が、仲間から質問責めにあった。一行の登山経験や遭難にいたるまでの経緯が、無遠慮に問いただされた。

最初のうち加藤は、律義に答えていた。できるかぎり誠実に、知っている限りのことを話そうとした。それが生還した自分の、義務だと考えていたからだ。だがすぐに加藤は、口が重くなるのを感じた。話すべきことはあるのに、それが言葉にならなかった。ごく簡単な質問にさえ、なかなか答えることができない。

最初は剱岳の話題に限られていたが、いつのまにか話すこと自体が苦痛になった。そしてついに、加藤は話すのをやめた。口を閉ざしたまま、何も語ろうとしなくなった。心に痛みを感じたせいだ。剱岳の記憶に触れようとするだけで、気分が重く沈みこんでいく。とてもではないが、第三者に話ができる状態ではない。

そのころには、仲間も異常に気がついていた。だが何があったのか、察したものはいなかった。体調が思わしくないのだと勘違いして、質問を控えただけだ。それをいいことに、加藤は腰を浮かせた。短い言葉で別れを告げて、店の外へ出た。和田岬の寮まで歩けば、多少は落ちつくだろう。

何も考えないことにして、通りに足を踏み出した。いつものように、かなりの早足で夜道を歩いていく。通いなれた道だった。どこに何があるのか、体が記憶している。それでようやく、心の痛みがうすれた。陰鬱だった心の奥底に、少しずつ光が射しこんでいくかのようだ。心に負った傷が、次第に癒されていくのがわかる。

——傷……なのか。

唐突な印象は、なかった。むしろその言葉で、何が起きたのか理解できた気がする。剱岳で経験したことは、心に深い傷を残していたようだ。これまで痛みを感じなかったのは、記憶を封印していたからだ。無意識のうちに、逃げていたのかもしれない。話題にされたくなくて、山仲間と会うことも避けていた。

ところが今日は違っていた。新聞を眼にしたことで、矢も楯もたまらなくなった。自衛本能が吹きとんで、たまり場に駆けつけていた。気がついたときには、山仲間からの質問が集中していた。そしてそれが、傷をさらに深くする結果になった。加藤にとっては、はじめての経験だった。過去の記憶にこれほど苦しめられるとは、思いもしなかった。

忘れるしかないと、自分にいいきかせた。時間がすぎれば、記憶もうすれる。心の傷も癒えて、元の自分をとりもどせるのではないか。そう考えて、剱岳のことは思い出さないようにした。新聞には眼を通さず、ラジオも遠ざけた。それでも不都合は感じなかった。何か新しい動きがあれば、自然に耳に入るだろう。

遺体の発見が報じられたのは、それから一週間ほど過ぎたころだった。六人は就寝中のところを雪崩に襲われたらしく、いずれも毛布などをまとった状態で死んでいた。

そのことを知った加藤は、ほんの少し心が痛むのを感じた。想像していたよりも、軽い痛みだった。すでに下山から半月あまりがすぎていた。心に負った傷は、すでに閉じかけているのかもしれない。そう考えた。だがこれは、加藤の思い違いだった。閉じてなどいなかった。それどころか、さらに広がりつつあった。

その人物が職場を訪ねてきたのは、二月に入って間もないころだった。

すでに遭難報道は一段落し、新たな記事を眼にすることもなくなっていた。加藤も剱岳のことを忘れて、冬山行をくり返していた。一月には伊吹山に登ったあと、槍ヶ岳に出かけていた。二月にも大きな山行を予定しているから、この時期は眼がまわるほど忙しかった。休暇の埋めあわせをするために、倍の仕事量をこなさなければならない。

だから上司に声をかけられても、すぐには返事ができなかった。たぶん遅れている仕事の催促か、進行状況の確認だろう。そう考えて、叱責される寸前まで手を動かしていた。ようやく顔をあげた加藤に、上司は当惑した様子で「宮内省の役人らしい」といった。事情がわからず黙りこんでいると、上司は念をおすようにつけ加えた。

「わかっていると思うが……くれぐれも粗相のないように」

そういったときには、もう背をむけていた。かなり急いでいるらしく、足ばやに先を歩いていく。仕事道具を片づけた加藤は、あわてて後を追った。

つれていかれたのは、別棟の奥にある空室だった。通常は会議室として使われているようだが、暖房はなく寒々としていた。部屋には一人だけ先客がいた。分厚いオーバーコートを着たまま、端の席に腰をおろしている。まだ若い男だった。するどい眼を加藤にむけて、上司に問いただした。

「本人なのですか?」

「相違ありません。この男が加藤文太郎です」

緊張した表情で、上司がこたえた。なりゆきで、加藤は頭をさげた。二人とも立ったままだったが、男は腰をあげようとしなかった。名乗る意志もないらしい。感情をともなわない声で、男は上司にいった。

「ご苦労さまでした」

労をねぎらうというより、退室を許可したようなものだった。上司は一礼して部屋を出ていった。一人残された加藤に、男は冷ややかな眼をむけた。

「時間が惜しいので、手早くすませてしまいましょう。一日めからです。あなたが入山したのは、昨年の十二月三十日に間違いありませんね」

淡々といった。それでようやく、事情が理解できた。遭難した一行のなかに侍従の令息がいたことは、新聞にも明記されていた。するとこの男は侍従の私的な依頼を受けて、遭難までの足取りを調査しているのではないか。山中で彼らと出会ったのは加藤だけだから、その証言は重要な手掛かりになるはずだ。

納得すると同時に、戸惑うことになった。一月のことを思い出すのは、耐えきれないほど苦しかった。それをこと細かに、話さなければならない。ごまかしは許されなかった。男は眼をそらすことなく、じっと加藤の返答を待っている。曖昧な言葉を使おうものなら、たちまち指摘されそうな怖さがあった。

できることなら、逃げ出したかった。話しはじめる前から膝がふるえ、顔から血の気が引いていく。立っていることさえ辛いのに、椅子をすすめられる様子もない。寒い部屋だったが、冷や汗が額に浮かんでいた。動悸をおさえるために、深く息をついた。駄目だった。気づかないうちに呼吸が浅く、間隔が短くなっている。

それ以上、沈黙をつづけることはできなかった。加藤は話しはじめた。しどろもどろになりながら、なんとか事実関係をつなげようとした。予想通り男は容赦しなかった。わずかでも矛盾があると、たちまちその点を突いてきた。そのくせ自分からは、まったく情報を提供しようとしない。まるで刑事の取り調べか、尋問のような調査がつづいた。

長い時間がすぎた。胃が痛み、声はかすれていた。すでに部屋の外は真っ暗になっている。いつの間にか夜になったようだ。呼び出されたのが昼休みの直後だから、半日をここで過ごしたことになる。男は時計をみながらいった。

「大雑把なところはわかりましたので、今日のところはこれで引き上げます。その前に、ひとつだけ質問させてください。もしかして、あなたはまだ気づいていないのですか？それとも気づかないふりをして、このまま有耶無耶《うやむや》にするつもりですか」

とっさのことで、すぐには返答ができずにいた。というより、質問の意図がわからなかった。男はまっすぐに加藤の眼をみつめていった。

「あなたさえいなければ、六人が死ぬこともなかった。違いますか？　どうも先ほどから話をきいていると、あなた自身にも自覚があるとしか思えないのです。あの六人を殺したのは自分だと」

衝撃はわずかに遅れてやってきた。あの六人を殺したのは自分、その言葉が忘れかけていた痛みを思い出させた。男はつづけた。

「一月二日のことです。彼らは弘法茶屋から室堂を経由せず、まっすぐ剱沢小屋へ向かった。そして吹雪で身動きがとれなくなって、雪崩に押しつぶされた。

だが彼らの行動をたどってみると、どうも不自然な印象が残ります。本当は剱沢小屋ではなく、室堂に連泊して立山に登る計画だったのではないか。そしてその後に剱沢小屋に移動して、剱岳に登ろうとしていた可能性がある。

ところがこの計画に齟齬が生じた。一人の人物が割りこんできて、室堂に行くと言い出した。そこで急に予定を変更して、剱沢小屋に向かうことにした。もしも室堂に立ち寄っていたら、悪天候のせいで剱沢小屋にはいけなかったはずだ。したがって、雪崩にも遭遇しなかった。いまとなっては、確認のしようもありませんが」

そういったあと、男は立ちあがった。そして茫然としている加藤を尻目に、部屋を出ていった。あとに残された加藤は、無言のままその後ろ姿をみていた。

第五話　厳冬期北アルプス横断——昭和六年

1

もう何時間も、加藤文太郎は呻吟をつづけていた。

宵の口からはじめて、すでに深夜に近い時刻になっている。だが広げられた原稿用紙には、まだ何も記されていなかった。今日こそはと意気ごんで机に向かったのだが、何をどう書いていいのか考えがまとまらない。どうやっても最初の一行が書きだせないまま、時間だけが過ぎていった。

今日に限ったことではなかった。もう十日以上も、おなじことをくり返している。仕事が終わると寮の自室にこもり、食事の時間も惜しんで原稿用紙と向きあっていた。昼間の疲れから机に突っ伏して眠りこみ、そのまま朝を迎えたことも何度かあった。逆に一晩中まんじりともせず、夜を明かしたこともある。

それなのに、書けなかった。万感が胸に迫って、冷静に事実と向き合うことができずにいた。まして自分の行動や見聞きした事実を、客観的に書きつづることなどできそうになかった。何を書いても不満が残りそうで、躊躇が先に立ってしまう。加藤にとって一月の剱岳行は、それほど重く苦しい思い出になっていた。

だが、これ以上は先延ばしにできなかった。どれほど苦しくても、逃げるわけにはいかない。いまのうちに文章をまとめておかなければ、いずれ記憶は風化する。忘れ去られることはなくても、記憶が変質する可能性は常につきまとっていた。思い出したくない出来事は抜け落ち、美化された記憶だけがあとに残りかねない。

加藤としては、それだけは避けたかった。書くからには、事実と真摯に向きあいたいと考えていた。美辞麗句をつらねただけの追悼文になど、したくなかった。死んだ六人の、最後の山行に立ち会ったのは加藤だけなのだ。事実を正確に書き残さなければ、あの六人に対して申し訳が立たない気がした。

利口で器用な人物なら、これほど深刻には考えなかったはずだ。簡単なことだ。記憶の変質を、待つまでもない。都合の悪い事実には触れず、楽しかった思い出を書くだけでよかった。嘘をつくわけではないから、どこからも苦情は出てこない。誰も傷つかず、加藤自身の心が疼くこともなかった。だが、それでは意味がない。

直接のきっかけは、あの若い男の事情聴取だった。宮内省の役人というだけで、男の正体はわからない。自分から明かすこともなかったが、登山に対する知識は正確だった。スキーや積雪期登山の経験もあるのではないか。そういった点からすると、大学山岳部の卒業生なのかもしれない。

男は加藤の話を聞きながら、しきりにメモを取っていた。遺族に説明するためだろう。だが、それだけが理由とは思えなかった。報告書を作成して、関係者に配布するのかもしれない。この種の山岳遭難では、犠牲者の所属団体が追悼文集や報告書を刊行することが多かった。その刊行物に、資料として流用される可能性もある。

そのことに加藤は、つよい苛立ちを感じた。嫌悪感に耐えきれず、叫び出したくなった。大切にしていたものを、土足で踏みにじられたような気さえした。こんな男に、剱岳の思い出を語ってもらいたくなかった。男の眼を通して描かれた山行の様子を、印刷物の形でさらされるのも嫌だった。

考えすぎなのかもしれない。かりに男が報告書を作成したとしても、加藤の行動が詳述されるとは思えなかった。情報源として、名前が記載される程度だろう。それでもやはり、嫌悪感から逃れられずにいた。たぶんこの男も、おなじことを考えている。加藤が単独行を選んだのは、案内人を雇う金が惜しいからだと。

できることなら、事情聴取を拒否したかった。だが、それは許されない。加藤には説明する義務があった。そのかわり、情報の独占を許す気もない。男がどんな文章を残そうと関知しないが、加藤も思いどおりに記録を残す自由がある。そして本当に大事なことは、自分自身の手で書き残す以外になかった。

ところが実際に原稿用紙を前にすると、どうやっても書きだすことができない。書きたいという強い思いはあるのに、それが形にならないのだ。なぜだか理由はわからない。ただ、漠然とした予感はあった。その気になれば時間がとれたのに、様々な口実をつけて先送りにしてきた。おそらく手こずることが、わかっていたのだろう。

男と会ったのが二月のはじめなのに、いまはもう四月のなかばを過ぎている。すでに冬山の季節は終わり、年次休暇もほとんど使いきっていた。登山に集中していた二月ごろと違って、執筆のための時間は充分にとれる。先送りする理由も、なくなっていた。重い腰をあげたのだが、泥沼にはまり込んだまま十日以上も抜けだせない。

加藤にとっては、はじめての経験だった。山行の記録をまとめるのに、これほど苦労したことはなかった。他のときなら、むしろ作業を楽しむ余裕があった。行動中のメモや地形図を参照し、山行中の出来事をふり返りながら文章をまとめていけばよかった。だが、いまは勝手が違う。メモや地形図を見返すのが、苦痛でしかなかった。

——また明日にするか。

嘆息しながら、加藤は時計に眼をむけた。すでに日付がかわっていた。そのときになって、今日が日曜であることを思いだした。睡眠時間は充分とはいえなかったが、まだ眠気は感じない。それなら、もう少し頑張ってみるかと思いなおした。目途がたっていたわけではない。あいかわらず最初の一行が書けずに、堂々めぐりをつづけていた。だからせめて、冒頭の部分だけでも形にしておきたかった。そうすれば、次の文章も自然に動き出す。いま必要なのは、思いきりのよさだろう。このまま逡巡をつづけても、進展は望めなかった。

いそぐ理由もあった。掲載を予定している「R．C．C．報告」の編集委員に、原稿の出来具合を確認されていた。鋭意作業中であると伝えたものの、あれからまだ何も書いていない。明確な提出期限があるわけではないが、早く仕上げないと気づまりで集会にも顔を出せなかった。

気をとりなおして、鉛筆を手に取った。書くべき文章が、頭にうかんだわけではない。何でもいいから、とりあえず書いてみるつもりだった。不満があれば、あとから修正すればいい。そう考えたのだが、やはり駄目だった。あの男の言葉が胸に浮かんで、怖じ気づいてしまうのだ。自分がやろうとしているのは、単なる言い訳ではないのか。

あの六人を殺したのは自分——その言葉の意味を、この二カ月の間に何度も考えてきた。結論はいつも同じだった。全員が死んでしまったのだから、真相をたしかめる方法はない。したがって、考えても意味がなかった。それよりは、素直な気持で彼らに対する弔意を書き記すべきであると。

その後、男は姿をみせなかった。漠然と二度めの聴取があると思っていたが、二カ月が過ぎたいまも音沙汰がない。すでに報告書は、書き終えているのだろう。それなら加藤も、気にすることはなかった。あの男のことなど、忘れてしまえばいいのだ。何の根拠もない別れ際の言葉とともに。

ところがそう思う一方で、心の奥底では別のことを考えていた。もしかすると原因は、自分にあったのかもしれない。六人を死に追いやったかどうかは別にして、加藤の存在が彼らの行動に影響を与えた可能性は否定できなかった。嫌がられるようなことを、加藤がしたからだ。他人の踏み跡を伝い、助力をあてにして頂上をめざした。

そんな登り方が、許容されるわけもなかった。これは単独行の本来あるべき姿からもかけ離れている。困難に遭遇しても自力で乗り越えるのが、真の単独行であるはずだ。その点からすると、一月の剱岳は山域の選択を誤っていたように思える。一気に難度の高い山をめざすのではなく、少しずつ実力を向上させるべきだった。

——次の正月休暇は、どの山に登ればいいのか。

半年以上も先の話だが、加藤は真剣だった。できればこの次は、人気《ひとけ》の少ない山域を選びたかった。他の登山者と遭遇すれば、どうしても踏み跡を共有することになる。山小屋で同宿する可能性もあった。こちらにその気がなくても、食事をふるまわれるかもしれない。人恋しさに負けて、心が挫けてしまうのが怖かった。

単独行にはつきものの悩みともいえるが、この心情が普通の登山者に理解されることはない。さもなければ「ラッセル泥棒」や「メシ乞食」などという心ない言葉が生まれるわけがなかった。特に「メシ乞食」という言葉をはじめて耳にしたときには、吐き気がするほど嫌な気分になった。

それを避けるには、入山自体が困難な山域にわけいる方がいい。アプローチが長大になるから山行日数が長くなるが、そのこと自体は問題ではなかった。学生ほど自由ではないものの、単独行者も日程の調整はやりやすい。パーティの全員が、そろって休暇を取る必要はないのだ。むしろそれが、単独行者の強みだといえる。

加藤は鉛筆を置いた。机の上に放り出したままだった地形図を、広げてみた。陸地測量部発行の五万分の一「立山」だった。ほぼ中央部に、立山と剱岳が位置している。加藤が積雪期に足を踏み入れたのは、この二カ所だけだった。地形図の他の部分は、手つかずのまま残されていた。東の端には鹿島槍ヶ岳、南側には針ノ木岳などの地名がみえる。

加藤はわずかに興奮した。探していたものを、つかみかけた感触があった。焦る気持をおさえて、別の地形図を取りだした。南側に隣接する「槍ヶ嶽」だった。こちらの方は、空白部分がさらに大きかった。ただひとつ積雪期に登頂した槍ヶ岳は、山頂部分だけが地形図の南端に顔をのぞかせている。

他の大部分は、積雪期未踏の状態だった。北アルプスの核心部ともいえる山域――薬師岳から黒部五郎岳（中ノ俣岳）をへて三俣蓮華《みつまたれんげ》岳に至り、大きく屈曲して鷲羽岳や水晶岳（黒岳）から遠く烏帽子岳につづく大山塊が、ひとつも登られることがないまま残されていた。

無論いままで存在に気づかなかったわけではない。三年前の夏には黒部源流のこの山々を、八日間かけて踏破していた。だからいつかは、厳冬期に足を踏み入れたいと思っていた。だがそれは決して不可能ではないが、相当な覚悟を必要とする。登山口をどちらにとっても、目的の山に近づくだけで四日から五日はかかってしまうのだ。

しかもそれは、好天が連続した場合に限られる。真冬の北アルプスは天候が安定せず、何日も吹き荒れることは珍しくなかった。最奥の山小屋で悪天候につかまったら、軽装の単独行者は身動きがとれなくなる。降りつもった雪のせいで行動力は低下し、下山することさえ容易ではない。

たとえば前年の三月から四月にかけて入山した立教大学隊は、登山基地となる黒部五郎の小屋に入るだけで九日間を必要とした。悪天候のため数日の停滞を余儀なくされ、また大量の物資輸送に手間取ったもののアプローチとしては異様に長いといっていい。ただし帰路は荷が軽くなったため、半分以下の日数で下山を果たしている。

それでも全登山日数は、十六日間にも及んでいる。天候の比較的安定している春先のことだから、正月の前後にはさらに登山期間が長くなるのではないか。必然的に食糧や燃料の量が多くなって、機動力は大きく低下する。それらの点を考えあわせると、予備日を含めて三週間は休暇を取る必要があった。

加藤は息をついた。とてもではないが、三週間も連続して休むことはできない。正月休みを組みいれても、半分の十日が限度だった。通常の登山スタイルを踏襲するのであれば、入山だけで休暇が終わってしまう。神戸出発から帰着まで、なんとか十日でおさめる方法はないものか。

加藤は腰を浮かせた。「槍ヶ嶽」と「立山」の二葉を南北にならべて、全体を俯瞰してみた。だが、それだけでは足りなかった。西側に隣接する「東茂住」と「五百石」を加えて、入山路を眼で追った。神戸から夜行列車を利用できる富山を登山口として、黒部五郎の小屋に向かうルートを検討してみた。

立教大学隊は富山県営鉄道の千垣を起点に、岩井谷乗越から真川をへて主稜線に取りついている。おそらくこれは、芦峅寺で人夫たちと合流するためだろう。あらかじめ連絡しておけば、食糧や燃料などの手配も依頼できる。人夫たちにとっては通いなれた道だから、なにかと都合がよかったのではないか。

だが案内人や人夫を必要としない加藤にとっては、あまり利用価値のないルートだった。地形図をみる限り起伏が大きそうだし、いかにも悪そうな所もある。それに登山者を見慣れている芦峅寺を通過するのは、できれば避けたかった。危険だからという理由で単独行者は歓迎されず、見知らぬ人にまで心配をかけることが多かった。

それよりは、飛越線（現在の高山本線北部）を利用した方がよさそうだ。いまのところ飛越線は笹津どまりだが、年内に猪谷まで延伸して開業するらしい。これを利用して大多和峠を越えれば、意外に短時間でアプローチを果たせるのではないか。距離はそれほど違わないが、スキーを使えそうな斜面もあるので体にかかる負担も少なくてすむ。

黒部五郎岳に至るルートとしては、立山の一ノ越から稜線伝いに南下する方法もある。途中で薬師岳を越える大縦走になるが、さすがにこれは選択肢からはずさざるをえない。この部分の縦走だけで、日程の大半を使ってしまいそうだった。立山の室堂までは何度も通った道だが、それだけで丸二日はみておく必要がある。

やはり猪谷から、大多和峠を越えるルート以外になさそうだ。そう加藤は考えた。神戸を通過する夜行列車に乗れば、猪谷には午前中に到着するだろう。頑張ればその日のうちに、有峰まで歩き通せるのではないか。すると二日めは真川の小屋泊まりで、三日めには主稜線上に位置する上《かみ》ノ岳（北《きた》ノ俣《また》岳）の小屋に入れる。

加藤にとっては、満足のいく結果になった。主稜線上に登ってしまえば、黒部五郎の小屋までは一日行程だった。片道四日と考えれば、黒部五郎の小屋を拠点に周辺の山々を踏破する余裕もある。要領よくやれば、途中で薬師岳に足をのばすことも可能だった。かなりの強行軍になるが、十日間でもなんとかなりそうだった。

それで一度は納得しかけた。だが加藤はすぐに、単純な事実に気がついた。往復登山にこだわる理由は別になかった。登路は限定されていないのだから、反対側の稜線を下降してもいいのだ。むしろ次々にピークを踏破していく縦走登山の方が、この山域では適しているような気がする。実際に黒部五郎の小屋までは、稜線通しのルートを想定していた。

これが通常の登山隊であれば、選択肢はそれほど多くない。輸送する物資の量が多いものだから、行動が制限されてしまうのだ。帰路に消費する食糧や燃料を、途中にデポする必要も出てくる。だが加藤の登山スタイルなら、別のルートをたどって下山することもできた。荷物の量を必要最小限に抑えているものだから、自由度が高いのだ。

なんでもないようなことだが、これは画期的ともいえる認識の変化だった。これまで積雪期の登山では、登路を忠実に引き返すことが多かった。その方が安全だし、不安を感じることもないからだ。だが厳冬期の縦走が可能なら、行動の幅は格段に広がる。それに単純計算では、一回の山行で倍のピークを踏めることになる。

——では黒部五郎岳から、どちらに向かうべきなのか。

加藤をあらためて地形図を見下ろした。稜線伝いに先へ進むとすれば、最初に思いつくのは槍ヶ岳だった。三俣蓮華岳を経由すれば、一日で到達できそうだった。何度か登った山だから、その先の状況はわかっていた。下降路を槍沢にとれば、馴染みの上高地温泉に宿泊できる。勝手知った道だが、それだけに面白味もなかった。

せっかくだから、積雪期未踏の稜線を踏破したいところだ。そう考えて、めぼしいピークを物色していった。加藤の眼が、図上の一点に向けられた。烏帽子岳だった。鷲羽岳や野口五郎岳などのピークを、次々にこえていくことになる。主稜線からははずれるが、この付近では最高所の水晶岳に足をのばすこともできた。

長大で歩き甲斐のある稜線だが、これまで意図的に除外してきた。そちらに向かうとすれば、三俣蓮華の小屋が最後の泊まり場になるからだ。そこから烏帽子の小屋まで、一日で踏破するのは相当な困難が予想される。かなりの長丁場になるから、途中で日が暮れる可能性が大きかった。

ただ夏に逆方向から縦走したときには、それほど無理をしたという記憶はない。主稜線を縦走するだけでは物足らず、遠く離れた赤牛《あかうし》岳を往復する余裕さえあった。北アルプスの中央部に位置するため展望が素晴らしく、いつまでも歩いていたいと思った記憶がある。その点からすると、なんとかなりそうな気がした。

だが、結論を出すのはまだ早い。抽出しから暦を取り出して、旧暦の日付を確認してみた。加藤は笑みを浮かべた。今年（昭和五年）の大晦日は、旧暦で十一月十二日になる。月齢は十一日くらいだから、満月は年明けの一月四日ごろだろう。月明かりだけで、充分に歩けそうだった。

加藤は結論を出した。条件さえそろえば、いけるのではないか。最終的な決断は直前に下すしかないが、基本方針はほぼ定まった。縦走は烏帽子岳までとして、以後は高瀬川に下降する。大町にでて午後の列車に乗れば、翌早朝には神戸に到着するはずだ。成功すれば北アルプスの核心部を踏破し、越中から信州に抜ける大縦走になる。

軽い興奮状態にあったのかもしれない。すでに窓の外は明るくなりかけているのに、まったく眠気を感じなかった。いまから高取山に登ろうかとも思ったが、今日は他にやるべきことがある。畳の上に広げた地形図を片づけて、机に向き直った。あいかわらず原稿用紙は空白のままだが、それも気にならなかった。書くべきことは、すでに決まっている。

鉛筆を手にする前に、心を落ち着けて思い出を整理した。記憶に脱落はなかった。意図的に美化したつもりもない。いまなら素直な気持で、起きたことを書き残せそうな気がしていた。最後にひとつ深呼吸をして、鉛筆を握りしめた。一語一句を刻みつけるようにして、心に浮かんだことを書き記していった。

「一月の事を思ひ出すのは僕には耐へられぬ程苦しい。だがそれをどうしても話してしまはなければ、僕は何だか大きな負債を擔つて居る様な氣がしてなりません」

あれほど悩んでいたのが、嘘のようだった。心の奥底から、次々に言葉がわき出してくる。加藤はただ、それを原稿用紙に書き写すだけでよかった。

加藤は書きつづけ、時間がすぎるのを忘れた。そしてその日のうちに、文章をまとめ終わった。

2

年末までに時間は充分あったが、やるべきことも多かった。これまでにない長期の冬山行にそなえて、食糧や装備の計画をたてておく必要がある。

最初のうちは簡単に考えていた。積雪期登山は何度も経験していたし、その多くは無人の山小屋で泊まりを重ねるスタイルだった。数えてみたら登山期間が五日以上のものだけで、この二年の間に六度もおこなっていた。だから次の正月に予定している黒部源流域の縦走も、その延長線上にあると考えていた。

いままで積み重ねてきた実績が、充分に応用できるはずだった。だが子細に検討してみると、過去の経験はあまり参考にならないことがわかった。実際には、かなり様相が違っていたからだ。非常に過酷であり、それ以上に危険でもあった。やり方を間違えると、山中で食糧がつきて身動きがとれなくなる。

単純に日程を比較すれば、今回の計画はそれほど特異なものとは思えなかった。たしかに過去の冬山行にくらべて、登山期間は長かった。順調にいって丸八日、予備日をふくめると十日をこえる日数が必要だった。だが一週間程度の冬山行なら、過去に何度もくり返してきた。何がそんなに、違っているのか。

ひとことでいえば、山の深さだろう。黒部源流域の山々は、人里から隔絶している。縦走の核心部ともいえる薬師岳と野口五郎岳の間は、下山路をどちらにとっても人里まで丸三日はかかる。悪天候に遭遇して途中の小屋に閉じこめられても、三日分の食糧は残しておかなければならない。さもなければ、安全な場所に脱出できなかった。

かといって、余分な食糧を持ちこむことは許されない。重量が過大になって、機動力がそがれてしまう。単独行の強みである軽快さが失われて、予定していた行程がこなせなくなる。これは別の意味で危険だった。立山周辺などと違って、この山域では小屋間の距離が長い。一定以上の速度で歩かなければ、次の山小屋にたどり着けないのだ。

そういった事態を回避するには、一日当たりの食糧消費量を正確に把握する必要があった。その上で適正な食糧計画を立てて、必要かつ充分な量を携行しなければならない。だがこれまでは、それほど深刻に考えなくてもよかった。かりに登山期間が一週間におよんだとしても、自前の食糧に頼るのはその半分程度でしかなかったからだ。

登山中であっても人と遭遇することが多いから、融通がきいてしまうのだ。たとえば入山初日や最終日は人里を通過するから、宿屋や民家に泊まることができた。宿泊せず食事だけをとることもあったが、食糧計画の不備を補うことは可能だった。山中でろくなものを食べていなくても、栄養補給ができてしまうのだ。

人気のある山域では、真冬でも山中の温泉場を利用できることがあった。山小屋に泊まりあわせた登山者が、食事をふるまってくれることも珍しくなかった。それらの点を考えあわせると、食糧に関する限り実質的な登山期間はかなり短くなる。持ちこんだ携行食品だけで登山活動をつづけたのは、三日からせいぜい五日まででではないか。

だが黒部源流域を縦走する場合は、そんな僥倖は期待できない。最短でも八日間、予備日をふくめて十日間はほとんど人の姿をみないはずだ。その間の泊まりは、すべて無人の山小屋か廃屋になる。

当然のことながら、食糧はすべて持参しなければならない。途中で補給はできないし、食事を提供してくれるところもなかった。最初の夜に宿泊を予定している有峰では、十年前に住民たちが集団離村している。最終日の濁《にごり》には電力会社の宿舎があるが、社の施設だから原則として登山者が泊まることはできない。

これまでこなしてきた冬山行との違いは大きかった。五日までなら、食糧が不足しても何とかなる。三日分の食糧を、五日間もたせることは可能だった。行動力が極端に低下することもない。それは経験からもわかっていた。

だが十日間になると、状況が違ってくる。六日分の食糧で、十日間も行動するのは危険だった。気力が充実していても、体力がついてこないのだ。そうなると、もう元にはもどらない。最悪の場合、力つきて倒れたまま起きあがれなくなる。

——この計画は、一筋縄ではいかない。

ようやく加藤は、そのことを実感した。自分の能力を極限まで発揮しなければ、計画の実現など不可能ではないか。それも単に脚力や心肺能力など、物理的な側面ばかりではない。情報収集や危機管理の能力も、問われそうな気がする。

困難が予想されるが、臆する気持はなかった。むしろ闘志をかき立てられていた。加藤の技術者としての資質が、顔をのぞかせていたのかもしれない。ひとつずつ問題を片づけていけば、どのような困難も克服できる。遠い道のりであっても、最初の一歩を踏み出さなければ何も始まらなかった。

さしあたり、食糧計画の基本を決める必要があった。何をどれくらい、持っていけばいいのか。

他の登山者がやるように、米や味噌を持ちこむ気はなかった。米は炊くのに時間と手間がかかるし、生で食べることもできない。それにわずかでも小屋の薪を使用すると、薪代を請求される。できることなら、それは避けたかった。山中の宿泊施設は米持参のところが多いが、今回の計画では除外してもよさそうだ。

できれば行動中にも簡単に取りだせて、好きな分量をわけて食べられる品がいい。十日のあいだ食べつづけても飽きがこなくて、疲れていても喉の通りが良くなければならない。持ち運びやすさも重要だった。パンや饅頭の類はそのままでも食べられるが、リュックの中に押しこむと形が崩れてしまう。

生ものも避けた方が無難だった。冬だから変質する危険は少ないが、列車の暖房で傷むことがある。それに水分が多いから重く、山中では凍りつく可能性があった。おなじことは、蒲鉾についてもいえる。あれは凍りついてしまうと始末に負えなくなる。餅は好物だが加熱しないと食べられず、しかも重いので大量には持っていけない。

そう考えていくと、理想的な食品は意外に少なかった。だが、単一の食品にこだわることもない。たとえばレーズンや甘納豆などを主軸に、嗜好品を組みあわせていくのがよさそうだ。贅沢をする気はないが、山中でも温かい飲み物がほしいところだ。一杯のレモンティがあれば、疲労を回復できるかもしれない。

それについては、思いあたることがあった。この二月に、立山を登ったときのことだ。持参のアルコールバーナーとコッヘルで、餅を炊いてみたのだ。あれは予想外にうまかった。今度は他の材料で、試してみようと考えた。本格的な料理をはじめる気はない。甘納豆などはそのままでも食べられるが、熱湯にとけば汁粉になるのではないか。

最初は単なる思いつきだった。無論、それで終わらせる気はない。すでに冬山の季節は終わっていたが、試してみる方法はある。高取山へ登ったとき、道具一式とともに材料を持ちこんだ。竹橋を相手に雑談しながら、茶屋の片隅で作ってみた。あまり期待していなかったが、驚くほどうまかった。適度に疲労した体には、極上の味に感じられた。

——これなら使えるのではないか。

直感だった。だが、まだ終わりではなかった。一日の必要量や加熱時間などを、測定しなければならない。天候や気温などの条件をかえて、何度も試験をくり返した。初夏のころからはじめて、ひと月ごとに記録を取っていった。竹橋の意見を入れて、いくつもの小売り店から甘納豆を買い集めた。

それでわかったのだが、店によって味や形がかなり違っていた。当然のことながら、熱を加えた場合の状態にも差がある。いっそのこと、混ぜあわせて登山用の銘柄を作ろうかとも考えた。だが、それはさすがに手間がかかりすぎる。もっとも自分好みの味を選んで、以後はそれだけを買うことにした。

季節はうつりかわり、街に木枯らしが吹きはじめていた。

また冬が近づきつつあった。

この年の十一月末から十二月初めにかけて、加藤は北アルプスの常念岳に登っている。年次休暇が残っていたせいもあるが、実際には正月の縦走にそなえた準備山行だった。ここに加藤は、さまざまな物品を持ちこんだ。夏の間に試していたのは、食糧ばかりではなかった。装備や防寒具なども、試行錯誤をくり返しながら改良を重ねていた。

そのすべてが初冬の常念岳に持ちこまれ、寒気の中で使い勝手が試された。甘納豆も吹雪の中で調理された。結果は上々だった。降りしきる雪の中でもアルコールバーナーの火力は落ちず、無事に汁粉もどきを食することができた。さすがにアルコールの消費量は多かったが、それも予想の範囲内におさまっていた。

常念岳からもどった加藤は、最後の準備に取りかかった。すでに方針はかたまっていた。食糧は甘納豆を主食に、嗜好品を少しずつ組みあわせる予定だった。一日の消費量は甘納豆が二百匁（七五〇グラム）、アルコールが〇・二瓩（キロ）とする。山行日数を十日間とすると携行量は甘納豆が七・五キロ、燃料のアルコールは二キロとなる。

——嗜好品もあわせれば、燃料と食糧だけで十二、三キロというところか。

予想できない数字ではなかった。むしろ十日間の縦走を思い立ったときから、覚悟していたような気がする。よほど軽量化された特殊な食材——陸軍糧秣廠《りょうまつしょう》で試作しているという乾燥野菜を全面的に導入しない限り、一日につき一キロ前後という重量は動かせないだろう。

たとえば陸軍の歩兵は通常、一日につき六合の精米が支給されることになっている。重量にして約〇・九キロだから、加藤の行動食と重量の点ではそれほど差がないことになる。とはいえ米よりも多少軽量化されていて、緊急時には調理不要なのだから甘納豆の方が有利ではある。

それはいいのだが、やはり全体的な重量が過大になるようだ。担いでゆくのは、食糧や燃料ばかりではない。今回の縦走ではスキーの他に、輪かんじきも持ちこむつもりだった。他にアイゼンとピッケルも必要だった。その他に防寒具や雨具兼用の防風衣なども、携行しなければならない。すべて合わせると――。

――六貫目（二二・五キロ）をこえる、か。

その事実が、重くのしかかってきた。必要最小限の荷を担いで風のように稜線上を駆け抜けるという登山スタイルは、今回に限り使えそうになかった。

3

真新しい駅舎には、かすかに木の香が漂っていた。

開業にあわせて新築されたらしく、建物ばかりか備品類もみな新しかった。手入れもいきとどいていた。「猪谷」と記された駅名標はもとより、改札口の木枠までが鏡のように磨きあげられている。ホームに積もった雪は片づけられ、床には塵ひとつ落ちていない。切符を回収する駅員の制服だけが、妙に古びてみえた。

おなじ列車で到着した乗客は、それほど多くなかった。誰もが大荷物を手にしているが、行商人ではなさそうだ。勤め人らしい外見からして、帰省客なのだろう。新しい駅に降りたつのははじめてらしく、もの珍しそうに駅前の風景を眺めている。明日は大晦日だった。長旅で疲れた様子をみせているものの、乗客たちの表情は明るかった。

雪が降っているせいか、人の流れは滞留していた。駅舎の中で足をとめたまま、空模様をたしかめている。自動車や荷車を、手配している乗客も多かった。その間をすり抜けるようにして、加藤は表の通りに足を運んだ。外気が流入するにつれて気温は低下し、木の香が次第に遠くなっていく。

駅舎の外に出たところで、それまでとは違う寒気が加藤をおしつつんだ。予想していたほど、きつい冷えこみではなかった。降雪が寒気をやわらげているのか、あまり気温は低下していないようだ。それでも吐く息は白く、露出した肌に刺すような冷気を感じる。だがこの程度なら、防寒着を重ねるまでもなかった。五分も歩かないうちに、体が温まるだろう。

そう見当をつけて、駅前の通りを歩いていった。早めの行動を心がけたつもりだったが、すでに時刻は午前九時半になっている。それにもかかわらず、通りに人の気配はなかった。町全体が眠りこんだように、ひっそりとしている。どの家も新年を迎える準備で忙しく、出歩く余裕をなくしているかにみえた。

ときおり人かげをみかけたが、皆うつむき加減のまま足ばやに歩いていく。大きなリュックとスキーを担いだ加藤に、眼をむける者はいなかった。それをいいことに、加藤は町を抜けだした。思ったとおり、この駅から入山するものはほとんどいないようだ。そのことに安堵して、川ぞいの道をたどっていった。

登山基地になっている村を通りぬけるときは、これほど簡単ではなかった。一人で入山する加藤はめだつ存在らしく、土地の者によく声をかけられた。彼らは決まって、おなじ質問をむけてくる。加藤の行き先をたしかめたあと、同行者や案内人の有無を確認しようとした。

その先の反応は、さまざまだった。加藤が一人だと答えると、あきれた様子で見返されることが多かった。それ以上は何もいわず立ち去る者もいたが、親身になって加藤の「心得ちがい」をさとす者もいた。加藤の登山歴を根掘り葉掘り詮索したあげく、冬山がいかに危険か滔々と論じはじめた老人もいた。

最初のうち加藤は、真面目に応対していた。言葉をつくして説明すれば、必ずわかってくれると考えたからだ。冬山の単独行は決して無謀ではなく、非難される行為でもない。そのことを伝えたくて、辛抱づよく相手の言葉をきいていた。たとえその場で反論できなくても、別の機会に言葉を返せればいいと考えて。

ところが加藤はすぐに、それが無意味なことに気づいた。加藤に翻意を迫ったもののほとんどは、冬山の経験などなかったのだ。人づてにきいた遭難事故の顚末や、新聞記事の知識だけで単独行は危険であると断じていた。冬山の危険を論じたてた老人にいたっては、立山と剱岳の区別さえついていなかった。

そんなことをくり返すうちに、加藤にも知恵がついてきた。行き先を尋ねられても、適当にはぐらかすことが多くなった。堂々と持論を展開したところで、理解されることはなかったからだ。油断すると加藤の返事を待たずに、案内人を斡旋しようとする者もいた。こうなると加藤のためというより、自分たちの利益のためにやっているとしか思えない。

今回の計画を縦走登山としたのも、そのことと無関係ではなかった。往復登山にすると、下山の遅れが騒ぎになりかねない。入山時に事情を尋ねた土地の者が、心配して捜索をはじめることもあった。それくらいなら、登山口とは別の場所に下山した方がよかった。よほどの物好きでなければ、他県の下山口に問いあわせたりしないはずだ。

すぐに道は分岐して、県境をこえた。神通川の本流とわかれて、高原川ぞいの道路を上流にたどっていく。山あいの道にもかかわらず、積雪量は多くなかった。地形図では雪崩の発生しそうな場所が連続するのだが、拍子抜けするほど雪が少なく歩行に支障はなかった。神岡方面に向かう自動車が、排気を残して追い越していく。

歩きやすい道だった。平坦で屈曲も少ないのに、行程ははかどらなかった。体が慣れていないのか、足が思うように動いてくれない。いつもより膝が重く、肩の筋肉が凝っている。しかも時間がすぎるにつれて、腰に疲れがたまっていく感覚があった。そのせいで、普段の「腰で歩く」スタイルが維持できない。

理由は明らかだった。担いだ荷が重すぎて、うまくバランスがとれていないようだ。計画段階では、六貫目以上になることを覚悟していた。ところが実際に準備を進めていくと、とてもその程度では収まりそうにないことがわかった。魔法瓶や予備の衣類など、計画が具体化するにつれて品物が次々に増えていった。

あれもこれもと、余計なものまで持ちこんだ記憶はない。ひとつずつ念入りに検討して、必要最小限の装備品に絞ったつもりだった。それにもかかわらず、荷は軽くならなかった。食糧や燃料が多いものだから、容器の重さも無視できない。増えた荷があらたな荷を呼んで、際限なく増大していった。

荷造りを終えたときには、それほど重く感じなかった。実際にリュックを背負ってみて、背や肩にかかる荷重を確認してみた。たしかに普段よりは重いが、なんとかなりそうな実感はあった。念のためにスキーを担いで、寮の周囲を歩いてみた。最初は肩だけにかかっていた重荷が、次第に背や腰に分散していくのがわかる。

それとともにリュックの形が、少しずつ体になじんでいった。加藤は確信した。この程度なら、大丈夫だろう。かりに負担を感じたとしても、重いのは最初のうちだけだ。食糧や燃料は日ごとに減少するし、山中に入ればスキーを担がなくてもすむ。スキーを装着するだけで、かなり楽になるのではないか。

そう判断して、積極的な軽量化には取り組まなかった。パッキングを終えたリュックには手をつけず、そのまま担いで出かけてきた。重量も計測しなかった。予想外に重かったら、精神的にも重荷を背負うことになる。それが怖かった。楽観もあった。いくら重くても、七貫目をこえることはないだろう。その程度に考えていた。

歩きはじめて一時間で、間違いに気づいた。七貫目どころではなかった。膝にかかる負担からして、八貫目（三〇キロ）に近いのではないか。いくら歩いても、リュックが体になじまない。荷重がうまく分散せず、上半身が妙に強張っていた。そのせいで、速度も思うように上がらない。間近にみえている目標が、なかなか近づいてこなかった。

小雪の降りつづく中を、汗だくになって土《ど》に到着した。すでに正午をすぎていた。予定では大多和まで足をのばして、昼食をとるつもりだった。さもなければ、初日の行程はこなせそうにない。今夜の泊まりを予定している有峰は、そこからさらに峠を越えた先にあった。

生欠伸《なまあくび》を嚙み殺しながら、ポケットの餅を取りだした。今朝はやく列車待ちの時間に、富山の駅前で買った餡いりの餅だった。搗《つ》きたてだから、そのまま食べられるはずだった。だが、腰をおろして休む余裕はない。人の眼も気になった。土地の者に話しかけられても億劫なので、歩きながら頰張った。

端の方が硬くなっていたが、気にせず嚙み砕いた。手ばやく嚥下して、簡素な食事は終わった。食べ終わるまで、一分とかかっていなかった。道端で遊んでいた子供が、物珍しそうに眺めている。そっぽを向いて歩きつづけた。喉が乾いたが、魔法瓶はリュックの中に入っている。そのうち湧水がみつかるだろうと考えて、我慢することにした。

土をすぎたころから、次第に積雪量が多くなった。除雪はされているものの、こちらの方に自動車は入りこんでいないようだ。そしてすぐに、道幅が狭くなった。最初のうちは橇の通過跡が残されていたが、やがてそれもつきた。人ひとりが通れる程度の踏み跡が、細々と山の奥にのびている。ゆるやかな登りになっていた。

黙々と加藤は歩きつづけた。あいかわらず腰が重く、思うように距離を稼げない。ことに午後からは、昨夜の睡眠不足が疲労を倍加させた。富山までの夜行列車は混雑がひどく、ほとんど立ちづめの状態だった。飛越線に乗りかえてからは少し仮眠できたが、充分とはいえない。休むことなく歩きつづけたのに、遅れは取りもどせなかった。

午後三時ちかくになって、ようやく大多和に着いた。すでに雪はやんで、空が明るくなっていた。だがこれから峠を越えて有峰にむかうとしたら、到着は深夜にちかい時刻になりそうだった。気力を維持できないまま、とぼとぼと雪道をたどっていく。人家があらわれるたびに踏み跡は分岐し、それとともに細く不確かなものになっていく。

そしてついに、踏み跡がつきた。村はずれの一軒家で、途切れている。それが最後の人家だった。その先には、かすかな痕跡が残っているだけだ。今朝から誰も通っていないらしく、雪に埋もれて見分けづらかった。足をとめた加藤は、地形図を取りだした。周囲の地形と見比べて、大多和峠への道を探した。声をかけられたのは、そのときだった。

「どこへ行く気だ。この先に村はないぞ」

ゆっくりと、加藤はふり返った。一軒家の後ろから、男が姿をみせたところだった。この家の主人らしく、作業着に頬被りという質素な格好をしていた。家の裏で作業をしていたのか、作業着の膝には木屑が付着していた。かたわらには、六歳くらいの少年がしたがっている。男の息子なのか、顔つきがどことなく似ていた。

　とっさのことで、加藤は返事ができずにいた。警戒心が先に立ったせいだ。正直に計画を話すのは、考えものだった。無謀だとなじられて、中止するよう説得されるかもしれない。それだけですめばいいが、警官や消防団員に通報されることもある。口ごもっていたら、男は無遠慮な大声でいった。

「スキーか？　薬師岳に登るつもりなのか。それとも上ノ岳の方か」

　おや、と思った。冬山に対する男の知識は、意外に正確らしい。この村に案内人組合はなかったはずだが、人夫として登山隊に同行したのかもしれない。薬師岳と上ノ岳が積雪期に相次いで初登頂されたのは、今から七年前のことだ。そのことに興味をひかれて、加藤は男に向き直った。男は木屑を払いながら近づいてきた。加藤はいった。

「二つの山を登ったあと、信州に抜けるつもりです」

　正直に説明したが、まだ警戒は解いていなかった。長野県側に下山することを強調した上で、大多和峠はこちらでいいのかたずねた。男は表情を曇らせていった。

「これから峠越えをするのは無理だ。こんな天気の時には、雪崩れることが多い。悪いことはいわないから、一晩泊まっていったらどうだ」

なんらかの下心があって、そんな話をしているとは思えなかった。雪崩れやすいという言葉にも、嘘はないのだろう。加藤は警戒を解いた。信頼できそうな人物だった。たしかに今夜は、ここに泊まるのが現実的な選択だった。日程的には半日の遅れになるが、取りもどすことは可能だった。今夜はゆっくり休んで、明日また頑張ればよかった。

そう結論を出したことで、急に気が楽になった。荷物を男の家に預け、スキーだけの軽装で明日のルートを偵察してみた。男の言葉は本当だった。夏道どおしに峠へ登っていくと、すぐに小規模な雪崩の跡を見つけた。明るいうちならともかく、暗くなってから通過するのは危険だろう。この先の状況もおなじなら、明日以降に通過した方が無難だった。

男の名は吉田長右衛門といった。予想に反して、登山人夫の経験はなかった。武骨な外見に似合わない教養人で、村の集会所に出向いて新聞を読むのが日課になっているらしい。薬師岳や上ノ岳が積雪期に初登頂されたことも、新聞記事を通して知ったようだ。それがきっかけになって、近代的登山自体に興味を持つようになった。

といっても、自分自身で登る気はない。学生野球を観戦するような気軽さで、新聞記事に眼を通していただけだ。大正末期から昭和の初めにかけては、有力な登山団体が競いあうようにして積雪期初登頂を果たしていた。一時は冬山の季節になると、連日のように登山の記事が掲載された。

自然に知識も蓄積されて、新聞報道だけでは物足らなくなった。所用で町に出かけたときには時間を作って古書店や貸本屋に足を運び、山岳図書をみつけだしては読破していた。山岳映画の上映会や講演会があると、何をおいても駆けつける熱の入れようだった。前年の一月に乗鞍岳で起きた遭難騒ぎの顚末も、当事者による講演で詳細を知っていた。

そんな事情があるものだから、加藤をみかけたときも他人のような気がしなかったらしい。同好の士に出会ったような気分で、声をかけていた。加藤の名は知らなかったものの、問われるままに加藤が語る登山歴には興味をひかれたようだ。その夜は囲炉裏端で、夜遅くまで登山談義をすることになった。

加藤もいつになく饒舌になっていた。話題が一段落したとき、疑問をぶつけてみた。単独行を、どう思うか。案内人もつれずに冬の山中に入りこむ登山者は、土地の者にとって迷惑な存在なのだろうか。たとえ無事に下山したとしても、心配をかけたことについて責任を感じるべきなのかどうか。

吉田はほんの少し考える様子をみせた。だが返答は明快だった。わずかに身を乗り出して、吉田はいった。易から難に向かうのは、時代の趨勢であると。人が積雪期の山に登るようになったのは、無雪期の山に飽き足らなくなったからだ。同様に考えれば、難易度の高い単独行の実践は必然といえる。

明快すぎる返答に、加藤の方が戸惑っていた。吉田はさらにいった。

「だから責任を感じることなど、まったくない。君から頼みこんだのなら別だが、そんな事実はないのだろう。心配するのはそ奴の勝手で、当の登山者には何の関係もないことだ。おおかた親切を売り物にして、酒代をゆすろうという魂胆なのだろう」

一気にまくしたてた。その勢いに押されて、加藤は黙りこんだ。それに気づいた吉田は、矛先を加藤にむけてきた。

「それとも何か？　君は自分のしていることに、自信が持てないのか。悪事を働いているという意識があるから、そんなことを他人にたずねるのか。違うだろう。冬の山中を一人で踏破しようとするのだから、心中に期するところがあるはずだ。それなら、堂々としているべきだ。信念を持てないでいると、弱みがあるものと勘ぐられる」

いっていることは辛辣だが、吉田は上機嫌だった。正月用に用意した酒を、飲みはじめたせいかもしれない。それでも吉田の話すことは、加藤の胸にしみた。「堂々としているべきだ」という言葉が、いつまでも耳に残っていた。

4

吉田によれば新しい動きには、必ず逆方向に押しもどそうとする力が働くらしい。

単独行や無案内主義は「新しい動き」なのだから、反発されるのは当然だというのだ。土地の者にとってガイドや人夫の仕事は既得権であり、それを否定する加藤のような存在が容認できるわけもなかった。ただし本音は口に出せないので、ことさら単独行は危険だと言いつのることになる。それだけの話だと、吉田は断じた。

身も蓋もない言い方だが、一面の真実をついている。同様のことは、加藤も考えていた。ただし、公然と口にするのは躊躇があった。まだ実績が不足しているし、多少だがしがらみもある。利害関係を持たない第三者でなければ、この問題に触れることは困難ではないか。

だからといって、口を閉ざす気はない。いつかは加藤自身が、論陣を張ることになりそうだった。他の誰でもない、加藤自身のためだ。その日にそなえて、いまは実績を残す必要があった。一年や二年で状況がかわるとは、とても思えなかった。

翌朝は吉田が危険箇所を整地してくれた。スコップを振ってデブリ（雪崩跡）を切り崩し、谷に落として通路を作ってくれたのだ。そこまでしなくても通過は可能だったが、ここは好意に甘えることにした。たぶん二度と会うことはないだろうが、いつまでも記憶に残りそうな人物だった。作業をすすめながら、吉田はいった。

「今日一日は、いい天気がつづきそうだ。いま残っている雲も、正午《ひる》までには散る。峠からの薬師岳を、眼に焼きつけておくことだ。昨夜ここに泊まってよかったと、あらためて思うようになるから」

その言葉は正しかった。吉田とわかれて三時間半で、加藤は大多和峠に登りつめた。峠からの展望は素晴らしかった。有峰のある盆地ごしに、薬師岳と上ノ岳がよくみえた。視野をさえぎる前山がないものだから、堂々たる山容が全貌をあらわにしている。

ことに左手奥の薬師岳には、圧倒的な迫力があった。どっしりとした安定感で、いくら見ていても飽きないほどだ。そのせいで距離が遠いのに、他の山より抜きんでていた。頂稜ちかくの白銀が青空に映えて、この世のものとは思えないほど美しい。

もしも昨日のあのまま歩きつづけていたら、峠に到着したのは日没後になっていたはずだ。しかも雲の多さからして、月明も期待できない。吉田のいうとおり、一晩泊まったことが好結果につながったようだ。得をした気分になって、冬山の大観を楽しんだ。

いつまでも眺めていたかったが、あまり時間的な余裕はなかった。今日のうちに遅れを取りもどさないと、山行後半の日程が苦しくなりそうだ。薬師岳の雄姿に最後の一瞥を加えて、スキーを滑らせていった。沢どおしに下降をつづけて、有峰を貫流する西谷に出た。無人の家屋が点在する中を、有峰に向けて歩いていく。

有峰に到着したのは、午後三時だった。ここまでが、昨日分の行程になる。すでに太陽は西に傾きかけているが、ここで泊まる気はなかった。今日はこれから二度めの峠越えをして、真川の小屋に入らなければならない。かなりの強行軍になるが、いまの体調なら大丈夫だろう。一晩ぐっすり眠ったことで、いつもの調子がもどってきたようだ。

リュックの重さは昨日と大差ないが、スキーを担がずにすむのはありがたかった。それに、わずかとはいえ食糧も減っている。残っていた餡入りの餅は、手土産がわりに置いてきた。他に一泊分の甘納豆を吉田の息子に進呈したが、子供には多すぎる量だったかもしれない。息子は眼を丸くして、紙包みの甘納豆をみていた。

人気《ひとけ》のない廃村を通り抜けて、東谷に入りこんだ。真川峠にいたる登り口は、対岸にあるはずだった。明るいうちに川をわたって、登路を確認しておきたかった。暗くなってからだと、かなり手間取ることが予想される。そう考えて、足ばやに谷を遡行していった。

だが積雪量は意外に少なく、夏道が露出している状態だった。しかも水位が低くて、徒渉も意外にあっさり片づいた。峠への道に入りこんで間もなく日が暮れたが、月明かりのせいで不安は感じずにすんだ。午後からの晴天は夜に入ってからも続き、月の光をさえぎるものはなかった。皓々として射しこむ月光が、周囲の山々を明るく照らしている。

その光に助けられて、夜に入ってからも速度は落ちなかった。積雪が吹きだまりを作って、夏道を白く浮かび上がらせている。周囲が闇に閉ざされても、容易に見分けることができた。さすがに高度をあげると道全体が埋没したが、地形が単純で迷う気遣いはなかった。上へ上へと登っていくうちに、樹林が途切れて広々とした雪原に出た。

その最高所が、真川峠だった。午後八時半になっていた。眼下の真川は、闇に沈んでいる。月はまだ高い位置にあったが、小屋のあるあたりには光も射しこんでいないようだ。真川の小屋らしきものは、視認できなかった。大雑把に見当をつけて峠を乗っ越し、反対側の斜面を下降していった。

高度を落とすにつれて、木々が姿をみせはじめた。それにつれて傾斜が急になっていったが、スキーを脱ぐまでもなかった。行きづまったら輪かんじきに履きかえるつもりで、さらにスキーを滑らせていった。結局その機会がないまま、谷底までおりてしまった。ところが方角を誤ったのか、小屋がどこにも見当たらない。

ここではじめてランタンを取りだして、地図を確認した。どうやら本来のルートをはずれて、下流側におりたようだ。そう見当をつけて、谷を遡行していった。いくらも移動しないうちに、雪に埋もれた小屋があらわれた。映画撮影のために建設されたというから簡素なものを想像していたのだが、意外に大きな小屋で驚かされた。

ところが備品は意外に貧弱だった。寝具として使えそうなのは、なかば凍りついた破れ筵《むしろ》だけだった。すでに午後十時をすぎていた。小屋中をくまなく探せば何かみつかるはずだが、いまはその余裕がなかった。持っている衣類をすべて着込み、筵と空のリュックで作った寝床にもぐり込んだ。

背を丸くして手足を縮め、じっと体が温まるのを待った。朝を待つ以外に、することはなかった。甘納豆だけの夕食は、行動中に終えている。小屋に入った直後にも、最低限の栄養補給はしておいた。しばらく動かずにいたら、手足の先が少しずつ温かくなってきた。体の隅々にまで、血流が行き渡っているのがわかる。

加藤は安堵した。この分なら、凍傷の心配はせずにすみそうだ。熟睡は望めないものの、楽に夜をこせるのではないか。そう考えて、眼を閉じた。それほど間をおくことなく、眠りに落ちた。夜中に何度か眼がさめた。夜明けが近づくにつれて、次第に気温が低下していく。肌に触れる冷気の感触からして、室温は零下二十度近くになっているのではないか。そして夜が明けた。なんとか体温を維持したまま、朝を迎えられたようだ。そろそろと、加藤は起き出した。体にかけた筵が、霜で真っ白になっていた。おそらく部屋の壁や天井も、おなじ状態なのだろう。だが屋内に光は射しこんでおらず、薄暗くて様子がよくわからない。吐く息の白さが、際だってみえた。

凍える手を擦りあわせて、アルコールバーナーに点火した。青白い炎が揺れるたびに、かすかな熱が伝わってくる。ランプをおいた床の霜が、少しずつとけだしていった。昨夜のうちに集めておいた氷柱《つらら》を、コッヘルに入れて火にかけた。雪をとかすよりは効率がよさそうだが、かなり時間がかかるのではないか。

甘納豆をひとつかみ放りこんで、手ばやく蓋をした。隙間から漂いだした湯気を横眼でみながら、身支度をととのえた。寝床の下に敷いておいた靴は、なかば凍結していた。足を入れるだけにしておいて、やわらかくなるのを待つことにした。いま靴紐を結んでも、すぐに緩んでしまうからだ。

脱いだ衣類を片づけたところで、甘納豆が食べごろになった。まだ氷柱はとけきっていないが、食べるのに支障はなかった。水分を補給するつもりで、氷あずきのようにかき込んだ。ひと口ごとに加熱をつづけたら、食べ終わるころには汁粉になっていた。餅が欲しいところだが、あいにくひとかけらも残っていない。今日は元旦だった。

八ヶ岳の山中で新年を迎えたのは、わずか二年前のことだった。あのときは、凍った蒲鉾ばかり食っていた。そして昨年の劒岳では、温かい飯と味噌汁をふるまわれた。今回は昨年よりも質素だが、最初の年に比べると格段に進歩している。三度めに迎えた正月で、ようやく自分なりのやり方をみつけたようだ。

あわただしく食事を終えて、荷をまとめた。筵を片づけて、最後に靴紐を結んだ。それで準備は終わりだった。リュックを肩に外へ出た。今日は上ノ岳の小屋までだから、行程としてはそれほど長くない。だが宿泊地の高度は、二千五百メートルにもなる。そして下山の直前まで、この高度がつづくことになる。気を引き締めて、かかる必要があった。

真川の対岸に渡ったところから、急登がはじまった。だが急傾斜は最初のうちだけで、あとはスキーを装着したまま快適な登高がつづいた。高度をあげるにつれて、次第に視界が開けていく。ただ、天候は昨日ほどよくなかった。雲がわき出して、遠くの山はかすんでみえる。時間がすぎるにしたがって、雲の量が多くなっていった。

緩急をくり返しながら、気持のいい雪の斜面が連続した。太郎《たろう》山のかなり手前で、森林限界をこえた。スキー滑降に適した雪原が、主稜線の西側に広がっている。広大な雪原は、稜線上にもつづいていた。結局スキーを一度も脱ぐことなく、上ノ岳の小屋まで登りつめてしまった。

まだ午後二時半だが、翌日の行程をこなすには遅すぎる時刻だった。天候も悪化しつつあった。雲が低く垂れこめて、視界はあまり良くない。それよりは、時間をかけて寝床を作った方がよかった。曇り空のために気温はそれほど低くないが、夜に入ると昨日以上に冷えこみそうだった。

さいわい小屋の中には、蒲団や毛布が充分にあった。ただし雪が吹きこんでいるらしく、一階部分の床は雪で埋もれていた。二階のもっとも居心地の良さそうなところを選んで、筵と蒲団を何枚も重ねた。ただ二階部分にも、雪が吹きこんだ形跡はあった。たえず強風にさらされているものだから、小屋自体が老朽化しているのかもしれない。

濡れた衣類を蒲団の間に押しこんで、早々と寝についた。寝入り端は湿った衣類が不快だったが、すぐに気にならなくなった。加藤自身の体温で寝床に熱がこもり、濡れたものが乾燥していくのがわかる。処置を忘れて放置しておくと、かならず凍りつくので注意が必要だった。いったん凍りついた衣類は、下山するまで使い物にならなくなる。

夜の間に天候が崩れはじめ、朝までにかなりの降雪をみた。寝床全体をおおった筵は、吹きこんだ雪で真っ白になっていた。しばらく様子をうかがったが、回復しそうなきざしはなかった。今日は停滞と決めて、体力の温存と濡れた衣類の乾燥に専念した。結局、一日のほとんどを寝床の中ですごした。

翌三日になっても、天候は回復しなかった。あいかわらず、強く吹き荒れている。今日も停滞かと思わせたが、前日に比べると風の勢いが落ちていた。そして時間がすぎるにつれて、降雪量も少なくなっていった。昼前には完全にやんで、空が明るくなりかけた。戸外に出てたしかめると、霧が流れて視界が開けつつあった。

見守るうちに、雲の切れ間から青空がのぞきはじめた。一時的な晴天ではなかった。このまま青空が広がって、陽光が射しこむのではないか。そう判断して、午後は行動と決めた。空荷でスキーを駆使すれば、半日で薬師岳を往復できるのではないか。帰路の途中で日が暮れるかもしれないが、自分の踏み跡をたどれば迷う心配はなさそうだ。

ただちに準備をととのえて、小屋をあとにした。一昨日たどった尾根を、一気に滑降していく。太郎山から太郎兵衛《たろべえ》平へと縦走をつづけ、一時間で最低鞍部におりたった。鞍部からの取りつきは急だったが、すぐに緩斜面の登高になった。まばらな木々の間をぬうようにして、ぐんぐん高度を上げていく。

やがて二六五八メートル（現在の地図では二七〇一メートル）のピークに達した。ここでスキーをデポして、アイゼンに履きかえた。その先も特に悪場はなく、頂上まで単調な尾根が続いている。高度をあげるにつれて、少しずつ展望が開けていった。足をとめてふり返ると、黒部源流の山々が明瞭に見分けられた。加藤はさらに登高をつづけ、三時少し前に薬師岳の頂上に立った。

　頂上からの眺望は、いうまでもなかった。北方の立山にいたる稜線や、それに対峙する後立山連峰が全貌をあらわにしている。その景観を眼に焼きつけて、後方に視線を転じた。上ノ岳から黒部五郎岳をへて三俣蓮華岳にいたる稜線は、他のものを圧する質感があった。この稜線は、明日以降に縦走する予定だった。

　さらにその先には鷲羽岳や水晶岳、そして野口五郎岳といった山塊が鎮座している。そこまでは、間近にみえた。ところが縦走の最終目標である烏帽子岳は、かなり飛び離れた位置にあった。まるで異なる山系のように、長大な稜線で結ばれている。

　――あの稜線を、一日で踏破するのか。

　その事実が、いまは重く感じられた。黒部川源流域をはさんで屹立する烏帽子岳は、はるか遠くにみえた。

5

　上ノ岳の小屋には、あわせて三泊した。雪の吹きこんでくる寒い小屋だったが、それでも長居をすると愛着がわく。四日めの朝に出発の準備をととのえて小屋を出たときには、なんとなくもの寂しい気分にさせられた。

入山して六日めになるこの日は、朝からあまり天候が思わしくなかった。雪は降っていないものの風は強く、空全体にどんよりと重苦しい雲が広がっている。東の空は帯状に雲が切れていたが、青空にはほど遠く不気味なほどの朝焼けに染まっている。どちらに眼をむけても、天候が好転しそうな気配はなかった。

ただ雲の底は高く、周辺の山々はよくみえた。小屋の背後にそびえる上ノ岳を前に、加藤はほんの少し逡巡した。すでに予定日数の半分がすぎている。入山当日は肩に食いこんだリュックが、いつの間にか体になじんでいた。おなじ小屋で三泊する間に、食糧や燃料がかなり減ったせいもある。軽くなっていたし、それ以上に小さくなっていた。

最初のころはリュックがはち切れそうで、袋の口を閉じるのに苦労した。それがいまでは、荷全体が小さくまとまっている。リュックの外形にあわせて、中身の形が変化したせいだ。小分けした荷の位置も決まっていた。この包みはリュックの底、その横の隙間には別の袋というように整理ができていた。

そういった事実のすべてが、山中深く入りこんだことを実感させた。あらためて加藤は、西の山なみに眼をむけた。今回の出発点である猪谷のあたりは、厚い雲のせいで重く沈んでいる。それでも数日前の行程は、明瞭に見分けることができた。吉田長右衛門宅ですごした愉快な一夜のことが、懐かしく思い出された。

——ここで引き返しても、いいのではないか。

ふと、そんなことを思った。ここまで加藤は、誰の助けも借りずにやってきた。雪に閉ざされた峠を越え、深雪を踏みしめて厳冬期の北アルプスにわけいった。昨日は薬師岳に登頂し、今日は上ノ岳に登ろうとしている。単独行の記録としては、それだけでも充分すぎる成果といえた。それなら無理をせず、引き返すべきかもしれない。

不安を感じていたようだ。昨日みた風景のせいなのかと、加藤は思った。薬師岳の山頂から遠望した山々には、いずれも人を寄せつけない威圧感があった。不用意に足を踏み入れると、身動きがとれないまま凍死しかねない怖さもある。そして目指す烏帽子岳は、延々とつづく危険地帯の先にあった。その事実が、重く胸にのしかかっていた。

ところがそう思う一方で、心の奥底では別のことを考えていた。おなじ道を引き返すよりは、未踏の山稜に足跡を残したかった。地図上に残された空白を、自分の足で埋めていくのだ。そんな言葉にならない熱い思いが、胸の内で渦巻いていた。そして気づいたとき、加藤は自分自身に号令をかけていた。

「行くぞ」

言葉を口にしたことで、迷いから抜けだせた。次の瞬間、加藤は最初の一歩を踏みだしていた。上ノ岳につづく雪の斜面を、思い切りよく登高していく。スキー歩行をつづけるうちに、先ほどまでの躊躇は消えうせていた。漠然とした不安や恐怖からは逃れられないが、手足を動かしている間は忘れることができた。

とにかく黒部五郎岳まではいこうと考えた。さらに縦走をつづけるか否かは、その時点で決めても遅くはない。山頂を越えた先には黒部五郎の小屋があるから、もし天候が崩れても避難することは可能だった。かりに悪天候で身動きがとれなくなっても、黒部五郎の小屋なら柔軟に対応できる。

そう考えたことで、かなり気が楽になった。心の重荷が取り払われて、足どりまでが軽くなっていた。間近にみえる上ノ岳にむかって、力強くスキーを推進していく。あいかわらず風は強かったが、危険を感じるほどではなかった。スキー登高が困難になればアイゼンに履きかえるつもりで、さらに高度をあげていった。

だが、その機会はなかった。気がついたときには、頂稜の最高所に抜けだしていた。そこが上ノ岳だった。稜線上の突起か、肩を思わせるピークだった。半信半疑のまま周囲に眼を走らせると、三角点の標石も確認できた。吹き飛ばされた積雪の下から、頭だけをのぞかせている。主稜線の先には、黒部五郎岳らしき山塊が鎮座していた。

呆気ない登頂だった。小屋を出てから、一時間とすぎていないのではないか。先ほどはここで引き返すことも考えていたのだが、実際に登ってみるとその気は失せていた。まだ登り足りないし、時間にも充分な余裕があった。雲が切れる気配はないものの、悪化しそうな兆候もない。おそらく黒部五郎岳まで、このまま保つのではないか。

時間が惜しかった。三角点の位置を記憶にとどめて、頂上をあとにした。頂稜伝いに、スキーを滑らせていく。主稜線は高度二千六百メートルあたりを上下しながら、東南方向にのびていた。特に危険な場所は、みあたらなかった。スキーを履いたまま、稜線通しに先へ進んでいく。遠くにみえていた黒部五郎岳が、次第に近づいてきた。

だがそれも、上ノ岳との中間点あたりまでだった。稜線上の小ピークを前にしたところで、それ以上のスキー登高が困難になった。傾斜が急で雪がついておらず、岩が露出していたのだ。わずかな距離だが、アイゼンを装着することにした。スキーは担いでいくしかない。躊躇はなかった。いつものようにデポしたのでは、引き返さざるをえなくなる。はずしたスキーとストックを、まとめて肩に担いだ。片手でスキーをおさえ、空いた手でピッケルを持った。不安定な姿勢だが、少しの間だけだと考えて足を踏みだした。露岩帯を通過したあとは、もとのスキー登高にもどるつもりだった。リュックの上に、縛りつけるまでもない。そう考えた。

だが露岩帯をすぎても、足をとめる機会はなかった。高度を上げたせいか雪がしまって、アイゼン歩行に適した状態になっていた。あえてスキーを装着しなくても、足が潜ることはなかった。そうなると、肩に担いだスキーが邪魔になってきた。短時間なら問題はないのだが、稜線上をこのまま歩きつづけるのは不安だった。

加藤にとっては、はじめての経験だった。スキーを履いたまま山頂を越したことはあっても、アイゼンを併用して縦走したことは過去になかった。他に方法を思いつかないまま、リュックの上にスキーをのせて固定した。稜線上に立ち木は見当たらないから、通過に苦労することはなさそうだ。ただし足場の不安定な場所では、危険かもしれない。

もっと他に方法があるはずだと考えながら、起伏の少ない稜線上を歩きつづけた。単調で特徴のない雪尾根だった。技術的に困難なところはないが、雪面は氷のように硬くなっている。足を踏みだすたびに、アイゼンが小気味よい音をたてた。だがエッジのないスキーでは、とても登高できそうになかった。横滑りしそうで、危険きわまりない。

——それなら最初から、スキーを使わないという選択もあったのではないか。

唐突に、そんなことを考えていた。これまで積雪期の山には、スキーを持ちこむのが常識だった。下降時の時間短縮はもとより、平坦な道や登高時にも威力を発揮する。輪かんじきでは手こずる深雪でも、シールをつけたスキーなら難なく突破できることがある。その一方で季節や山域によっては、無用の長物と化すこともある。

ことに三千メートル近い高所では、雪がゆるむ春先でなければ使えそうになかった。今回はスキーを積極的に使ったが、実際にはアイゼンとピッケルだけで踏破できるのではないか。スキーが使える低所は、輪かんじきで代替できるはずだ。重いスキーを担いで消耗するよりは、思いきって荷を軽減するべきかもしれない。

ただ、結論をいそぐ気はなかった。一般論に置きかえるつもりもない。個々の事例によって、検討する必要があった。さしあたり今回は、スキーを駆使することにした。先のことは、下山後に考えればいい。

加藤は登高をつづけ、正午をすぎるころ黒部五郎岳の山頂に立った。今回の山行で三つめのピークになるが、達成感はえられなかった。心理的な重圧のせいだ。このまま縦走をつづけるのか、それとも引き返すのか決めなければならない。

こちらの方は、結論を先送りにはできなかった。加藤は呼吸をととのえて、地形をたしかめた。山頂の反対側は、歩きやすそうな雪尾根になっている。その尾根の先が、三俣蓮華岳だった。ふたつのピークをつなぐ尾根は、中間あたりで高度を低く落としている。その最低鞍部に黒部五郎の小屋はあるはずだが、山頂からは視認できなかった。

ただし縦走をつづけようとすれば、その小屋に泊まることはできない。三俣蓮華岳を越えて次の小屋までいかなければ、明日以降の行動が苦しくなるからだ。もし今夜の泊まりが黒部五郎の小屋なら、明日は三俣蓮華の小屋で行動を打ち切るしかない。その先はしばらく小屋がないから、他に選択の余地はないのだ。

黒部五郎の小屋と三俣蓮華の小屋は、それほど離れていない。今の状況なら、三時間とかからないのではないか。だが今夜どちらに泊まるかで、日程的に丸一日の差が生じてしまう。そしてこの一日の差は、今後の計画に大きく影響してくる。下山予定日が迫っていた。現実的にいって一日の足踏みは、取り返しのつかない遅れになるだろう。

加藤は息をついた。行くか行かぬかの決断を、強いられているのではなかった。行けるか行けないか、問われていたのだ。今日のうちに三俣蓮華岳を越えさえすれば、明日以降も縦走をつづけることができる。だが越えずに黒部五郎の小屋で泊まれば、縦走計画は破綻しかねなかった。起死回生の可能性は残されているが、やはり低いといわざるを得ない。

逆に三俣蓮華岳を越えてしまうと、引き返すことができなくなる。悪天候による停滞を計算に入れると、残された休暇の枠内で猪谷に下山することは不可能だった。往路をたどってもどろうとすれば、黒部五郎の小屋がぎりぎりの引き返し可能点になる。

困難な決断を強いられることになるが、時間的な余裕はあまりなかった。いますぐ出発しても、三俣蓮華の小屋に到着するのは夕暮れ近くになる。急がなければ、途中で暗くなるかもしれない。

時間をかける気はなかった。山頂を吹きすぎていく風と、正面から向かいあった。全身で風の強さをはかりながら、上空に広がる雲の流れを読みとった。悪くなかった。好天のきざしはないものの、悪化しそうな兆候もない。午後いっぱいは、いまの状態がつづくのではないか。本格的に崩れるとしたら、夜に入ってからだろう。

そう見当をつけたものの、まだ結論を出すのは早かった。三俣蓮華岳までのルートを眼で追って、地形を子細に観察した。高度二千六百メートル以下はスキーを利用し、それ以上はアイゼンで歩行するものとした。地形図の読みは、頭に入っていた。雪の状態だけが不明だったが、いまではそれも明らかになっている。

充分に観察した上で、目的地までの所要時間を見積もった。三俣蓮華岳から先の行程は死角に入っていたが、問題はなかった。必要な情報は地形図から入手している。すぐに結論が出た。加藤は確信した。スキーを駆使すれば、なんとか間にあうはずだ。暗くなるまでに小屋をみつけだして、入り口を掘り起こせるだろう。

最初は可能性を検討するつもりだった。この状況で本当に行けるのか、確認しようとしただけだ。ところが途中から、意識が変化していた。三俣蓮華岳を越えるために何が必要か、問題点があればどう解決するのか考えていた。

すでに心は決まっていたのかもしれない。それなのに、最後の決断が下せなかった。躊躇があったせいだ。三俣蓮華の小屋から先は、難所が連続する。長大な稜線や錯綜する地形が、障害となって立ちはだかっていた。下山路に予定しているブナ立《たて》尾根は、かなりの深雪が予想される。その事実が、決断を先送りさせていた。

だがいまは、それも遠くなった。具体的な手順を考えるうちに、迷いから抜けだせた気がする。声にだして、加藤はいった。

「さて、行くか」

その言葉が、きっかけになった。加藤は大きく足を踏みだした。不自然な大股で歩く気はない。アイゼンの爪を引っかける危険があるし、実質的にはそれほど速くならない。むしろ安定した動きで、歩数を増やすように心がけた。自然に足の回転が速くなって、歩行速度も向上する。

高度二千六百メートルをやや下まわったところで、スキーに履きかえた。たしかに担いで歩くと体力を消耗するが、加藤の場合は滑降による時間短縮が無視できなかった。決して上手とはいえずフォームも我流ながら、それなりに実用的なスキーだった。何よりも転倒することが少なかった。

口の悪い山仲間は、加藤のスキーを称して「杖の舞」と呼んだ。転倒を避けるために両腕を振りまわすものだから、手にしたスキー杖で剣舞でもやっているように見えるらしい。スキー板やストックの破損も珍しくなく、そのたびに針金やブリキ板で修理していた。片方だけ買いかえて、左右ちぐはぐなまま山に持ちこむこともあった。

黒部五郎の小屋は、大部分が雪上に露出していた。周囲にはスキーに適した斜面も多く、何日か滞在しても退屈せずにすみそうだった。ここを基地に周辺の山々を登るのも面白そうだが、いまはその余裕がなかった。スキーが目的で来たのではないと自分に言い聞かせて、素通りすることにした。

小屋を通過していくらも登らないうちに、それ以上のスキー登高が困難になった。ふたたびリュックにスキーを縛りつけて、アイゼン登高を再開した。おなじことをくり返すものだから、要領がよくなってきた。最初のうちはきちんと結んでいた細紐も、いまでは丸めて雪の塊を擦りつけるだけになっていた。

気温が低いものだから、紐はすぐに凍りついた。針金のように硬くなって、ゆるむこともない。それにもかかわらず、解くときは容易だった。指先でこすって温めれば、簡単に弾力をとりもどした。結んでしまうと、かえって厄介だった。手袋をしたままでは、結び目をゆるめるだけで一苦労だった。

三俣蓮華岳の頂上には、五時少し前に着いた。到着時刻は予想通りだったが、雲のせいであたりは暗くなりかけている。三角点の確認もそこそこに、下山を開始した。稜線はなだらかな斜面が連続していた。これなら大丈夫だと見当をつけて、スキーに履きかえた。雲のせいで気温はそれほど低下せず、夕暮れ時だというのに斜面は凍結していなかった。

思い切り飛ばして、小屋のある鞍部に滑りこんだ。午後五時半になっていた。すでにあたりは薄暗く、上空の雲も密度を増している。先ほどから断続的に、雪がちらついていた。この分では夜半を待たずに、天候は崩れるだろう。早く小屋に入って、夜をこす準備を整えたかった。

6

三俣蓮華の小屋は、ほとんど雪に埋没していた。そのせいで掘り起こすのに苦労したが、中に入ってしまえば快適だった。雪は吹きこんでおらず、乾いた蒲団も用意されている。

ようと考えた。

昨日までの寒い小屋とは、大違いだった。今夜はゆっくり休んで、明日の長丁場にそなえ

ただ、天候だけが気がかりだった。窓がすべて雪で埋もれているため、空模様を確かめることはできない。だが小屋に入る少し前から、また雪がちらついていたように思う。明日の天候は予測できないが、小雪程度であれば迷わずに出発するつもりだった。明日以降の行程を考えると、一日たりとも無駄にはできなかった。

予定では明日一日かけて烏帽子の小屋まで縦走し、その翌日はブナ立尾根を下降して濁の小屋に宿泊するはずだった。どちらの行程も一日で踏破するには長すぎるから、休養日あるいは予備日としてさらに一日はみておく必要がある。濁の小屋から大町までは、半日行程とされていた。つまり明日から四日あれば、下山できる計算になる。

軽くなったリュックの中身を整理しながら、食糧と燃料の残量を確認した。今夜をふくめて三晩は充分に保つが、四泊めになると少しばかり心もとなかった。そしてそれ以上になれば、まず燃料が底をつく。食糧は食いのばしがきくが、それにも限度があった。場合によっては、行程の最後は飯抜きで歩くことになりかねない。

それよりも気がかりなのは、休暇の残りだった。残り四日間と考えても、ぎりぎりの日程になる。もしも行程が遅れれば、眼もあてられなかった。すでに正月三が日は終わり、今日は四日になっている。明日から数えて四日めの夜行列車を利用できたとしても、出社

できるのは五日めの朝――一月九日になってしまう。

その日は金曜日だった。もしもさらに下山が遅れれば、神戸帰着が週末という間の抜けたことになる。初出社が週明けの十二日では、格好がつかなかった。明日は何があっても、出発するしかない。

そう考えた。ところが期待に反して、翌日は吹雪だった。勢いこんで準備をととのえていた加藤は、落胆の息をつくことになった。とてもではないが、行動できる天候ではない。激しく吹き荒れて、視界を白く閉ざしている。こんな日に長丁場の縦走を実行するのは、自殺行為でしかなかった。

あきらめきれずに、何度も外の様子をうかがった。予定では早朝から行動を開始するつもりだったが、背に腹はかえられない。少しくらい遅くなっても、天候が持ち直せば歩き出そうと考えていた。だが、駄目だった。時間がすぎても、雪がやむ気配はなかった。それどころか、ますます激しく降りしきっている。

正午前までそんなことをくり返したが、結局は断念するしかなかった。明日の好天に期待することにして、その日は休養と決めた。一日中ほとんど動かないのだから、食事の量は切り詰めるしかない。せめて白湯だけでも飲みたいところだが、燃料がとぼしく思うにまかせなかった。その結果、空きっ腹をかかえて一日を過ごすことになった。

雪は夜になっても降りやまず、風をともなって吹き荒れている。明け方になっても、風の音はおさまらなかった。それが気になって、眠るどころではない。暗いうちから起きだして、いつでも出発できる態勢をととのえた。そして明るくなるころ、荷物をまとめて外に出てみた。

加藤は眼を見張った。昨日と違って、空が妙に明るかった。夜明けの直後だというのに、薄暗さを感じない。それどころか、霧が次第に吹き払われていく。いけると思った。まだ時刻は七時だった。うまくやれば、暗くなる前に烏帽子の小屋に入れるかもしれない。そう考えて、あわただしく足ごしらえをととのえた。

だが加藤は判断を誤っていた。歩きはじめてすぐに、霧が周囲にたちこめた。一時的にやんでいた雪が、以前にもました激しさで降りだした。横殴りの吹雪だった。しまったと思ったが、もう遅かった。すでに加藤は、鷲羽岳に取りついていた。いまから引き返すよりは、天候の回復を信じて突きすすむ方がよかった。

鷲羽岳の登りは、長くてつらかった。風にたたかれた雪の斜面はクラストし、登高に神経を使わされた。その上に地形の関係からか風向きが変則的で、油断すると体ごと持っていかれそうになった。四百メートルたらずの高度差を登りきるのに、二時間もかかってしまった。これでは先が、思いやられる。

加藤の感じた不安は、一時間とたたないうちに現実のものとなった。ワリモ岳の頂稜をさけて山腹をトラバースしているうちに、霧が次第に濃くなって方角を見失ってしまったのだ。加藤は緊張した。ワリモ岳の周辺では支尾根がいくつも派生し、油断すると主稜線を外れて迷いこむことがある。悪天候の場合は、特に注意が必要だった。

地形図を確認したかったが、この風雪の中ではそれも思うにまかせない。不用意に地形図を取り出せば、風にあおられて飛ばされるだけだ。かぎられた視野の中で、主稜線を忠実にたどるしかなかった。

細心の注意を払って、尾根どおしにすすんだつもりだった。たえず神経をとぎすませて、空の明るさと風向の変化を読み取った。自分がどちらに向かっているのか、知るためだ。何の前触れもなく風向がかわったら、進むべき方角が違っている――支尾根に迷い込んだ可能性が高かった。

それ以外にも、兆候はあった。尾根の形状が急に変化したり、高度差が大きくなったら要注意だった。少しでも疑問を感じたら、立ちどまって周囲の地形を確認した。間違いの大部分は、それで防ぐことができた。濃霧のせいで視野が閉ざされたら、風で流れるのを待てばよかった。時間はかかるが、それだけに確実な方法だった。

少しずつ、加藤は自信を持ちはじめていた。これほどの難所を、悪天候をおかして踏破しつつあるのだ。しかもたった一人で、案内人に先導されることもなく。だがこれは、ある意味で当然だった。単独行をくり返していると、この種の技術は自然に身につく。人に頼ることはできないのだから、技術を向上させるしかないのだ。

心に生じた自信は、安堵感につながった。これなら何があっても大丈夫だと、確信することができた。ときおり積雪が吹き飛ばされて、夏道が露出していることも大きかった。ルート選択の正しさが、実証されたのだと考えていた。だがそれは、加藤の思い違いだった。明瞭な夏道に幻惑されて、分岐点を見逃していたのだ。

記憶にある地形に気づいたのは、岩場に足を踏み入れた直後だった。あたりの風景に、どことなく既視感がある。霧のせいでかすんでいるが、前にここを通過したことがある。もどかしい思いで、記憶をたどった。間違いなかった。夏山をはじめて間もないころ、この尾根を通過して赤牛岳まで往復していた。

——するとこの先は水晶岳……。

不確かだった記憶が、それで一気に明瞭さをとりもどした。そうだった。この岩尾根の先に、水晶岳はあったはずだ。気づかないうちに主稜線を外れて、水晶岳から赤牛岳に向かう支尾根に足を踏み入れてしまったようだ。いくつものピークを突出させた長大な尾根だから、主稜線と見分けがつかなかったのだろう。

それならこのまま、水晶岳を往復しようと思った。計画段階では主稜線からはずれた水晶岳には、立ち寄らない方向で考えていた。縦走の成功を最優先に考えれば、脇道に入りこんでいる余裕などなかった。積雪期なら山頂までの単純往復だけで、二時間はみておく必要がある。体力も消耗するから、無視して主稜線を突きすすむのが正しい判断といえた。

その点は理解しているのだが、無造作に切り捨てる気にもなれなかった。不利を承知で登頂したくなるほど、水晶岳が魅力的だったからだ。夏に野口五郎岳あたりから遠望した水晶岳は、息をのむほど美しかった。人気もあるのだが、真冬に登られた例は過去に数えるほどしかない。北アルプスの最奥部に位置するため、容易には近づけないのだ。

できることなら、水晶岳の登頂を計画に組み入れておきたかった。間近に迫りながら素通りするのは、あまりにも惜しい気がした。出した結論は、常識的なものだった。体力と時間に余裕があれば、登頂も可とする。要するにその場の状況をみて、最終的な判断を下すつもりだった。その水晶岳への登路に、思いがけず迷いこんでしまった。

考えるまでもなかった。岩かげに荷を置いた加藤は、山頂につづく岩尾根をたどった。危険な場所も多少はあったが、空荷だから苦にならなかった。わずかな時間で山頂に達した加藤は、足をとめることなく先へすすんだ。この山の三角点は主峰ではなく、北側のピークに設置されていたからだ。

記憶を頼りに三角点を探したが、積雪が多くてみあたらなかった。それでもやはり、感慨深かった。夏に烏帽子岳から縦走をはじめて、ここに立ったのは四年前のことだ。その時は真冬に一人で再訪するとは、思いもしなかった。霧のせいで展望がきかないのは残念だが、登頂の事実だけは記録として残すことができた。

そのことに満足して、山頂をあとにした。ここが今回の山行における最高所だったが、感慨にひたっている余裕はない。すでに時刻は十二時半になっている。まだ先は長いのに、一日の半分を使ってしまった。この分だと行動を終えるのは、夜に入ってからになるだろう。気を抜くことは、できなかった。

あわただしく荷を回収して、主稜線にもどった。ところが野口五郎岳への分岐点が、どうしてもみつからない。自分の足跡をたどっていくと、いつの間にかワリモ岳への登路に出てしまった。あわてて引き返しても、それらしい地形には気づかなかった。東にのびる主稜線が、そっくり消えうせたかのようだ。

悪戦苦闘の末に、ようやくそれらしい地形をみつけた。やせている上に急角度で落ちこんでいるものだから、稜線を支える岩稜としかみえなかったのだ。辛抱づよく霧が薄れるのを待った結果、その先につづく主稜線を視認できた。いったん高度を落としたあと、徐々に盛りあがって元の規模を回復している。

ようやく進むべき方角が確認できたものの、通過は容易ではなかった。岩稜の南側はすっぱりと切れ落ちて、積雪さえついていない。とてもではないが、通過できるとは思えなかった。北側はいくらか傾斜がゆるやかだが、トラバースが困難なことは充分に予想できた。足場が悪いものだから、担いだスキーが邪魔になるのは眼にみえている。

だが、引き返すことはできなかった。ここを通過する以外に、下山する道筋はない。そう自分に言い聞かせて、そろそろと下降をはじめた。すぐにそれ以上の下降が困難になったが、これは予想していた事態だった。リュックとスキーをあとに残して、空荷で偵察してみた。結果は悪くなかった。困難だが、なんとかなりそうな気がした。

ただし時間はかかる。次のピークである野口五郎岳には、明るいうちに到着できれば上出来だろう。そこから先も長大な稜線が延々とつづくが、焦ってはならなかった。ここは慎重に、難所を切り抜けるべきだった。そうすればいつかは、目的地に到達する。現在の悪天候も、いずれは回復するはずだ。

あきれるほどの時間をかけて、岩場の様子を探った。行動自体は、単純なものだった。さまざまな角度からルートを選定し、難易度に応じて通過の方法を考える。そして実行する。そのくり返しだった。ときにはリュックとスキーを、二度にわけて運んだ。霧が深い時は薄れるのを待ち、風が強ければその影響を受けないルートを探した。

長い時間がすぎた。いつの間にか尾根が広く、傾斜がなだらかになっていた。加藤は息をついた。すでに難所はすぎたようだ。この先にも岩場は点在していたはずだが、それほど危険はなかったように思う。あとは体力の消耗を低くおさえて、残された行程を消化するだけだ。加藤は歩きつづけ、そして日が暮れた。

野口五郎岳に到着したのは、そのさらに二時間ちかくあとだった。日没の時刻は早かったが、空がうっすらと明るくランタンは必要なかった。おそらく宵の口に、霧は晴れるのではないか。ただ、体力は予想以上に消耗していた。昨夜あまり熟睡できなかったせいだ。

泊まりを予定している烏帽子の小屋までは、まだ遠かった。

「あと六時間というところか……」

声に出していった。その途端に、疲れが倍加した気がした。すでに雪はやんでいた。どこか適当なところをみつけて、休息しようと考えた。だが防風対策を考えなければ、休んでいる間に凍死する。あいかわらず風は強く、うなりをあげて頂稜を吹きすぎていく。地形のかげに雪洞を掘って、温かい食事をとるべきだった。

山頂から少し先に進んだところで、適地をみつけた。スキーとピッケルを使って、人ひとりが入れる程度の雪洞を掘った。出入り口にスキーをならべ、その上から雨合羽でおおった。中に入りこんで、リュックの上に腰をおろした。思わず息をついていた。朝早く出発してから、十二時間ぶりにとる本格的な休息だった。

多少は隙間風が入りこむものの、内部は意外に暖かだった。このまま寝入ってしまいたいが、まだそれは早い。アルコールバーナーを取りだして、手ばやく火をつけた。すでにコッヘルには、山盛りの雪が入っている。蓋で押さえつけるようにして、バーナーに乗せた。風が吹きこむたびに炎が揺れて、雪洞の壁がきらきらと輝いている。

少しずつ雪を追加して、最後に甘納豆を放りこんだ。例によって氷あずきから食べはじめ、次第に温まっていく過程を楽しんだ。温かい汁粉ができあがるころには、燃料のアルコールもつきていた。すっかり小さくなった青白い炎が、最後の輝きを放っている。その炎をみるうちに、眠りに落ちていたようだ。

風の音に気づいて、加藤は眼を見開いた。ほんの少し眠ったつもりだったが、時計を確認すると一時間あまりがすぎていた。加藤はいそいで荷を片づけた。雪洞の内部は快適だったが、ここでビバークする気はない。明日のうちに濁の小屋へ入らなければ、出社日が遅れるばかりだった。何があっても、今日は烏帽子の小屋に入る必要があった。

歩きはじめてすぐに、霧が晴れた。十七夜程度の月が、東の稜線上にかかっている。青白い光に照らされて、周囲の山々が闇の底から浮かびあがってみえた。幻想的な風景を独り占めにしながら、加藤は黙々と歩いていった。そして確信した。まだ多くの困難が残されているが、そのすべてを無事に乗り切れるだろう。

なぜなら加藤には、登るべき山が他にも無数にあるからだ。すべての山を登りつくすまで、遭難することはないはずだ。そんな気がしていた。

（下巻へ続く）

単独行者《アラインゲンガー》　新・加藤文太郎伝　上

二〇一三年五月十日　初版第一刷発行
二〇二二年五月十日　初版第四刷発行

著　者　谷 甲州
発行人　川崎深雪
発行所　株式会社　山と溪谷社
郵便番号　一〇一―〇〇五一
東京都千代田区神田神保町一丁目一〇五番地
https://www.yamakei.co.jp/

■乱丁・落丁、及び内容に関するお問合せ先
山と溪谷社自動応答サービス　電話〇三―六七四四―一九〇〇
受付時間／十一時〜十六時（土日、祝日を除く）
メールもご利用ください。
【乱丁・落丁】service@yamakei.co.jp　【内容】info@yamakei.co.jp
■書店・取次様からのご注文先
山と溪谷社受注センター　電話〇四八―四五八―三四五五
ファクス〇四八―四二一―〇五一三
■書店・取次様からのご注文以外のお問合せ先
eigyo@yamakei.co.jp

フォーマット・デザイン　岡本一宣デザイン事務所
印刷・製本　大日本印刷株式会社

定価はカバーに表示してあります

Printed in Japan ISBN978-4-635-04753-1

ヤマケイ文庫の山の本

新編 単独行
新編 風雪のビヴァーク
ミニヤコンカ奇跡の生還
垂直の記憶
残された山靴
梅里雪山 十七人の友を探して
ナンガ・パルバート単独行
わが愛する山々
空飛ぶ山岳救助隊
山と溪谷 田部重治選集
ドキュメント 生還
ソロ 単独登攀者・山野井泰史
狼は帰らず
山のパンセ
山の眼玉
山からの絵本
穂高に死す

長野県警レスキュー最前線
深田久弥選集 百名山紀行 上/下
穂高の月
ドキュメント 雪崩遭難
ドキュメント 単独行遭難
生と死のミニャ・コンガ
若き日の山
紀行とエッセーで読む 作家の山旅
白神山地マタギ伝
山 大島亮吉紀行集
黄色いテント
山棲みの記憶
安曇野のナチュラリスト 田淵行男
名作で楽しむ 上高地
どくとるマンボウ 青春の山
不屈 山岳小説傑作選
山の朝霧 里の湯煙

新田次郎 続・山の歳時記
植村直己冒険の軌跡
山の独奏曲
懐かしい未来 ラダックから学ぶ
原野から見た山
人を襲うクマ
新編増補 俺は沢ヤだ!
K
瀟洒なる自然 わが山旅の記
高山の美を語る
山・原野・牧場
山びとの記 木の国 果無山脈
八甲田山 消された真実
ヒマラヤの高峰
深田久弥編 峠
穂高に生きる 五十年の回想記
穂高を愛して二十年